講談社文庫

感情麻痺学院

前川 裕

講談社

目次

感情麻痺学院

第一章　不穏の陰影

1

午後二時過ぎ、三隅忠志《みすみただし》は千葉《ちば》市郊外のバス停で市内循環バスを降りた。不意に日が翳《かげ》り、小雨《こさめ》が一瞬、頬《ほお》を濡《ぬ》らした。三隅は軽いため息を吐《つ》きながら、空を見上げた。黒い蝙蝠《こうもり》のような不吉な雲が西空を流れ、山際《やまぎわ》に建つシルバードームの上で、奇怪な渦《うず》模様を描き出している。

「綾清《りようせい》学院入り口」の大きな自立看板が左手の植え込みの中に見えていた。三隅は幅の広い、緩《ゆる》やかなアスファルトの坂道を正門に向かって歩き始めた。背中の紺のリュックに折りたたみ式の傘が入っているが、わざわざそれを取り出す気にもなれない。実際、三隅の黒い背広を濡らす雨量は僅《わず》かで、遠目からは視認することさえ不可能だったかも知れない。三十メートルほど歩いて、正門に到着した。

目の前に、白い三つの建物から成る、近代的で美しいコンプレックスが広がっている。門柱の前に置かれたアクリル案内板を見ると、正門に一番近い建物が中学校で、その後ろにあるのが高校、さらにその奥にある、シルバードームの建物が体育館らしい。

体育館の裏手には、相当に広い面積を持つ山林があり、底の知れぬ暗い奥行きを覗《のぞ》かせている。三隅はこれら三つの建物周辺に漂っているように見える暗い陰影が、単に天候のせいとも思えず、体内に不穏の空気が募ってくるのを感じていた。

綾清学院は今年でようやく創立二十年を迎える、歴史の浅い、私立の中高一貫校だった。だが、理事長の羽鳥健三《はとりけんぞう》の徹底した受験教育によって、すでに県下有数の進学校にのし上がっていた。三隅は、都内にある大手予備校の人気講師だったが、羽鳥の招聘《しょうへい》に応じて、予備校を辞め、この学院の専任教員になることを決めていた。

環境の変化は嫌いではない。三隅は、綾清学院の学校紹介動画で、勉強や部活動に取り組む生徒たちの風景を見たときの、あのワクワクした高揚感を思い出していた。その動画を見た直後に、転職を決意したのだ。他人の影響を受けない瞬時の決断力こそが、三隅の誇るべき資質だった。

「この暗い陰影はうわべだけだ。おそらく、俺はこの学校で何かの光を見つけるだろう」

三隅は、自らを鼓舞《こぶ》するように心の中でつぶやいていた。そうつぶやけば、この暗い西空の彼方《かなた》にさえ、希望の虹《にじ》が出現するような気がしたのだ。

中学校の建物を通り過ぎ、高校の建物の正面玄関を入ると、ホテルのロビーを思わせるような贅沢《ぜいたく》で洗練された、空間が待ち受けていた。白と黒を基調とする星柄のタイルカーペットが敷き詰められ、フロアの中央には来客用と思われる、重厚なエバーグリーンの応接セット二対が置かれている。

受付デスクには誰もおらず、そもそも建物内に人の気配は感じられなかった。確かに、春休みの三月のため、生徒も教員も登校していないことはあり得るだろう。だがそれにしても、妙に深閑《しんかん》とした雰囲気が気に掛かった。

背後で人の気配がした。振り向くと、黒のジャージ姿の小柄な年配の男が立っている。足音は聞こえなかった。白髪が目立ち、太いつるの黒縁の眼鏡を掛けているが、年齢の割にどこか敏捷《びんしょう》そうな印象を与えた。すぐに男の目に明瞭な違和感を覚えた。左目が右目より大きく、ビー玉のような濁った光沢を湛《たた》えていたのだ。

義眼。長い間忘れていた言葉が、頭の片隅を過《よ》ぎった。過去の記憶が蘇《よみがえ》る。三隅は父親の仕事の関係で、小・中・高を北九州《きたきゅうしゅう》市で過ごしたが、小学生の頃、近所に恐ろしく暴力的な、丸刈りの中学生がいたのを覚えている。周囲からリュウジと呼ばれていたが、その中学生の左目がやはり義眼だったのだ。

リュウジは母親と二人暮らしで、バラックのようなみすぼらしい木造の平屋に住んでいた。札付きの不良少年で、相手が小学生だろうが容赦せず、小遣い銭を脅し取っていたため、蛇蝎《だかつ》の如《ごと》く嫌われていた。

だが、何故《なぜ》か三隅には優しかった。理由は分からない。ただ、リュウジが話しかけてくるとき、一緒にいた小学生が蜘蛛《くも》の子を散らすように逃げ去ったのに、三隅だけが普通に話し相手をしたせいかも知れない。実際、三隅はリュウジを恐れてはいなかった。

やがて、リュウジはその街角から姿を消した。少年院に入ったのだという噂《うわさ》が流れた。三隅が再び、リュウジの姿を見たのは、それから二十年近く経《た》って、父親の病気を見舞うために久しぶりに実家に帰ったときである。

近くのスーパーマーケットで、年老いた母親の押す車椅子の中で、リュウジは行儀よく座っていた。福岡《ふくおか》市で暴力団員になっていたリュウジは、敵対する暴力団員から激しいリンチを受け、脊椎《せきつい》に致命的な損傷を負い、半身不随になったのだという。言語能力も、ほぼ損なわれていたらしい。

母親が車椅子を少し離れて、野菜コーナーに行った隙に、三隅は一歩車椅子に近づき、リュウジの顔を正面から覗き込んだ。何故、そんなことをしたのか分からない。ほとんど本能的な動作だった。

顔の皮膚は不健康に黒ずんで見えたが、そのビー玉のような義眼だけが昔と同じように鈍い不気味な光沢を湛えていた。このとき、すでに二十八歳になっていた三隅にリュウジが気づいていたとは思えない。しかし、リュウジが三隅の動作に反応したのは確かだった。やや、顔を上げ、三隅を見つめながら、うめき声のような音声を発したのだ。

「ターーケーーオ」

三隅は思わず、その音声を反復した。タ・ケ・オ。リュウジが三隅のことをタケオという知人と勘違いしているのは間違いないように思えた。残念ながら、俺はそのタケオじゃないよ。三隅は心の中でつぶやき、その場を離れた。

義眼の人間を見るのは、そのとき以来だった。現在、三隅は三十五歳だから、すでにあれから七年が経っているのだ。

「三隅先生ですね。校務員の高木《たかぎ》です」

その嗄《しわが》れた声に、ふっと我に返った。男は「高木」という苗字《みようじ》だけを記したネームタグを、首からぶら提《さ》げている。

「はい、三隅です」

三隅は短く答えながら、さりげなくその男の顔から視線を逸《そ》らした。

高木の案内で受付デスクのあるフロアから、内扉を通り中に入る。ここでも、まるで一流企業のオフィスを思わせるような広々としたスペースが、三隅の視界を領《りよう》した。三隅が知る学校というイメージとはおよそかけ離れている。

吹き抜けの天井には、多くのペンダントライトが設置され、出入り口から昇るエスカレーターからは、夜間であれば、その光景はまるでプラネタリウムの星空のように見えたかも知れない。三隅は高木と共に、このエスカレーターを使って、校長室のある五階まで向かった。

「二階は職員室と会議室、三、四階が教室です。生徒はエスカレーターを使って移動します。エレベーターもありますが、生徒は使えません。教職員と来客しか使えないことになっています」

二人だけを乗せて動くエスカレーターの上で、高木は訥々《とつとつ》とした口調で説明した。義眼のせいか、視覚的には異様な印象を免れないが、口の利き方はごく普通で、素朴だった。

「一階には何があるんですか？」

「図書室、オーディオ室、保健室、自習室、食堂、それに事務室と校務員室などです。私は住み込みで勤務しています」

住み込みの校務員か。三隅は心の中でつぶやいた。その古めかしい概念自体が、この近代的な建物とはどこか不釣り合いに思えた。

2

校長室で三隅を迎えたのは、校長の落合陽子《おちあいようこ》と副校長の竹本実《たけもとみのる》である。落合はまだ四十代の半ばくらいにしか見えず、頭頂部が若干禿《は》げかかった竹本より若く見えた。白地に、赤い花柄の、華やかなワンピースを着ていて、グレーの背広に渋い紺《こん》色のネクタイという竹本の服装とは対照的だ。一通りの挨拶を終えたあと、竹本がしゃべり始めた。

「我々の学院では、校則を重視していますので、新任の先生にはまずこれをお読みいただきます」

竹本は新品の生徒手帳を、半透明のソファーテーブルの上に差し出しながら言った。言葉遣いは丁寧だが、口調は若干、傲慢に響く。年齢的にはすでに五十を超えている印象だった。眼鏡は掛けておらず、たるんだ目尻が妙に目立っている。

三隅は生徒手帳を手に取って、ページを捲《めく》った。

「いや、今、お読みにならなくてけっこうです。それは差し上げますので、あとでゆっくりお読みください」

まるで咎《とが》めるような口調だ。三隅は手帳を閉じ、そのままテーブルの上に置いた。

「校則の要点だけ申し上げておきます。男子生徒は長髪禁止で、髪を染めることは男女ともに厳禁です。制服がありますので、それ以外の服装で登校することはできません。生徒間の恋愛も禁止で、そういう行為を教職員が学院内で見かけた場合は、個人指導を行うことになっています。校内におけるスマホの所持も禁止です――」

三隅は思わず、苦笑を浮かべた。「自由でのびのびした校風と教育」三隅は二ヵ月ほど前に東京のホテルの一室で面接試験を受けたが、その準備用に読んだ、受験生の保護者向けパンフレットの文言を思い出していた。だが、特に驚いたわけではない。理念と実態の乖離《かいり》はどこの世界でも、多かれ少なかれ起こることなのだ。

しかし、それまで大学受験専門の予備校講師だった三隅にとって、そもそも校則とか生活指導という言葉は頭になかった。要点と言う割に、校則に関する竹本の説明は、延々と続いた。三隅は途中から、ほとんど聞いていなかった。

「竹本先生、校則の話は、もうそのへんでいいんじゃないかしら」

落合が、妙に明るい砕けた口調で口を挟んだ。服装同様、顔立ちも華やかで、人によっては美人と呼ぶ者もいるだろう。ただ、目や鼻の造作《ぞうさく》は繊細さに欠けた大まかな印象で、三隅にとっては、どちらかと言うと、苦手な顔だった。池袋《いけぶくろ》でスナックを営んでいる姉の絹江《きぬえ》に似ていると思ったのだ。姉と言っても、父の後妻の連れ子で、血が繋《つな》がっているわけではない。

「それに、三隅先生は生活指導なんかとあんまり関係がないでしょ。何しろ、理事長が大学受験のプロとして、三顧《さんこ》の礼《れい》でお迎えした先生なんですから。校則のことより、あちらのことをお話ししたほうがいいんじゃないですか」

「そうですね。それでは、そうさせていただきます」

竹本の口調が、不意に卑屈な調子に変わった。二人の力関係は、校長と副校長という役職上の差以上にあるように見えた。それにしても、「あちら」というのが、何を意味しているのか分からなかった。

「三隅先生には、今年から高三のクラス担任をしていただきます」

「クラス担任ですか？」

竹本の言葉に、思わず訊《き》き返した。新任の場合、一年目はクラス担任になることはないと、面接時に面接担当者から伝えられていたのである。

「そうです。高三のクラス担任として、受験指導に徹底的に取り組んでいただきたい。それが、我々の総意です。ぜひお引き受け願いたい」

有無を言わせぬ強い口調だった。三隅は、竹本の杓子定規《しゃくしじょうぎ》で硬いしゃべり方にも辟《へき》易《えき》していた。総意という言葉が、ひどくばかばかしく響いた。

「別に構いませんが」

三隅は冷めた口調で言った。約束が違うと気色ばむほど、大げさなことではない。

それにクラス担任を引き受ければ、生徒との交流は深まり、予備校では味わえなかった人間関係が待ち受けているかも知れないのだ。それは、三隅にとって、けっして悪いことではない。

「普通は、新任の先生には、担任はお願いしないんだけど、これは理事長のご希望なの。理事長も私たちも先生が大手予備校で培《つちか》われた受験指導のノウハウを最大限に生かしていただきたいと思っているんです」

再び、落合が口を挟んだ。やはり、この学院では理事長の羽鳥の意向は絶対のようだった。

「先生の場合、中学校の授業担当は外れています。これは新任教員としては、異例です。新任教員の場合、普通、最初の三年間は中高兼任ということになっているんです」

竹本が恩着せがましく言った。だから、クラス担任くらい我慢しろと言いたげだった。確かに中学生を教える必要がないことは、羽鳥から伝えられていたが、それは三隅が自ら望んだことではない。三隅自身は、中学生を教えることに特に抵抗はなかった。

「私たち、先生には本当に期待しているんです。『東西ゼミナール』のナンバーワンの人気講師を、理事長が引き抜いたんですもの」

歯の浮くような落合の言葉に、三隅は苦笑する他はなかった。ナンバーワンの人気講師か。確かに人気がなくはなかった。だが、ナンバーワンであるはずがない。予備校での、講師間の人気競争は、そんなに生やさしいものではないのだ。

夏期講習や冬期講習の個人講座で、どれだけ生徒を動員できるかで時間給が大きく変わる世界だった。その結果、講師間の誹謗《ひぼう》中傷は日常茶飯事で、ライバル講師の授業内容を探るために、自分の親しい生徒をスパイのようにその授業に潜り込ませ、録音させる講師も出る始末だった。

三隅はそんな愚劣な競争とは無縁な立ち位置で、ただひたすら分かりやすい丁寧な授業を心がけたつもりだった。そのせいか、まじめで、成績のよい生徒からはかなり人気があった。

「要するに、先生の場合、生活指導より、受験指導に専心していただきたいんです。もちろん、英語科の中心教員として、教科書や参考書については、大いに口を出してもらいたいですが」

そう言うと、竹本は空虚な笑い声を立てた。それに続いて、今度は落合が弾んだ声で、誇らしげに話し始めた。

「生活指導については、猪越《いのこし》先生という筋金入りの体育の先生が生活指導主任として、力を振るっていらっしゃるの。この先生に任せておけば問題ないんです。羽鳥理事長からすでにお聞きになっていると思いますが、当学院の教育理念は文武両道です。単に勉強のできる生徒を育てるだけでなく、体育教育も重視しています。猪越先生のご指導で、夏休みの移動教室として、九十九里浜《くじゅうくりはま》で、二泊三日の水泳訓練が行われるのが、伝統になっているんです。これには、生徒も先生も例外なく参加していただきます。それが終わったら、いよいよ、本格的な受験準備が始まるんです」

三隅にとっては、いかにも凡庸で、世俗的な教育理念に思えた。別段、体育が嫌いだったわけではない。むしろ、運動神経はいいほうで、中高を通して、陸上部に所属し、中距離走の選手だった。ただ、集団的なスパルタ教育は、勉強においても運動においても、百害あって一利なしというのが、三隅の意見である。三隅が望んでいたのは、生徒との自然な交流だった。

「先生、それとジャージはお嫌いですか？」

竹本が唐突に訊いた。三隅は意表を衝《つ》かれた気分になった。

「ジャージですか？　特に嫌いではないですが、あまり着たことがないので、よく分かりません」

三隅は正直に答えた。実際、質問の意味がよく分からなかった。

「そうですか。四月の授業開始日に教員全員にジャージが支給されますので、このジャージで授業をなさってくださって構いません。教員用の個人ロッカーがある更衣室で、着替えることができます」

竹本の説明は要領を得なかった。言っていることは分かるが、その発言趣旨が不明なのだ。

「それはジャージでの授業を、学院側としては推奨するということでしょうか？」

三隅もさすがにここは確認しないではいられなかった。

「いえ、男の先生の場合は、必ずしもそうではないのよ」

ここでまた、落合が補足するように話し出した。どうやら、黙っていられない性格のようだ。

「ジャージでの授業を学院として推奨しているのは、主として女の先生に対してなんです。特に、若い女の先生の場合、華美な服装をして妙に生徒の関心を惹《ひ》いてしまう方もいらっしゃいます。男子生徒なんか、性的にも過敏な年頃ですから、そういうことに気を取られることなく、授業に集中してもらうためには、若い女の先生はできればジャージで授業をしていただきたいんです。女の先生には、赤と黒の二つのジャージを支給して、授業中はできるだけジャージを着るようにお願いしています。女の先生の中には、一日の中で午前と午後では違う色のジャージを着る方もいらっしゃるんですよ。男の先生の場合は、黒のジャージだけです。それもお嫌なら、私服でも問題ないわ」

そう言うと、落合は声を上げて笑った。女性教員には、赤と黒の二つのジャージを支給するという意味もよく分からなかった。原則として私服での授業を禁じているため、せめて女性教員には色の異なるジャージを支給しているという意味なのか。そうだとしたら、あまりにもピントがずれているとしか思えなかった。

「しかし、教員がジャージで授業するのは、男女を問わず、一応ルール化されていますから」

ここで初めて、竹本が落合に対して異を唱えた。

「いいのよ。そんなルールを守っていない先生だって、いるじゃない」

落合はぴしゃりと言い放った。どうやら、落合自身もかなり傲慢な性格のようだ。ただ、新参者の三隅に対しては、それなりに気を遣って、味方に付けようとしているように見えた。

ひょっとしたら、大変なところに来てしまったのかも知れないと、三隅は思った。確かに、教師の服装規定《ドレスコード》があることなど予想していなかった。それも、ジャージだと言うから笑わせる。しかし、たいして動揺もしていなかった。環境が変われば、また別種の不快の種が現れてくることは、三隅には自明だった。

3

四月になって新学期が始まった。最初に入学式があったが、対面での出席を求められているのは、理事や校長などの役職者と中一と高一の担任教師だけだったので、三隅は出席しなかった。始業式に関しては、対面のセレモニーはまったく行われず、必要な連絡事項が、理事長と中・高校長の挨拶状とともに、個々の保護者の家庭にメールで配信される。その点は、いかにも私立の進学校らしい合理的なシステムである。従って、最初の授業日が三隅にとって、初出勤日となった。その朝、三隅は少し早めに職員室に入り、自分のデスクに向かった。

「ああ、三隅先生ですか。僕、生物の近藤慎也《こんどうしんや》といいます。よろしくお願いします」

三隅が近づいてくるのを見ると、三隅のデスクの右隣に座っていた教師が立ち上がり、愛想よく話しかけてきた。中肉中背で、顔つきに愛嬌《あいきょう》のある男だ。だが、小さなレンズの、しゃれた金縁の眼鏡と黒の上下のジャージ姿が、いささか不均衡だった。年齢は五十前後に見える。

「三隅です。よろしくお願いします」

三隅も、丁寧に頭を下げて挨拶した。それから近藤と横並びになる自分の席に座った。

　午前八時二十分過ぎで、教員の出勤時刻の午前八時五十分には少し間があった。まだ出勤していない教員も多い。すでに自分のデスクに着いている教員もいるが、物理的距離が遠いためか、新任の三隅を遠目に見ているだけで、近づいてくる者はいない。

「あの――、やはりジャージを着たほうがよかったのでしょうか？」

　三隅は小声で隣の近藤に訊いた。確かに竹本の説明通り、職員室の通路奥の男性教員用更衣室の個人ロッカーには、黒のＬＬサイズのジャージが入っていた。三隅は身長が百八十センチ以上あるので、ＬＬを支給したのだろう。

　しかし、三隅は着替えなかった。黒の上下のスーツに、ワイシャツという服装だったが、ネクタイは締めていない。初出勤日を意識して、特に正装したわけではなく、それが三隅の通常のスタイルだった。

「まったくそんな必要はありません。つまんないルールですよ」

　近藤は特に声を潜めるわけでもなく普通の声で言い、にやりと笑った。

「僕がジャージを着ているのは、単に汚れるのが嫌なだけですから。生物の教師というのは、実験も多いですからね。実験着を着るのも面倒だから、代わりにジャージで済ませているようなもんです。ルールって言ったたって、いろいろ矛盾した面があるんですよ。しばらく、様子を見ていれば分かります」

そう言っている間、近藤の顔から微笑《ほほえ》みは消えなかった。愛想はいいが、癖のありそうな人物に見える。

男性教員用更衣室とは反対側の通路奥にある女性教員用更衣室から、黒いジャージ姿の若い長身の女性が出てきた。ショートヘアーで、太い黒縁の眼鏡を掛けている。遠目にもいかにも生真面目そうな印象の女性だった。かなり早足に、三隅たちのデスクに接近し、近藤の目の前に立った。

「お早《はよ》うございます」

「ああ、紺野《こんの》先生、こちら新任の三隅先生」

近藤は座ったまま、三隅を紹介した。三隅はもう一度、立ち上がった。

「三隅と申します。よろしくお願いします」

「紺野美緒《みお》と申します。こちらこそ、よろしくお願いいたします」

紺野は緊張した声で、丁寧に挨拶した。まだ二十代半ばくらいの年齢だろう。近くで見ても、まじめそのものという印象は変わらなかった。だが、黒縁の眼鏡の奥に見える顔の造形は、予想以上に整っていた。まるで黒縁の眼鏡で、整った顔の輪郭を故意に覆い隠しているようにさえ見える。

三隅は紺野を見た瞬間、妙に明るい気持ちになった。紺野の美が隠蔽《いんぺい》されているにも拘《かか》わらず、それを瞬時に見抜いた自分自身の慧眼《けいがん》がどこか、誇らしいものに思えたのだ。期待していたものが、思わぬほど早いタイミングで見つかったような感覚だったのかも知れない。

「紺野先生は数学の先生なんですよ。とても頭がいいので、僕なんか、いつもやり込められて、困っています」

近藤が笑いながら言った。紺野の顔が見る見る赤くなった。

「私、頭なんかよくないです。それに近藤先生をやり込めたことなんか一度もありません」

紺野は蚊の鳴くようなか細い声で、恥ずかしそうに抗議した。

「冗談ですよ。紺野先生が控えめな方であることくらい、誰でも知っていますよ」

近藤は紺野の生真面目さをからかうように、おどけた口調で言った。紺野は相変わらず赤い顔をしたまま、立ち尽くしている。どうやら、近藤の前列のデスクが紺野の席のようだった。だが、着席すると、近藤だけでなく、三隅にも背中を向けることになるので、どうしようか迷っているように見えた。

三隅は腰を下ろした。それを見届けるように紺野は軽く頭を下げ、三隅たちに背を向けて自分の席に着いた。

「それにしても、三隅先生は新任教員っていったって、これまでバリバリのプロの予備校講師として英語を教えていらっしゃったわけですから、普通の新人教員とはわけが違いますよ。我が学院にとっては、最強の援軍です」

近藤の言葉に、さっそく皮肉が出たなと三隅は思った。曖昧《あいまい》な笑みを浮かべて、やり過ごした。最初から学校教師を目指して教員になった人間から見たら、予備校講師が異分子であるのは間違いなかった。

実際、予備校講師の中には、教員免許を持っていない者も少なくない。しかし、三隅の経験で言えば、教え方のうまさというものは、一定以上の学力さえあれば、ある種の天賦《てんぷ》の才能のようなもので、教育学部を出ているとか、教育実習を受けていることとは、ほとんど関係がなかった。

このあと、何人かの教師が次々に三隅のデスクに挨拶に来た。普通は誰かが音頭を取って、職員室内の全員に新任の三隅を紹介しそうなものだが、誰もそんな役割を引き受けようとはしなかったのだ。

三隅が最後に挨拶を交わした教師は、三隅にある種の安堵感《あんどかん》を与えた。ジャージを着ておらず、紺のジーンズにアクアグリーンの春らしいパーカーを着ていたからだ。要するに、その朝、三隅が会った人間の中で、ジャージを着用していないのは、三隅以外にはこの教師だけだったのだ。

「日本史の松山海斗《まつやまかいと》と申します。よろしくお願いします」

三十代の前半に見える、さわやかで整った容姿の男だった。実際、話してみると、近藤のように癖もなく、ごく普通の意味で感じのよい人物だった。ただ、松山と話し始めると、すぐに授業開始のチャイムが鳴ったため、挨拶程度の会話しかできなかった。

「あとは、体育館の大物を残すだけですね。あの人はうるさいから、顔を見たら、先生のほうから挨拶したほうがいいですよ」

教室に行くために、エレベーターに向かう三隅の背中から、近藤が声を掛けてきた。他の教員もいたので、さすがに小声だった。

体育館の大物か。おそらく猪越という、生活指導主任の体育教師のことだろう。

「分かりました。どうもご親切に」

三隅は近藤のほうに振り向きながら、にっこりと微笑んだ。

4

三〇一教室に近づくにつれて、遠くの小波《さざなみ》のように聞こえていたざわめきが大きくなった。しかし、教室内に足を踏み入れた途端、ざわめきはぴたっとやんだ。三隅が教壇の上に持ってきた教科書を置いて、最初のページを開くと、さわやかな声が室内に響き渡った。

「起立！　礼！」

号令を掛けたのは、一番左の最前列の女子生徒だった。これが今西紗矢《いまにしさや》なのか。三隅はぎこちない態度で号令に応じながら、その女子生徒のほうにちらりと視線を投げた。三隅が持つクラス名簿に学級委員長の氏名はあらかじめ記されている。

紗矢はやや小柄だが、目の輝きが印象的な少女だった。一瞬にして、目鼻立ちが整っているのが分かる。予備校の浪人クラスではあまり見ることがないタイプだった。もちろん、浪人生にも容姿の整った女子生徒はいるが、先入観のせいか、やはりどこか暗く、元気がないように見えるのだ。

中には、実際に神経症気味で、男性講師に過剰に依存してくる女子生徒もいた。三隅は、そういう女子生徒に妙に好かれ、きわめてうっとうしい心理関係に陥ったことがある。それ以降、近づいてくる女性に対して過剰な警戒心が働く、若干不幸な性格に陥っていることを自覚していた。

紗矢には、そういう女子生徒とは対極の位置にある、はつらつとした清新《せいしん》な雰囲気が備わっているように見えた。ただ、意外だったのは、紺色の制服スカートの丈が短く、薄い黒のストッキングに覆われた太股《ふともも》がはっきりと見えていたことだ。

三隅は生徒手帳に記載されていた校則に、女子生徒のスカートの丈についての記述があったのを覚えていた。ただ、長すぎるスカートの丈については具体的な数字を示していたが、短すぎるスカートの丈については具体的な数字の言及がなかった。

「着席！」

生徒全員が着席し、研ぎ澄まされた沈黙が教室内に浸潤《しんじゅん》したように思われた。生徒数はちょうど三十名で、男子生徒二十名、女子生徒十名の比率である。最初から私語する者など一人もいない。

予備校で言えば、授業料を免除された特待生が集まる特別選抜クラスのような雰囲気だった。特選クラスは予備校でも生徒数は少ない。それに対して一般の大教室の授業では、生徒数は三百名を超えることもある。大教室では、三隅が教室に入って講義を始めても、ざわめきが完全にやむのに五分くらい掛かることがあった。

「クラス担任の三隅です」

三隅はそのあとクラス名簿を見ながら出席を取った。それから、短く自己紹介し、一般的な授業の心構えを少し話しただけで、すぐに英語の授業に入った。ホームルームという時間は、特別には設けられていない。担任クラスの場合であれば、教師の判断で必要に応じて、授業時間中に短時間ホームルームの時間を取ることは許されているという。

「さて、まずＣＤを聞いてみましょう」

三隅は用意してきたCDを手に持って、教壇の右奥に置かれたAVラックのほうに向かおうとした。

「先生！　もう準備ができています。教壇のリモコンで操作するだけで大丈夫です」

振り返ると、紗矢が立ち上がって、説明していた。

「じゃあ、君が自分のCDをセットしてくれたの？」

三隅はにっこりと笑って訊いた。CDは生徒が購入する教科書版テキストにも、付属品として付いているはずである。

「はい、そうです。私がAVラックの鍵を職員室に取りに行って、すぐに先生が操作できるようにセットしておくのが決まりなんです」

紗矢は微笑みながら、はきはきした口調で答えた。それが学級委員長に割り当てられた仕事なのだろう。三隅は紗矢の対応に、紺野と顔を合わせたときと同じような、明るい気持ちになっていた。二人が、まったく違うタイプだったにも拘わらず、である。

「それは助かるね」

三隅は、教壇の上に置かれたリモコンを手に取った。AVラックには、もちろん、CDだけでなく、DVDの装置も付いている。むしろ、昨今、他の科目の教材用にはDVDのほうが普通だろうが、英語の教科書の場合、未《いま》だにCDのほうが多い。

三隅はCDの再生ボタンを押した。若い女性の英語の音声が朗々と教室に流れ出した。

5

午前中の授業が終わって、三隅は教室の外に出た。かなりの生徒でごった返す通路で、反対方向から歩いてくる女子生徒の姿が視界に入る。左足を微妙に引きずる、その独特の歩き方が気に掛かった。

三隅の担任クラスにいる浜琴音《はまことね》だった。三隅は、個人調査票の文言を思い出した。「子供の頃、破傷風を罹患《りかん》。そのため左足に軽い障害がある」おそらく、琴音が高二のときの担任が書いたものだろう。

琴音は三隅とすれ違うとき、小さく頭を下げた。一時間目の授業で教えているはずだが、その顔は明瞭には覚えていない。歩き方で琴音と分かっただけで、普通に座っていれば、目立たない生徒なのだろう。実際、いかにも内気そうな印象だった。三隅は微笑みながら、うなずき返した。

エスカレーターで、二階の職員室に引き返すつもりだった。エレベーターに乗って、教員と一緒に戻るより、何となく生徒の様子を見てみたかったのだ。だいいち、たった一階の上り下りにエレベーターを使うのは面倒だった。

　エスカレーターの乗降口近辺も混雑していた。さすがに授業が終わったあとでは、かなりの数の生徒たちが大声で話していた。女子生徒たちの黄色い嬌声《きようせい》も聞こえている。三隅は、ようやく普通の世界に戻ったような奇妙な安堵を覚えた。

　授業はまったく問題がなかった。問題が起きようもないという印象だった。二時間目も、三年生のクラスだったが、担任のクラスと同様、生徒たちは九十分間、三隅の授業に集中しているように見えた。

　そもそも、九十分授業というのは、高校ではそれほど一般的ではないだろう。むしろ、大学の授業に合わせたような時間割りなのだ。それなのに、一言で言えば、どちらのクラスでも生徒たちの授業態度は申し分なかった。

　三隅は職員室に戻ると、自分のデスクに教科書を置き、出入り口近くの壁際に設置された洗面所で手を洗った。腕時計を見ると、二時間目の授業が終わって、すでに十分ほど経っている。昼休みは五十分だから、あと四十分しかない。意外なほど時間が窮屈なのに気づき、すぐに一階の食堂に向かった。

「三隅先生、ご一緒していいですか」

　三隅が顔を上げると、近藤が立っていた。三隅が微笑みながらうなずくと、近藤はカツ丼と味噌汁《みそしる》を載せたトレイをテーブルの上に置き、三隅の前に対座した。

カフェテリア形式の食堂で、レジの前にはかなりの列ができているのだろう。　教職員に交じって、生徒も並んでいるから、生徒の利用も認められているのだろう。

「先生はペペロンチーノにスープですか。おしゃれですね。もっとも、定食はどのみち、AとBとCしかありませんから、すぐに飽きますけどね」

近藤が割り箸を割りながら言った。

「ここの食堂は、生徒の利用も認められているようですね」

「そうなんです。でも、それが間違いのもとなんですよ」

近藤によれば、綾清学院の中学校は給食だが、高校は原則として、昼食持参だという。ただ、共働きなどで子供の弁当を準備する時間のない家庭に配慮して、高校生にのみ食堂の利用を許しているという。

「ところが、子供の昼の弁当なんて用意したくないという怠慢な母親が予想以上に多かったってわけですよ。おそらく、高校生の半数くらいがこの食堂を利用するもんだから、やたらに混雑するんです。中学校が給食なんだから、高校も給食にすればいいんですよ。どうして、そういう中途半端なことをするのかな」

近藤のような人間は常にいるものだった。体制批判が、いわば口癖なのだ。だが、こういう男が、本当に反体制的かはまた別問題だった。

「ところで、授業のほうはどうでした？」

近藤が真顔になって、やや辺りを憚《はばか》るように小声で訊いた。

「ええ、生徒たちの授業態度はとてもよかったですよ。予備校でも、ああいうクラスにはそうそう出会えません」

「そうですか。それはよかった。でも、先生が教えるクラスは特別なクラスということもあるんですよ。三年生は五クラスあるんですが、一組と二組は実質的には選抜クラスなんです。僕は五組の担任ですが、学力的にけっこう問題のある生徒もいるんですよ。保護者がいろいろと文句を言って来るから、予備校のように大っぴらに能力別クラス編成はできないんですが、羽鳥さんの指示で教務の職員がこっそりとやっているんです」

「そうなんですか？　それは知りませんでした」

三隅は素直に驚いていた。生徒も使える食堂でするには、きわどい話だが、三隅も近藤も小声で話していたし、食堂内はかなりの喧噪《けんそう》で、誰も二人の話を聞いているようには見えなかった。

「いや、先生、それが悪いなんて言うつもりは、私もないんですよ。どのクラスにも万遍なく力を入れたって、絶対に大学入試の実績は上がりませんからね。特に英語のような主要科目の場合、優秀なクラスを二つくらい作って、そこに先生のような有力な教師を集中的に投入するのが一番いいんですよ。それじゃなきゃ、予備校なんかに対抗できません。正直言って、うちの高校にも学力的に怪しい先生はちらほらいますからね。できる生徒には、それが分かっちゃいますから。失礼ですが、先生はどちらの大学のご出身だったでしょうか？」

「九州《きゆうしゆう》大学の英文科を出ています」

三隅はたいして抵抗もなく答えた。いきなり学歴を尋ねるのは、社会常識から言っても問題だろうが、予備校界で生きてきた三隅にとって、慣れきっている質問とも言えた。

三隅は北九州市小倉《こくら》北区の公立高校出身で、それなりに優秀な成績だったから、迷うことなく九州大学を受験して合格した。父親は東京の人間で、仕事の関係上、北九州市に来ていただけだった。だが、三隅自身は小・中・高を小倉で過ごしたから、意識の上では地元の人間と何ら変わりがない。従って、東京の大学に行こうという発想がそもそもなかったのだ。

「そうでしたね。もちろん、九大《きゆうだい》が立派な大学であるのは、私も存じ上げております。私だって、こう見えても、慶應《けいおう》の理工学部出身なんですよ。でもね、残念ながら、羽鳥さんの頭の中では、大学は東大《とうだい》と医学部しかないんです。ご自分は、バリバリの東大法学部出身ですしね。マスコミに受けるためには、綾清学院の東大と医学部の合格実績を伸ばすしかないと思い込んでいるから、困ったものです」

近藤が最初から、三隅の学歴を知った上で、出身大学を訊いてきたのは、明らかだった。だいいち、就任前に三隅の経歴は、職員会議などで各専任教員に周知《しゅうち》されるはずである。

「まあ、マスコミもそういう扱いをしますから、仕方がないんでしょうが」

三隅は適当に話を合わせて、常識的な反応を選んだ。

「でも、羽鳥さんは自分の学院の教員の中に、東大出身者が少ないことに内心不満なんですよ。ご自分を除けば、紺野先生しかいませんからね」

「紺野先生、東大なんですか？」

思わず訊いてしまった。そんなイメージでは捉えていなかったのだ。

「東大の数学科出身ですよ。そんな風には見えないでしょ。とても優しい謙虚な方で、彼女は学歴の話をされるのをけっこう嫌がりますけどね。でも、頭がいいだけに神経質ですよ。ちょっとチョークが付いただけで、午前と午後でジャージを着替えたりしますからね」

三隅は思わぬところで、ジャージに関する落合の説明の意味が分かったような気がした。同じ日の午前と午後で赤と黒のジャージを着替える女性教員がいるというのが、そういう意味だとすれば、分からなくはない。

そのあと、近藤はものすごい勢いで、カツ丼を食べ始めた。実際、三隅が腕時計に目をやると、午後の授業開始まであと十五分ほどしか残っていない。食堂内の人の数もいつの間にか減っている。三隅もそれに合わせるように僅かに残っていたパスタをフォークに絡めながら、食堂内の喧噪をぼんやりと聞いていた。

6

体育館の前を、黒いジャージ姿の大柄な中年男が歩いてくるのが見えた。首からネームタグをぶら提げているが、すでに太陽は体育館の裏の山際まで沈みかかっていて、視力のいい三隅でも、名前までは読めなかった。だが、猪越であるのはほぼ間違いないように思われた。三隅は、思い切って男のほうに近づいた。

「すみません。猪越先生でいらっしゃいますか？」

男は不意を衝かれたような表情をして、じっと三隅を見つめ、それから小さくうなずいた。

「新任の三隅と申します。よろしくお願いいたします」

「ああ、英語の先生ね。よろしく」

それだけだった。三隅は意外の感に打たれた。横柄な態度と言えば、そう言えなくもなかった。だが、それ以上に風変わりな人物に見えた。本能的に、猪越の周辺に漂う、病的な澱《おり》のようなものを感じ取ったのだ。

彫りの深い顔立ちだったが、その浅黒い顔の輪郭はどこか路上に打ち捨てられた髑髏《されこうべ》を連想させた。生活指導主任という肩書や体育教師というイメージから、もう少し体育会系的なステレオタイプを想像していたのだ。

三隅はもう一度軽く頭を下げ、「失礼します」と言い残して、正門のほうに歩いた。

「ねえ、『タケオの呪い』ってなに？」

正門近くで、三隅の前を歩く三人の女子生徒の会話が聞こえた。

「ああ、知ってる。うちのお兄ちゃんが言ってたよ。二十年前に体育館の後ろの山林の中で、タケオという保育園児が殺されたんだって」

「嘘《うそ》！　この学院に保育園なんかないじゃん」

「でも、昔はこの敷地《しきち》の一部が保育園だったんだって」

薄闇の中で、三人の表情がかろうじて視認できた。三人ともまだ幼い印象で、中学生のようだった。

タ・ケ・オ。リュウジの声が、耳奥で幻聴のように鳴り響いた。一拍遅れるタイミングで、血の気が引いた。その瞬間、後方から、黒い影のような何かが三隅の横を通り過ぎた。その横顔が、瞬時の残像を刻む。黒ずんだ皮膚の光沢の中で、義眼が鈍く光った。

だが、その背中は闇の中に吸い込まれるように、不意に三隅の視界から消えた。馬鹿な。錯覚に違いない。そうでなければ、幻覚を見たのだ。三隅は全身を硬直させて、前方の薄闇を凝視した。

三人の女子生徒は相変わらず、三隅の前方を歩いている。三隅はすでに三人の会話の文脈を失っていた。三人はぜんぜん違う話をしていた。

よくある学校伝説のようなものだろうと、三隅は思った。それに、タケオなどどこにでもある平凡な名前なのだ。

三隅は歩速を速めて、だらだらと歩く三人を追い抜いた。三人の声が次第に、後方に遠ざかっていく。やはり、さきほどの三隅の横を通り過ぎたように思えた男の残像が、網膜の奥深くに沈潜《ちんせん》していた。三隅は、三月にこの学院を初めて訪れたとき、建物の周辺に重くたれ込めていた暗い陰影を思い浮かべた。

バス停で偶然松山と出会い、横並びに座って駅まで行った。松山と話すことによって、三隅はようやく現実に戻ったような気分になった。

最寄り駅までのおよそ十分の時間、三隅は新参者として不明な点をいろいろと松山に尋ねた。松山は、丁寧に説明してくれた。近藤とは違い、主観を交えない説明だったので、三隅の頭は整理され、多くの事柄が明瞭な輪郭を帯び始めた。それでもジャージのことは、松山にも訊いてみたかった。

「ああ、ジャージですか。授業中に教師がジャージを着用するというのは、学院のルールとして決まっています。でも、僕は守っていません。やはり、教師の服装まで学院側が決めるのは、おかしいと思いますから」

松山はさらりと言った。その言い方に、三隅は好感を抱いた。自分はそのルールを守らないが、他人《ひと》のことには口を出さないという姿勢にも見えた。

「生徒に対する校則も厳しいようですね」

三隅は水を向けるように訊いた。実際、教師の服装についてそういう考え方をする松山が、校則についてどう思っているのか、本音を訊いてみたくなったのだ。

「はい、たいへん厳しいです。まあ、制服があり、茶髪禁止なんていうのはどの高校でもやっていることでしょうから、やむを得ないかも知れません。しかし、恋愛まで禁止するのは、行き過ぎですよね。思春期に、やっぱり恋は必要でしょ」

松山は最後の部分は笑いながら言った。やはり、第一印象通り、バランス感覚のいい人物に見えた。近藤のように批判のための批判をする人間ではない。

そろそろ駅が近づいているようだった。道路の混雑がひどくなり、バスの進行は極端に遅くなり始めた。

「ところで、話は変わりますが、『タケオの呪い』って、どういう意味ですか？」

三隅が幾分、唐突に訊いた。やはり、あの女子中学生たちの会話が気になっていた。

「ああ、もうお聞きになりましたか」

松山は笑いながら、予想外に明るい声で言った。

「ええ、さっき正門付近で、中学生がそんなことを言っているのを耳にしたものですから」

三隅も、松山に釣り込まれるように笑った。だが、幻影のように浮かんだリュウジの顔を思い出すと、その笑いは長くは続かなかった。

「そうですか。中学生くらいが、そういう話を一番好きなんでしょうね。まあ、『学校の怪談』系の、学校伝説みたいな話ですよ。でも、うちの生徒なら、中学生も高校生もたいがい知ってるんじゃないかな」

松山がそう言った瞬間、駅到着を告げる車内アナウンスが流れ始めた。ただ、駅ロータリーは混雑しているため、乗客が降車するには、まだ僅かに時間がかかりそうだった。

「でも、事件そのものは架空の話じゃなくて、本当にあったみたいですよ」

松山はそう言うとやや真剣な表情になった。

「歴史の教師の悪い習性で、すぐに調べちゃうんですが、二十年前に起こった『曙《あけぼの》学園事件』というのが元ネタみたいです。地元の人間で、四十過ぎの人間ならたいてい知っているくらい有名らしいけど、けっこう陰惨な事件なんですよ」

するとタケオという保育園児が体育館裏の山林で殺されたというのは、本当なのか。

バスが完全に停車し、乗客が一斉に立ち上がる。三隅も松山も立ち上がり、話は中途半端なところで、中断された。

7

翌日、三隅は松山から、曙学園事件について書かれた週刊誌のコピーを受け取った。休み時間に職員室の三隅のデスクにやって来た松山は、そのコピーを差し出しながら言った。

「昔、『大宅《おおや》文庫』から、わざわざ取り寄せて、調べたんです。『週刊リアル』の一九九九年十月二十二日号です。まあ、週刊誌の記事ですから、どこまで正確かは分かりませんが、事件の概要は分かるんじゃないですか」

「大宅文庫」なら、三隅も知っている。有料だが、過去の週刊誌の記事を調べるには、便利なデータベースだった。三隅は礼を言って、そのコピーを受け取った。しかし、授業開始日から二日目では、三隅も慣れないことが多く、一日中、何かと忙しく、結局、そのコピーの記事を読んだのは、四谷《よつや》の自宅マンションに帰った夜になってからである。タイトルは、「奇々《きき》怪々《かいかい》の曙学園事件」だった。

10月12日、午前10時過ぎ、千葉地方裁判所刑事第2部の法廷内は水を打ったように静まりかえった。

「私は武生《たけお》君を殺していません！」

曙学園事件裁判の被告人袴田清美《はかまだきよみ》が罪状認否《ざいじょうにんぴ》で、裁判長に向かって、こう言い放った瞬間である。何と被告の弁護人さえもこの新供述を知らされていなかったという。過労で精神的に追いつめられていた被告の、計画性のない衝動的な殺人という論点から、情状面に重点を置いた弁論を展開する予定だったらしい。従って、この突然の否認劇は、検察側だけでなく、弁護側にも大混乱をもたらしたのだ。裁判は罪状認否の直後に中断され、1時間後に再開されたものの、すぐにその日の審理は打ち切りとなった。

犯人性を争わない情状裁判と見られていたものが、被告人の一言で、突然、否認事件に転じたのだから、裁判の争点や日程をもう一度練り直す必要が生じたのは言うまでもない。袴田被告の突然の自白の翻意から、すでに10日間が経過しているが、未だに裁判の日程は発表されていない。今なお、再開の目処《めど》が立っていないのかも知れない。

千葉県警が袴田被告を殺人罪で逮捕したのは、今年の8月17日だった。しかし、司法記者の間では、被疑者逮捕の直後から、「この事件は筋がよくない」という懸念の声が上がっていたという。そこで、まずは読者の便宜のために、現在、マスコミの間で「曙学園事件」という呼称が定着しているこの事件の経過を、ここで簡単に振り返ってみることにしたい。

千葉市若葉区《わかばく》小倉台《おぐらだい》にある保育園「曙学園」から「園児が崖から転落した」という119番通報があったのは、7月16日（金）の午後6時46分のことである。救急車が駆けつけると、保育園の建物の裏にある山林の崖から10メートル下のアスファルトの路上に園児が転落して、仰向けに倒れているのが発見された。すでに死亡しているのは明らかだったため、園児が搬送されることはなかったという。

死亡していたのは、この保育園の年長クラスに入っていた島岡《しまおか》武生ちゃんという5歳の園児だった。この年長クラスの担当保育士が、袴田被告だったのである。しかし、当初はどうやら事故の可能性が高いと考えられていたようだ。すぐに所轄署である千葉東《ちばひがし》署の捜査員も臨場《りんじょう》していたが、袴田被告と保育園側の説明はそれなりに納得のいくものだったのだろう。

午後の1時から始まる午睡《ごすい》の時間、袴田被告が園児たちと共に横になったとき、うっかり寝てしまった隙を衝いて、外に抜け出した武生ちゃんが裏の山林の中にある崖のところまで歩き、誤って足を滑らせたのだろうと考えられた。事実、千葉東署が司法解剖ではなく、行政解剖を行っていることも、そういう警察の見立てを窺《うかが》わせた。

しかし、およそ1ヵ月後、袴田被告が突然殺人罪で逮捕されたことを考えると、この間《かん》、千葉東署に設置された捜査本部が、極秘裏に徹底的な地取り捜査を進めていたのは想像に難くない。捜査本部の捜査員は、どうやら袴田被告が武生ちゃんのことで悩んでいて、ほとんど鬱《うつ》状態だったということを、園内の保育士などから聞き出していたらしいのだ。

事件が起きた当日は終日快晴で、最高気温は30・0度、最低気温は25・2度を記録していた。湿度も高く、実際の気温以上に暑く感じられた。

だが、袴田被告が苛立《いらだ》っていたのは、確かにその気候のせいだけではなかったのだろう。昼寝の時間であるにもかかわらず、園児たちの一部がなかなか寝つこうとしなかったため、ひどく苛ついていたことを、事件直後、袴田被告自身が周辺の人間に認めていたのだ。

袴田被告は短大を卒業してからまだ2年目で、保育士としての経験は決定的に不足していた。その前週も散歩の途中、一人の女児が転んで怪我《けが》をする事故があり、園長からかなり強い口調で、叱責《しっせき》されていた。確かに、保育園における園児の安全は、最優先事項だった。そのことで、もともと神経質な袴田被告が、ますます神経過敏になっていた可能性は否定できない。

年長クラスの午睡については、保護者からの不満や疑問の声があるのも事実だった。保育園で昼寝をすると、自宅でなかなか寝つかなくなるから、必要ないという意見もあるのだ。

実際、年長の園児は、年少の園児に比べて寝つきにくいそうだ。その日も、園児たちの寝つきは悪く、1時間のお昼寝タイムが始まって10分程度経っても、未だに起きている園児が3～4人いた。園児は全部で12名いて、残りの園児は寝ついていたため、大声で叱りつけるわけにもいかない。まだ寝ていない園児の一人一人に近づき、眠るように小声で説得するしかなかった。

それでも、結局、袴田被告の記憶では午後1時15分を過ぎた頃には、寝ていない園児は、武生ちゃんだけになっていた。これはいつものことだった。武生ちゃんは、袴田被告がその年に年長クラスを担当し始めてから、いわば天敵のような存在になっていて、ことあるごとに逆らって、逸脱行動を繰り返していたのである。

知的な意味で問題のある子というのとは、むしろ逆で、知能指数はかなり高く、非常に才気のある子供だった。その才気が仇《あだ》になって、袴田被告の目からは悪意を以《もっ》て、自分の仕事を妨害しているようにしか見えなかったのかも知れない。実は、前週の女児の転倒事故も、路上で別の男児を毒のある言葉で苛《いじ》める武生ちゃんに気を取られるうちに、起こったものだったのだ。

いずれにせよ、このあと何が起こったかは、正確には分かっていない。あくまでも袴田被告の当初の供述を信じるとすればだが、園児と共に横になっていた被告自身も疲労のあまり、眠りに就いてしまったという。

袴田被告が目を覚ましたとき、時刻はすでに午後1時40分を過ぎていた。大方の園児はまだ眠っていたが、出入り口近くにいた武生ちゃんの姿が見えない。トイレや他の教室を捜しても見つからなかった。

袴田被告を含む6人の保育士と園長総出で捜しても、園内では見つからず、結局、「曙学園」裏の山林にまで捜索範囲を広げた。その結果、切り立った小さな崖のような場所から、下のアスファルトの平地に転落して、仰向けに倒れている武生ちゃんが発見されたのだ。時刻はすでに午後6時40分近くになっており、夏の日長とは言え、太陽はすでに西の空に沈みかかり、周囲は暗い陰影に満ちていた。

武生ちゃんは後頭部からかなりの血を流していて、顔は透き通るように白かったという。顎《あご》の一部にすでに硬直が起こっていて、死亡しているのは一目瞭然だった。後の検視と行政解剖で分かることだが、死後4～5時間経過しているものと推定された。

その小さな崖には、東側寄りの比較的幅の広いなだらかな土道を上り、右手の台形の傾斜地に入ればすぐに行き着くことができた。日常の園児たちの散歩コースでも、そのなだらかな土道を歩くことは、普通にあることだった。

台形の傾斜地の入り口には「崖あり。危険につき、立ち入り禁止」の立て看板が置かれていたが、フェンスがあるわけでもなく、園児であろうと誰であろうと、簡単に入り込めてしまうのだ。実際、そこは一見、平坦《へいたん》な土地にしか見えず、中に入って数歩歩くと、不意に切り立った崖であることに気づくような地形になっていた。この状況は、小誌の記者が、実際に現場に行って確認している。

一般に崖地の定義は傾斜が30度以上あることだが、この傾斜地の場合、60度に近く、かなり危険だった。だからこそ、立て看板による警告が行われていたのだ。武生ちゃんは散歩の途中で、その中に入り込もうとして、袴田被告から強く叱責されたこともあったという。

繰り返しになるが、あくまでも、袴田被告の当初の供述に基づいて構成すると、これが事件の概要ということになる。しかし、当然のことながら、謎も多く、警察だけでなく、園内にも袴田被告に対する疑惑の声があったのは事実らしい。「清美先生の武生鬱」という言葉は、保育士の間で流行語のようになっていたというのだ。しかし、捜査本部がそういう状況証拠だけで、袴田被告の逮捕に踏み切るとはとうてい考えられなかった。

後の裁判で明らかになることだが、その逮捕には実は園児の重要証言が大きく関係していたのである。同じ年長クラスにいた6歳の園児が、眠らずに起きていて、「清美先生が武生君をお外に連れていった」と証言していたのだ。

普通に考えれば、6歳の子供の証言をどの程度真《ま》に受けるべきか、微妙なところだろう。しかし、この園児は翌年から学齢期を迎える年長の園児だったというだけではなく、知能指数が飛び抜けて高く、判断力も10歳前後の学齢期の子供に匹敵するということを、園長以下、ほとんどの保育士が口々に証言していたのだ。

捜査本部がこの証言に懸けたのは間違いなかった。女性警察官を使ってこの園児から話を聴いたところ、確かに、その証言は6歳児とは思えないほどしっかりしていた。「眠くなかったけど、眠らないと清美先生に叱られるから、目をつぶって、寝たふりをしていた」と証言しているのだ。

しかも、時計の針もしっかりと読める子供で、袴田被告と武生ちゃんが出て行ったとき、教室の白い壁に設置されていた時計は、午後1時15分くらいを指していたことまで覚えていたのだ。捜査本部の捜査員たちがこの証言の報告を受けて、どよめいたのは無理もなかった。

その園児の記憶が正しいとすれば、午後1時20分から2時30分という武生ちゃんの死亡推定時刻の正しさをほぼ裏づけるような証言だったのだ。教室と事件現場の距離を考えると、袴田被告と武生ちゃんが一緒に歩き、袴田被告が武生ちゃんの足に合わせていたとしたら、15分くらい、あるいは状況によってはそれ以上、時間が掛かってもおかしくはない。

物証もなくはなかった。武生ちゃんの遺体の衣服には、袴田被告が当日着ていた赤いTシャツの繊維がかなり大量に付着していたのだ。しかし、これはけっして決定的な物証とは言えないだろう。保育士と園児のスキンシップは常に行われているわけだから、それがいつ付着したのかを科学的に立証するのは容易ではない。

要するに、司法記者の間で当初から「この事件は筋がよくない」という懸念があったのは、この唯一の物証の立証可能性に対する懐疑がまずあったのだ。捜査本部は被疑者逮捕の翌日、被害園児の衣服に付着していたTシャツの繊維が当日被疑者の着ていた物と一致したことをいち早く発表していたが、やはり、ベテランの司法記者の中には、首を捻《ひね》る者も少なくなかった。

それに加えて、いくら頭のいい園児の証言と言っても、人の一生を左右する重要証言として、6歳児の証言を、裁判所が証拠として採用するかは微妙だった。特に、その園児に対する人権的配慮の見地から、氏名はおろか、性別まで明らかにされていないのだ。そのため、いわば、匿名の記号のような存在になっていて、年齢の問題はともかくとしても、証言者としての法的適格性まで問題にする法律家もいるという。

　そういう筋の悪さを考えると、袴田被告の逮捕は初めから、波乱含みだったことは間違いない。ただそれでも、公判開始前までは、ともかく検察側が有利な立場を維持しているように見えたのは、その園児の証言を捜査員に突きつけられて、袴田被告がいったんは自白しているためだった。しかし、袴田被告は今その自白を翻《ひるがえ》し、それは捜査員の巧みな誘導と強要による、虚偽の自白だったと言い出しているのだ。

　いやはや、奇々怪々な事件の展開である。袴田清美被告の自白撤回を疑問視する声は、当然あるだろう。小誌の取材でも、検察や警察だけでなく、園内にも袴田被告に対する疑惑の声は依然として根強く残っている。武生ちゃんの遺体が発見されたときの袴田被告の取り乱し方が、単に担当保育士としての責任感によって生じたものとは思えないほど異常だったという声もあるのだ。

　もちろん、「疑わしきは被告人の利益に」という刑事訴訟法の原則に則《のっと》れば、袴田被告をこの段階で犯人と決めつけて、断罪することはできない。しかし、仮に彼女が犯人でないとすれば、他に真犯人はいるのか。それとも、それは単なる転落事故だったのか。いずれにしても、亡くなった武生ちゃんのためには、早く決着をつけて、冥福を祈ってあげたいものだ。今後、再開される裁判の帰趨《きすう》が注目される。

8

三隅にとって、松山からもらった週刊誌の記事は、いささか物足りなかった。裁判が中断された段階での記事だから、当然、その後の展開も書かれていないし、袴田清美の自白内容と警察の取り調べがどのようなものであったのかも具体的には分からない。もちろん、「タケオの呪い」という言葉の由来を知るだけなら、その記事で十分だった。実際、松山はその程度の軽い気持ちで、コピーを三隅に渡したのだろう。

だが、三隅はやはりそれ以上のことを知りたかった。五、六歳の園児によってさえ、人間の運命が決定的に左右されることに恐怖すら感じていたのだ。三隅はあるネット書店で、『曙学園事件の闇』という書籍を購入した。五年前に出版された本で、著者は砧 恭子《きぬたきょうこ》という弁護士で、曙学園事件の弁護団の一人だった。

従って、曙学園事件は冤罪《えんざい》であるという視点から執筆されたもので、警察の取り調べ方法を厳しく批判していた。三隅には、冤罪であるかどうかは、もちろん、判断できなかった。だが、この書籍で著者が警察の取り調べ状況を示すために、裁判資料として載せていた「取り調べ立会状況報告書」という公文書に戦慄した。袴田清美に対する、警察の取り調べの状況が、公文書としては異例なほど、あまりにも生々しく記述されていたからである。

本年7月16日小倉台2丁目で発生した曙学園園児殺害事件の被疑者袴田清美の取り調べに立ち会った状況は次のとおりであるから報告する。

記

1　被疑者
　　氏名　袴田　清美
　　昭和51年9月30日生（22歳）
2　取り調べ日時
　　平成11年8月18日午前9時27分から
　　同日午前11時50分までの間
3　取り調べ場所
　　千葉県警千葉東警察署　刑事課1号調室
4　取調官
　　千葉県警千葉東警察署派遣

千葉県警刑事部捜査一課　警部補　三浦和久《みうらかずひさ》

5　取り調べ状況

（1）被疑者を当署留置場3号留置室から出房させて調室に入れ、取調官と相対して扉を背にして椅子に掛けさせた。

（2）取調官が被疑者に対し、「体調はどうか。」と訊くと被疑者は「昨晩はほとんど眠れなかったので、よくないです。」と答えた。

（3）取調官が供述拒否権を告げて、取り調べが開始された。取調官が「昨日、君のお父さんが県警に訪ねてこられた。いいお父さんだね。君のことをたいへん心配しておられたよ。清美は本当に優しいいい子だから、やったとしたらよくよくの事情があったのだろうと涙を流しておられた。私もそう思う。今日で二日目の取り調べだけど、君は本当に素直ないい子だ。嘘をつけない子だ。私にも君と同じくらいの歳《とし》の娘がいるから、そんなことはすぐに分かる。だから、今日は君の本当の気持ちをぜひ聞きたいんだ。」と話した。被疑者が涙を流して激しく泣き出したため、取調官はやかんのお茶を湯飲みに注ぎ、被疑者に飲ませ、落ち着くのを待った。五分ほど間を置いたあと、取調官が「ところで、君は昨日、子供は純真だから嘘をつかないと言っていたね。その意見に変わりがないか。」と尋ねると、被疑者は「はい。」と小声で答えた。取調官がさらに「じゃあ、○○ちゃんもきっと嘘をついていないんだね。○○ちゃんは、君が武生君をお外に連れていったと言ってるんだよ。」と話すと、被疑者はうつむいて黙り込んだ。「ねえ、君、私の目を見てごらん。刑事がこんなことを言うのも問題だけど、君の気持ちは本当によく分かるんだ。保育士さんというのは、そりゃ大変な仕事だよ。子供というのは、いつだって我《わ》が儘《まま》で、大人を困らせるんだ。誰だって、いらいらすることはあるよ。君もきっといらいらが募ってたんだと思う。でもね、武生ちゃんが君を困らせていたのは、清美先生が大好きで甘えていたんだと思うよ。だから、清美先生が本当のことを言ってくれないと、武生ちゃんは天国に行けなくて、困っていると思うんだよ。私のために、いや、武生ちゃんのために、本当のことを教えてくれないか。」取調官のこの言葉を聞いて、被疑者は、再び、激しく泣き出し、何かを口走ったが、よく聞き取れなかった。取調官が「清美先生、勇気を出してもう少しはっきり言ってください。武生ちゃんをどうしたんですか。」と訊くと、被疑者は声を震わせながら、「どうしても寝てくれないので、いらいらして、武生ちゃんを崖から突き落としてしまいました。こんな子、死ねばいいと思っていたんです。」と答えた。そのあと、被疑者は声を上げて、全身を震わせながら泣き続けた。

（4）被疑者の泣き声がやみ、やや落ち着きを取り戻したとき、取調官が「今の話、供述調書に取りたいんだけど、いいかな。」と尋ねると、被疑者は「午後の取り調べでお願いします。午後には頭を整理して、もう少しきっちりと話します。」と答えた。

（5）被疑者の言葉を信じて、この場では供述調書の作成はしなかった。

以上

『曙学園事件の闇』によれば、袴田清美は午後の取り調べで、約束通り、武生殺害の経緯をかなり具体的に詳述している。どうしても眠ろうとせず、散歩をねだる武生を裏山に連れ込み、衝動的に崖から突き落としたというのだ。

犯行時刻は、袴田自身が正確に覚えているわけではなかったが、だいたい午後一時三十分前後というから、園児の重要証言とも死亡推定時刻とも大きく矛盾するものではない。この供述の中で、袴田は殺害直前の武生との具体的なやり取りをも供述していた。

あくまでも教室に戻って昼寝しようと主張する袴田に、武生は子供らしくない罵詈《ばり》雑言《ぞうごん》を浴びせたらしい。その中で、もっとも袴田を傷つけたのは、「お母さんも言ってたよ。清美先生は頭が悪いって」という発言だった。袴田はすべてを話し終わったあと、再び、件《くだん》の取調官に対して、涙を流しながら「子供って、残酷ですね。だって、私の頭が悪いのは、本当のことですから」と話したという。

袴田が殺害直前に武生と交わしたとされる会話には、当事者しか知り得ない具体的な内容が含まれており、その信憑性《しんぴょうせい》はかなり高いように思われた。著者の砧弁護士自身も、二人の間でそれに近い会話が交わされた可能性は否定していない。

ただ、それが袴田の武生殺害にストレートに結びつくかはまた別問題だというのが、砧弁護士の主張である。取調官の巧みな誘導によって、ほとんどトランス状態にあった袴田が、この時点でも取調官に媚《こ》びるように発言していた可能性は否定できないという。

いずれにしても、袴田は検察の取り調べ段階でも、この自白を維持したままだった。ところが、千葉地裁で行われた公判段階で、突如として否認に転じたのだ。

いったん中断された裁判は、およそ一ヵ月後に再開されたが、裁判官、検察官、弁護人の話し合いにより裁判の争点も変更されていたため、予定よりも大幅に長い日数を要した。砧弁護士は、この裁判再開後に新たに弁護団に加わった三名の弁護士のうちの一人である。

それでも何とか日程をこなし、あとは判決公判を待つばかりになった頃、これまた信じられない幕切れが待ち受けていたのだ。判決公判の三日前、袴田は拘置所で、着ていたセーターを解きほぐして紐状《ひもじょう》にし、トイレ前に置かれたアクリル遮蔽板《しゃへいばん》の角にその先端を結んで、縊《い》死《し》を遂げたのである。

三隅自身、この結末を知って、唖然《あぜん》としていた。この被告人の死亡により、曙学園事件は、実に後味の悪い迷宮の中に沈んだように見えた。

第二章　闇のルーナシー

夜の海。九十九里の波音《なみおと》が、幻聴のように聞こえていた。あれは去年の夏の光景だった。僕は延々と続く砂丘海岸の、波打ち際の浜辺に立ち、生ぬるい潮風《しおかぜ》を受けながら、Kを待ち受けていた。暗い不穏な雲に覆われた遠い水平線の向こうから、浜辺に打ち付ける波音の間隙を縫うように、僕はあの重い足音を聞いた。胸がときめいた。Kの足音だから、すぐに分かる。僕は間違いなく、Kを愛していた。熱烈に、慎み深く。僕はKを抱き寄せ、唇を重ねた。初めての、そして一度だけの接吻《キス》。

どこかに欠損《けっそん》を抱えている人間が僕の好みだった。健康なやつなんて、大嫌いさ。その欠損は、体でも心でもいい。僕にとって、何かに病んでいることこそが、人間の優しさの証《あかし》だった。

確かにKは優しい。そして、僕が弱い人間であることも確かだろう。それでも、何としても僕がKを守ってやらなくてはならないと思っているのだ。だが、いったい何から守ってやればいいのか。

　とりあえずは、猪越の暴虐からだろうか。だが、何と言っても僕は非力《ひりき》だった。そして、猪越は権力を持っている。僕は猪越の前に行くと、何も言えなくなり、彼のあらゆる指示を受け入れてしまう。僕には彼に抵抗する勇気が決定的に欠けているのだ。

　いや、問題は僕にだけあるのではない。K自身が、もっと態度をはっきりさせるべきだろう。Kが僕のことをどう思っているのか、僕には未だに確信が持てなかった。一度の甘い口づけが何の証になるだろう。Kも僕と同じ熱量で、僕を愛してくれているとすれば、僕だって、猪越と本気で戦う決心ができるというものだ。

　だが、僕の勘ではKには僕よりも好きな人がいる。誰なのか、だいたい目星は付いていた。僕の勘が正しいとすれば、それは実にやっかいな相手だ。だが、相思相愛であるのかは、判断が難しい。Kが一方的にあこがれているだけかも知れないのだ。実際、Kの魅力は独特で、理解できない人間も少なくないだろう。何となく、昭和の匂いがするのだ。

　Kが近づいてくると、独特のかぐわしい匂いを感じた。新しい畳とか、麦藁帽子《むぎわらぼうし》を連想させるような匂いだった。それを昭和の匂いと言うのは不遜だし、不適切だろう。何しろ、僕自身が昭和の匂いがどんなものなのか、知っているはずがないのだ。

ただ、僕が言いたいのは、Kの雰囲気がまったく今風ではないということなのだ。僕は自分が例外的な人間だと思いたかった。いわば、Kの魅力の普遍性を否定することによって、Kに対する僕の愛を、もっと絶対的で崇高な位置に高めたいのかも知れない。

その意味では、僕にとって、僕の思いがKに伝わっているかどうかが、一番重要だった。その思いに対して、Kがどんな反応をするかは、たいした問題ではない。仮に冷たい反応をされたとしても、僕の思いが変わるはずがないからだ。

しかし、僕がラインを始めようと申し出ても、断られてしまった。かろうじて、メールでの会話は成立しているものの、メールには「既読」の機能がないから、Kが僕のメールを読んでいるのかどうかさえ分からない。僕は自分の気持ちが伝わったかどうか不安で、これまで幾度の眠れぬ夜を過ごしたことだろう。

僕の思いは、この学院でKの姿を見たときからすでに始まっていた。一年経って、やっとメルアドを訊き出したものの、返信はたまにしか戻ってこない。だが、Kが僕を頼ってくれていることは間違いなかった。ただ、内気すぎて、そのことをはっきり言えないだけだろう。

その内気さが、ときに冷たい雰囲気に見えることがあるのは確かだった。それでも僕はいいのだ。僕は自分の愛に代償を求める気はない。ただ、他人《ひと》には負けたくない。特に、Kが僕よりも愛している人間には絶対に。その意味では、猪越など僕にとって、まったく取るに足らない存在なのかも知れないのだ。

あの九十九里の海岸での歓喜を、僕は今年も再現したい。僕の耳にはすでに、夜の闇の中で浜辺に打ち付ける、白く光る波のざわめきが聞こえている。

1

居酒屋内の喧噪は高まっていた。三隅が近藤と飲み始めてから、すでに一時間くらいが経過していた。授業が終わって、バスに乗ったところ、その日は近藤と乗り合わせ、誘われるままに、この居酒屋までやって来たのだ。

駅近くの大きな居酒屋だった。金曜日のせいか、かなり混んでいて、店内のテーブル席はあらかた埋まっている。三隅は生ビールのジョッキ一杯を空《あ》け、芋焼酎の水割りを飲み始めていた。アルコールには強く、顔色はまったく変わっていない。近藤のほうは、まだ生ビールのジョッキを少し残していたが、すでに顔がかなり赤くなっている。

「三隅先生、我々の学校も表向きは何もないように見えていますが、陰ではいろいろと事件が起こってるんですよ」

近藤が体を前傾させ、辺りを若干気にするようにして言った。さすがにジャージは着替えていて、チェックのブレザーに、白地に赤い襟《えり》のスポーツシャツという服装だった。

「例えば、どんな事件ですか？」

三隅はうながすように訊いた。近藤がいかにも言いたそうだったので、そう訊くのが礼儀のような気分になったのだ。

「そうそう、去年の夏なんか、体育館の女子トイレで盗撮用のカメラが発見されて、警察が呼ばれて大騒ぎになったんですよ。まあ、学院側の発表では、外部から変質者が侵入したってことになっていますが、それもどうだか――」

「内部犯行説もあるんですか？」

三隅は笑いながら訊いた。こういう話は、思い切り茶化して訊くほうがいいと思ったのだ。

「いや、具体的に誰かと言うんじゃないけど、生徒が犯人だって少しもおかしくないですからね。我々男性教師に言わせれば、中・高の男子生徒なんて性欲の塊《かたまり》でしょ」

性欲の塊。いかにも近藤らしい表現だ。三隅は思わず笑い出しそうになるのをぐっと堪《こら》えた。

「でもね、三隅先生、そういう痴漢行為に類する事件は、そんなに希《まれ》でもないんですよ。まあ、盗撮カメラのような具体的な物証が発見されることはそうはないですが、肉眼による覗きなんていうのは、けっこうあるんですよ」

肉眼による覗き。これも面白い表現だった。三隅は、今度は特に我慢せず、軽く声を出して笑った。

「これも去年の事件ですが、うちの男子中学生が高校の建物に入り込んで、エスカレーターを上がる女子生徒のスカートの奥を覗き込んでいるのが見つかって、やっぱりちょっとした騒ぎになったんですよ。しかも、そいつは最後まで、女子生徒のスカートの奥を覗こうとしていたことを認めず、結局、保護者を呼んで『誤解を受けるような行為をしないように』と注意しただけで、おしまいですよ」

ここで近藤は生ビールのジョッキを飲み干し、たまたま通りかかった若い女性店員に冷酒を注文した。三隅は、近藤の口の滑りがますますよくなっているのを感じていた。

「それにね、この話には後日談《ごじつだん》、まあ、おまけみたいな話があるんですよ。先生、その被害を受けた女子生徒って、誰だと思います？　先生の知ってる生徒ですよ」

「僕が知っている？」

三隅が教え始めてから、まだ二週間程度しか経っていなかった。そう言われて名前と顔が一致する生徒が、そうたくさんいるわけではない。

「先生の担任クラスの学級委員長、今西紗矢です。彼女が高二のときの話なんですよ。容姿を見れば、分かるでしょ。まあ、彼女は少なくとも高校内では誰もが知っているマドンナ的な存在ですからね。その中学生、彼女のパンツの色を確認したかったんじゃないですか。もっとも、彼女なら、絶対見せパンを穿《は》いていると思いますけどね。実際、彼女のスカートの丈も問題なんです」

「しかし、生徒手帳の校則を読むと、長すぎるスカートについては、膝の下から三センチ以上長いものはダメと具体的に触れていますが、短すぎるスカートについては、膝の上より極端に短くないものと、妙に不明確な書き方をしていますね」

「そうなんです。あの書き方では、極端に短くなければ、短くてもいいという意味にも取れますからね。まるで男の教師だけで作ったような、都合のいい校則でしょ――」

近藤は幾分下卑《げび》た笑い声を上げながら言ったが、すぐに言葉を止めた。先ほどの若い女性店員が注文した冷酒を運んできたからだ。近藤はコップの冷酒を一口飲み、女性店員が去るのを待って、再び話し始めた。

「でもね、あの今西というのも不思議な子ですよ。見た目も、性格もさわやかでとってもいい。その上、成績もトップクラスですよ。東大の文科三類が第一志望ですが、教師間の下馬評じゃ彼女は現役合格の有力候補なんです。でも、スカートの丈については、妙に頑固なんです。我々、男性教師に対するサービスのつもりですかね。あっ、いけない。これ、三隅先生が女性教師だったら、完全にセクハラですよね」

近藤が声を立てて笑った。三隅は苦笑した。

「猪越先生は、注意しないんですか？」

三隅は素朴な疑問を投げかけてみた。校長の落合が言うように、猪越が校則に基づく徹底的な生活指導を行っているとすれば、紗矢のスカートの丈は当然、その網に引っかかってくるはずである。

「それがね、やっぱり、頭のいい子は違いますね。全校集会のときは、猪越先生も来ていますから、彼女、しっかりとスカートを下に引っ張って長くしてるんです。こうなると、もう確信犯ですよ」

ここで近藤は、またもや笑い、今度は三隅もはっきりと声に出して笑った。

「まあ、校則が厳しいと言ったって、万事がそんなもんなんです。スマホだって、校則では持ち込み禁止でしょ。でも、少なくとも高校生の場合、学校にスマホを持ってきてないやつなんて一人もいませんよ。みんな、猪越先生に見つからなければいいと思ってるんです」

ここで、近藤はテーブルの焼き鳥に手を伸ばし、一呼吸入れた。刺身の盛り合わせもあるが、三隅も近藤もこれにはまったく手を付けていない。近藤が息もつかせぬ速さでしゃべっていたため、実際、食べ物に手を伸ばすチャンスがなかったのだ。

「でもね、三隅先生、こんな話はたいしたことじゃないんです。しかし、五月の連休明けくらいから起こることはちょっとやっかいな上に、三隅先生とも無関係とは言えませんので、お話ししておいたほうがいいのかと思っているんです」

いかにも勿体《もったい》を付けるように言うと、近藤は食べ終わった焼き鳥の串を取り皿の上に置き、妙に真剣な表情になった。

「問題は夏休みの真っ最中に行われる、移動教室の水泳訓練なんです。あの行事には、生徒も教員も例外なく、全員参加ですからね。でも、水泳訓練なんて大学受験の実績とはまったく関係のない話で、はた迷惑もいいところなんです。何を好んで、夏休みの一番いい時期に水泳訓練なんかしなくちゃいけないんですか。実際、あの馬鹿げた行事のおかげで、深刻な人権問題も起きているんです。ほら、先生の担任クラスに、浜琴音という生徒がいるでしょ。子供の頃罹《かか》った破傷風のせいで、左足を少し引きずる子です」

「ああ、彼女なら、個人面談をしたばかりですよ」

三隅は先週の後半から、大学受験に備えて志望校を聞くための個人面談を開始していた。

「そうですか。彼女は医学部志望ですよね。私も生物を彼女に教えているんですが、よくできる子です」

三隅は小さくうなずいた。琴音は面談用の調査シートには、東京の近郊にある国公立大学の医学部を志望校として書いていた。極端に内気な生徒で、足に障害があることも分かっていたので、三隅も面談の際、ひどく気を遣って話したのを覚えている。

「彼女は、水泳訓練から免除されるんじゃないんですか？」

三隅は先回りするように訊いた。三隅にとって、それは議論の余地のないことのように思われた。

「それがそうじゃないから問題なんですよ。去年も彼女の母親から免除願が出ていたんですが、猪越は頑として認めなかったんです。しかも、落合や竹本がその意見を支持したから、驚きですよ。落合なんか、ひどい詭弁《きべん》を弄していましたよ。海に入るか入らないかは、そのときの体調で決めればいい。でも、水着を持って、九十九里まで行くことが生徒の連帯意識を植え付ける上で重要なんだと。結局、彼女は猪越に強要される格好で、水着姿になっちゃったんです。彼女が泳ぎたくないのは、体調の問題じゃなくて、左足の股《また》の裏側が少しえぐれているように細くなっていて、それを他人《ひと》に見られたくなかったからなんですよ」

近藤は今になって怒りがこみ上げてきたかのように、猪越のことも落合や竹本のこともいつの間にか呼び捨てにしていた。その怒りは満更嘘でもない気がした。実際、普段は冷静な三隅が聞いても、かなりひどい話に思えたのだ。

「それにしても、その三人の先生方に異論を唱える先生はいなかったんでしょうか？」

三隅は芋焼酎の水割りを一口のみ、幾分、怒気を含んだ声で訊いた。

「一人だけいましたよ。強く反対した人間が」

「その一人というのは？」

「松山先生です。でも、あの先生が言うと、バイアスが掛かっちゃうからな」

「バイアス？」

意味が分からなかった。三隅にとって、松山は綾清学院の教師の中で、もっともまともな人間の一人に見えるのだ。

「ええ、あの先生、さわやかで感じもいいでしょ。それにあの通りのイケメンですから、特に女子生徒には圧倒的な人気があるんです。でも、言いにくいんですが、ある左翼政党の党員だという噂があるんですよ。だから、下手《へた》にあの先生に同調すると、あとで勧誘されちゃうんじゃないかと不安になる先生もいるんです。まあ、僕も多少の反対論を述べましたが、選択科目の教員の意見なんか、影響力は皆無なんです」

松山が仮に左翼政党の党員であろうがなかろうが、三隅にとって、そんなことはどうでもよかった。それに、大学受験の選択科目の教員であることが、その発言力を下げるとも思えない。三隅には、近藤の言ったことは言い訳にしか聞こえなかった。

おそらく、近藤も遠回しに反対意見を述べることはしたのだろう。だが、近藤の抜け目のない性格を考えると、高校の幹部である校長と副校長や、猪越という強権の持ち主に対して、真っ向から反対論を述べることは避けたに違いない。

「あとは、紺野先生が例のごとく、蚊の鳴くようなか細い声で、体に障害のある人間をそういう訓練に無理やり参加させるのはよくないという趣旨のことを一度だけ言いましたけど、『だから、無理やりじゃないでしょ！　その場の体調次第で、参加しなくてよいことになるかも知れないんだから。あなた、東大出てるのに、そんなことも分からないの！』と落合に恫喝《どうかつ》されて、しゅんとして黙っちゃいましたよ」

「それにしても、落合校長は何故そんなに権力を持っているんですか？」

三隅は言いながら、校長室で会った落合の顔を思い浮かべていた。

「いや、権力なんてありませんよ。ただ、羽鳥理事長の愛人だというだけです。そんなことは、学院の人間なら誰でも知っています。校長も理事長と同じで、自宅は東京ですからね。理事長の奥さんの目を盗んで、すぐに会えるようにしているんじゃないですか」

近藤はこともなげに言った。そういうことか。よくある話だ。近藤がさらに言葉を繋《つな》ぐ。

「この学院で本当に権力を持っているのは、羽鳥理事長だけですよ。あの人、人当たりはいいけど、それに騙《だま》されちゃダメですよ。頭がいい分、マキャベリみたいに、冷徹な男です。いろいろと黒い噂もある人ですからね。右翼の大物どころか、広域暴力団の組長とも交友関係があると言う人もいますよ。愛人だって、落合校長以外にもいるらしいです。それももっと若い——尻《けつ》のデカイ、下半身の安定した女が好きみたいですね。落合校長を見れば分かるでしょ」

近藤はまたもや下卑た笑い声を立てた。三隅は無言だった。

「先生も腹を括《くく》っておいたほうがいいですよ。問題は、今年も移動教室が行われるということなんです。その場合、浜の母親から担任である先生宛に、また免除願が届くはずです。だから、先生は職員会議でご自分の意見を言わなくてはならない状況に追い込まれますよ」

近藤は意味不明な笑みを浮かべて、三隅の顔を覗き込むようにした。その顔には、底の知れぬ悪意さえ隠見《いんけん》しているように見える。やはり、複雑な男だと、三隅は思った。

2

「君は数学ができるんだね」

三隅は思わず言った。ゴールデンウィークに入る前の最後の授業日のあと、最終グループの面談を実施していた。その最後の一人が、鰐淵友彦《わにぶちともひこ》という男子生徒だった。

実際、鰐淵の数学の点数は圧倒的だった。学内の試験では、すべて学年トップの点数で、全国模試でも、数学だけならコンスタントに全国で十位以内に入っているのだ。どの科目であれ、全国模試で十位以内に入るのは、途方もなく飛び抜けた成績で、大手予備校の特別選抜コースの生徒でもほんの僅かしかいない。

「でも、文系の科目はあまり得意ではないんです」

鰐淵は謙虚に言った。銀縁の眼鏡を掛け、髪をきれいに七・三に分けている。今時の高校生とは少し雰囲気が違う。かなり小柄な、神経質そうな生徒だった。

三隅は手元の資料に記された、英語や国語などの文系科目の点数を見つめた。けっして悪い成績ではない。しかし、数学の点数があまりにも高すぎるために、見劣りするのは確かだった。他の理系科目、物理と生物もかなりの高得点だ。

「第一希望は、筑波大《つくばだい》。東大じゃないんだね」

「東大じゃなきゃいけないんですか？」

三隅は驚いたように顔を上げて、鰐淵を見つめた。予想外に強い、唐突な口調だったからだ。鰐淵は三隅の返事を待つことなく、すぐに言葉を繋いだ。

「東大より筑波大のほうが、僕がやりたいことができると思うんです。脳工学とも関連する分野で、その道の専門家に習いたいんです」

やや抑えた口調だったが、依然として言葉の所々に、不必要な力が籠もっているように思えた。しかし、考え方自体はまっとうだ。むしろ、三隅のほうが自分の発言を恥じいるべきなのだろう。いつの間にかこの学院の雰囲気に、悪い意味で染まり始めていたことを意識した。

実際、面接してみて驚いたのだが、生徒のほとんどが東大志望、そうでない場合は医学部志望なのだ。去年の実績で言えば、東大六十九名、医学部十五名の合格者を出しているが、現役合格者は三割にも満たない。いくら実質上の選抜クラスだと言っても、現実の合否の割合を考えると、東大や医学部の志望者数は異常に多い。もちろん、学院側がそういう宣伝をして、生徒を集めている以上、これはある程度やむを得ないことなのだろう。

しかし、問題なのは、大学に入って何がやりたいのかという三隅の質問に対して、ほとんどの生徒が曖昧な返答しかしないことだった。要するに、大学の名前だけで志望校を決めているのだ。

「いや、そういう考え方が一番正しいと思いますよ。やっぱり、自分が何をしたいのかが、進学先を決める上で、一番重要なんです。筑波大はいい大学ですよ」

「でも、少し迷っているんです」

鰐淵はやや視線を落として言った。ここはごく普通の生徒の反応だった。

「他の大学も考えているのかな？」

やはり、東大なのか。しかし、今度は口にするのは控えた。ただ、学力的には東大に合格してもまったく不思議ではない生徒だった。

「医学部も考えているんです」

三隅は、やや意表を衝かれた気分になった。

「そう、医学にも興味があるんだね？」

「ええ、これもさっきの話と無関係ではないんです。僕が考えているのは、例えば、手足に障害のある人をロボットが介助するような場合、介助される人間が自分のして欲しいことをどうやってロボットに伝えるか、その伝達のシステムを脳科学的に考えることに興味があるんです。だから、脳工学にも医学にも関連する分野なんです」

「そこまで考えているんですか。すごいね。でも、僕はまったく素人だから、これはただの参考意見に過ぎないけど、聞いた限りでは、やはりどちらかと言うと、脳工学に近い分野のような気がするんだけど、どうだろうか？」

三隅は、鰐淵の反応を試すように訊いた。鰐淵の性格をもう少し見極めたかった。

「でも、障害のある人に直接的な意味で役に立ちたいという気持ちもあるので――」

鰐淵は小声でいかにも恥ずかしそうに言った。最初の剣幕を考えるとまるで別人のようだった。その顔は妙に純真そうに見える。三隅はようやく安心した気分になった。やはり、本質的にはいい生徒なのだと、三隅は自らの疑念を打ち消すように、自分自身に言い聞かせた。

「そうか、君の気持ちは分かるよ。患者と接して、自分の研究が役立っていることを実感したいということだね。まあ、君のような生徒ならどっちに行っても、大丈夫だと思いますよ。ただ、受験的にはなるべく早く受ける大学を絞ったほうがいい。同じ理系でも、理工系と医学部では準備の仕方もかなり違うからね」

三隅は鰐淵を元気づけるように、明るい声で言った。

「はい、分かっています。夏休み前には決めるつもりです」

鰐淵はここでようやく微笑みを浮かべた。最初に教師に対して発した棘《とげ》のある口調を、ある程度まずかったと判断しているのか。それともそういう意識などまったくなく、自然に振る舞っているだけなのか。三隅は判断に迷った。

ともかく、多少風変わりな生徒には違いなかった。しかし、頭のいい生徒の中には、こういうタイプが少なくないことを、三隅は予備校講師としての経験から、よく知っていた。

さりげなく腕時計を見る。午後六時をすでに回っていた。そろそろ面談を切り上げなければならない。午後八時に、池袋にある姉の絹江の店に行くことになっていたのである。

3

三隅が店内に入ると、客は誰もおらず、絹江がカウンターの中にぽつんと立っていた。ボックス席四席とカウンター席八席の狭い店である。

「ああ、忠志さん！」

絹江は三隅を認めると、不意に正気に返ったかのように、満面の笑みで迎えた。胸が大きくV字に開いたあでやかな赤いワンピースを着ている。化粧はいつも通り派手だ。

「そうだ、忘れないうちに渡しとくよ。はい、これ」

三隅は着ていた黒のブレザーの内ポケットから都市銀行の封筒を取り出して、セラミックのカウンターテーブルの上に置いた。

「すみません。本当に助かります。きっとすぐに返しますから」

この五年程度の歳月の中で、絹江に金を貸すのはこれで三度目だった。最初は、百万、次が五十万、そして、今度がまた五十万だった。けっして、低い金額ではない。すべてスナック経営の資金繰りというが、本当のところは分からない。

三隅は絹江に金を貸すとき、そもそもそれが返済されることなど想定していない。貸すことにしているのは、絹江のプライドに配慮しているだけであって、三隅にしてみれば、初めからあげるつもりなのだ。

三隅がこんな寛容な態度をとり続けることができるのは、やはり若くして、大手予備校の人気講師になり、高額な年収を得ていたことと無関係ではないだろう。実際、大手予備校の人気講師が数千万円単位の年収を得ていることなど、珍しいことではない。

しかし、三隅は自分でも病的と思えるほど、金銭に対する執着がなかった。そういう性格が、三隅の転職を容易にしたとも言える。年収が三分の一になることを予備校講師仲間に告げたとき、彼らは一様に唖然としているように見えた。

「ねえ、何か飲む？　それとも、夕食がまだなら、チャーハンでも作ろうか」

絹江がカウンター下にある小型の冷蔵庫を開けながら訊いた。

「いや、水割りと簡単なつまみでいいよ」

「そう、じゃあ、カラスミがあるの。小倉の友達が送ってくれたのよ」

カラスミか。久しぶりに聞く名前だった。三年前に肺がんで死んだ父親が、酒を飲むとき、つまみとして、薄く切った大根の上に、カラスミをのせて食べるのが好きだったことを思い出した。

「勇介《ゆうすけ》君は元気か？」

「元気すぎて困ってる。お母さんも面倒見切れないって、怒っているの。あっ、そうそう、お母さんが忠志さんによろしくって言ってたわ」

勇介というのは、絹江が離婚した証券マンとの間にできた五歳の一人息子だった。シングルマザーの絹江がスナックで働いている間、同居している絹江の実母、つまり三隅の継母《ままはは》である芳子《よしこ》が面倒を見ているのだ。

「ところで、お母さんはいくつになったんだっけ？」

ジャック・ダニエルの水割りに口を付けながら、三隅が訊いた。

「もう七十よ」

カラスミとチーズの入ったプレートを三隅の前に置きながら、絹江が答えた。三隅が母と呼ぶのは継母の芳子だけだというのは、絹江も分かっていた。実際、父の要蔵《ようぞう》が妻の咲恵《さきえ》と離婚したあと、絹江を連れて後妻として三隅家に入った芳子は、父の要蔵が肺がんに罹患して闘病生活を送っていたときも、東京に住む三隅の代わりに、父をよく看病してくれた。

父が死んだときも、三隅は葬式の手配などすべてを、芳子一人に任せ切っていた。父の死後は、芳子が一人小倉の自宅に住む意味もないので、すでに東京に住んでいた絹江と一緒に住むように、三隅自身が勧めたのである。

たいした財産でもなかったが、要蔵が持つ預貯金や株券などは、遠慮する芳子にほとんど譲った。三隅が相続したのは、小倉の家だけである。

「ところで、忠志さん、結婚する予定はないの？」

絹江が、若干、唐突に訊いた。

「結婚どころか、恋人さえいないよ」

「本当なの？　うちの女の子たちも言ってたよ。ママの弟さん、イケメンでかっこいい、って」

絹江は若い女性従業員を二名雇っていた。ただ、彼女たちが出勤してくるのは、午後九時過ぎだった。

「口がうまいね」

「そうでもないよ。私も本当は嫌だったのよ」

絹江が不意に暗い表情になって言った。

「何が？」

三隅は怪訝《けげん》な表情で訊いた。実際、意味が分からなかった。

「三隅の家に来たときから、忠志さん、とても頭がよかったし、見た目もよかったもの。私の頭が悪いのは母譲りだから仕方がないけど、女だから容姿はやっぱり気になるわよ。昔から三隅家の事情をよく知る近所の人にも『忠志君は咲恵さんに似ていて、かっこいいですね』なんて言われて、私はそれを聞くたびに本当に傷ついていたわ」

三隅は僅かに眉を顰《ひそ》めた。実母の咲恵に似て――。一番聞きたくない言葉だ。咲恵は美貌という点では、芳子より遥《はる》かに上だったが、三隅にとっては嫌な思い出しかなかった。

三隅は十歳の頃、咲恵の浮気現場を目撃していた。午後二時過ぎ、風邪のため学校を早引きした三隅は、二階に上がり、両親の寝室の扉越しに、母と若い男の声を聞き、思わず僅かに扉を開いて、中を覗き込んだのだ。

心臓を錐《きり》で刺されるような疼痛《とうつう》が走り抜けた。扉の隙間から、右奥のベッドに腰掛ける母の顔が見えている。上半身裸の男の背中も、三隅の狭い視野に入った。その肩口には、小さな刺青《いれずみ》がある。咲恵は男の首に両腕をまき付け、唇を半開きにして、陶然とした顔を男の肩口にのせていた。白いミニスカートを穿いた咲恵の下半身は緩みきり、薄ピンクの下着がはっきりと見えているだけでなく、股間の白い付け根までが露《あらわ》になっていた。

その年、要蔵は咲恵と離婚した。当時、咲恵は三十五歳だったはずだが、三隅はそれ以降、今に至るまで、咲恵には一度も会っていない。

未だに三隅の視界から消えていないのは、母の淫らな生々しい姿ではなく、三隅に背中を見せていた若い男の肩口の刺青だった。後年、三隅があの光景を思い出すとき、男の刺青の絵柄がいったい何であったのかが、妙に気になるのだ。

元の視覚的記憶が曖昧なのだから、本当のことは分かるはずもなかった。だが、どこか弁天小僧《べんてんこぞう》の刺青のような気がしていた。少なくとも、三隅の見たものが、刺青の絵柄に多い獅子《しし》や牡丹《ぼたん》や竜ではなく、人間だったという記憶が残っている。

「いらっしゃいませ」

最初の客が入ってきた。絹江の妙に弾んだ声が、カウンターの中から聞こえた。ひどく尖《とが》った印象のイケメンの若い男だ。堅気ではないと、三隅は直感的に思った。別に遠い昔、母親を抱いていた若い男と連想が重なったわけではない。ただ、三隅は絹江の男性の好みは熟知していた。

4

ゴールデンウィーク明け二日目の五月八日、三隅が二時間目の授業が終わって、職員室に引き返してきたとき、入り口近くの通路で、赤いジャージを着た湯原杏奈《ゆはらあんな》という若い英語教師が、男子生徒の質問を受けているところに、出くわした。男子生徒は篠田陵《しのだりょう》で、三隅の担任クラスの生徒だから、三隅も知っている。眼鏡は掛けておらず、若干険のある、吊《つ》り上《あ》がった目尻が特徴的な生徒だった。

二人が英語の授業内容に関して、何かを言い合っているのは分かった。いや、というより、教師の湯原が、生徒の篠田から授業内容で追及され、しどろもどろで言い訳しているという印象だった。三隅は、足早に二人の脇を通り過ぎた。三隅の少し前を近藤も歩いているが、やはり、気になるのか、二人のほうにちらりちらりと視線を投げている。

「そういう意味だったのか。ゴメン、先生も少し混乱しちゃったみたい」

「だから、言ってるでしょ。初めからその和訳はおかしいって。先生、もう少し勉強してきてくださいよ」

三隅は思わず、後方に振り返った。篠田の強い口調は、一応、間違いを認めて謝罪している教師に対して、行き過ぎに思えたのだ。多少冗談めかしているものの、どこか粘着癖を感じさせ、経験の浅い若い女性教員を言葉でいたぶっているようにも聞こえる。湯原の謝り方が、気に入らなかったのか。

三隅はそれまで湯原とはほとんどしゃべったことがなかった。遠目に見ても、出勤時の服装など派手な印象の女性だったが、生徒や他の教師と話しているところを見る限りでは、性格は良さそうに思えた。

だから、その光景を見たとき、むしろ、篠田の意外な一面を知ったように思った。

三隅の授業では、篠田はほとんど発言せず、特に目立つ生徒ではなかった。三隅は、ふと鰐淵の顔を思い浮かべた。どんなに普通に見える生徒でも、局面次第で、別の顔を覗かせることはあるのかも知れない。だからこそ、人間とは気味の悪い存在なのだと、三隅は思った。

三隅は食堂に行くために、近藤と共にエレベーターに乗った。

「さっきの光景を見たでしょ。今日は、風邪で休んだ教員が出たため、湯原先生が代講したんですよ。あの篠田って生徒、私も生物を教えているけど、けっこう頭、いいでしょ。それにしても、いくら急いで代講を探す必要があったといっても、事務も何で湯原先生なんかに頼んだのかな。まあ、彼女の時間がたまたま空いていたんでしょうけど」

三隅は特に返事をしなかった。返事のしようのない話だったこともあるが、近藤のいかにも意地悪な言い方に、多少の反発も覚えていたのだ。近藤は、三隅の無反応にもめげることなく、話し続けた。

「ここだけの話ですが、彼女、落合校長の親戚筋の人間なんですよ。前から、生徒の間で学力が怪しいって話があるんです。それに、ジャージが教員の制服になったのは、あの先生のせいなんですからね。着任したばかりの頃は、目を疑うばかりのミニスカで授業に行っていたんで、クラスが騒然としちゃったんですよ。校長も自分が推薦した手前、頭に来て、それでこんな馬鹿げたドレスコードができちゃったわけです」

近藤は自分のジャージを両手で引っ張るような仕草をした。三隅はネームタグを首から提げるようにはしていたが、相変わらず、ジャージはまだ一度も着ていない。その日もブレザーにワイシャツというスタイルだ。

「先生、ゴールデンウィークはどう過ごされたんですか？」

近藤が相変わらず無反応な三隅に対して、ようやく話題を変えたので、三隅はやや安堵した。エレベーターが一階に到着し、扉が開く。

「小倉の実家に少しだけ帰りました。まだ、父の家を処分していないので、時おり帰って、空気を入れ替えなければならないんです」

そう答えた瞬間、数日前に博多《はかた》の中洲《なかす》で飲んだ、岡本《おかもと》という幼なじみの言葉が、ほとんど何の脈絡もなく、三隅の脳裏に蘇った。

「顔と胴体が離れた状態だったらしいぜ」

三隅が岡本に、「リュウジのことを覚えているか」と訊いたときのことだ。岡本はさすがに地元にずっと住み続けているだけのことはあって、リュウジが敵対する暴力団のリンチを受けて、半身不随になったあとのことも、よく知っていた。車椅子を押す母親と共に、交通事故に遭い、二人とも死亡したというのだ。そのあと、岡本はさらに言葉を繋ぎ、もう少し詳しく説明した。

「まず、乗用車に轢《ひ》かれて、車椅子から放り出された状態で、通りかかった大型ダンプに、もう一度顔と首の部分を轢かれたんだ。顔なんかグジャグジャだったっていうぜ。母親ともども即死さ。それにしても、横断歩道も信号もない、車の通りの激しい国道だったから、何でそんなところを母親が車椅子を押して、横断しようとしたのか、謎だった。母親が死ぬつもりで、あえてそんなところを横断したんじゃないかっていう説もあったらしいぜ」

岡本はそう言うと声を上げて笑った。多少酔い加減だったことは間違いない。だが、裕福な会社経営者の息子で、もともと他人《ひと》の不幸に同情するようなタイプの男ではなかった。現在、父親が経営する水産加工会社の副社長をしているという。

おそらく、本人は覚えていないだろうが、子供の頃、リュウジが近づいてきたとき、岡本が真っ先に逃げていたのを三隅は記憶していた。そんな岡本に、スーパーマーケットで見た、リュウジと母親のこと、ましてやリュウジの口から発せられた「タ・ケ・オ」という言葉について話したことを後悔していた。

実際、三隅は岡本の言葉に不快な気分になっていた。リュウジと母親の運命は、あまりにも哀れに思えた。少なくとも、岡本のように、その死を嗤《わら》う気にはなれなかった。

「ああ、今日も混んでるな。もう生徒の使用は禁止してもらったほうがいいんじゃないかな」

近藤の言葉で、三隅はようやくすでに食堂に到着していることを意識した。不意に砂嵐から回復したテレビ画面のように、混雑する食堂の光景が眼前に広がり、その喧噪が耳を圧《お》している。一階でエレベーターを降りて、食堂に向かう間、近藤はずっとしゃべり続けていたようだが、三隅はまったく聞いていなかった。

5

「その件につきましては、すでに議論済みですので、去年と同様の扱いでいいかと思うのですが——猪越先生、いかがでしょうか」

司会をしている竹本が猪越に振った。五月十日の金曜日、二階の会議室で高校の職員会議が開かれていた。午後四時半過ぎで、校長の落合以下、全部で二十四名の専任教員が集まっていた。窓から差し込む、傾きかかった春の西日が、フローリングの床に鈍い日だまりを作っている。

すでに授業が終了しているため、大半の教師はジャージから私服に着替えていた。

ただ、猪越を含む体育教師二名と近藤は依然として、ジャージ姿のままである。

「仰《おつしや》る通りで、よろしいかと思います。浜琴音にも、夏の移動教室には参加してもらいます。例外は認めないことを、ここで改めて確認するだけで十分です」

前方中央の校長と副校長を取り囲むようにして、教師たちは大きな焦げ茶の会議用円卓に座り、発言する猪越の顔はちょうど三隅の正面に見えていた。陰気で生気《せいき》に欠ける浅黒い顔で、三隅が夕暮れに体育館前で見たときの第一印象と、それほど変わっていない。ただ、言葉遣いは、正式な会議の席のせいか、多少ともまともに響いた。

「それでは、次の議題に移ります」

三隅は意表を衝かれた。近藤が言った通り、琴音の母親からの免除願の手紙は、事務を通して担任教員の三隅に届けられたため、この議題の発議《はつぎ》自体は、最初に三隅が行っていた。従って、竹本が三隅に、改めて意見を求めてくるものと思い込んでいたのだ。三隅が慌てて口を挟もうとした瞬間、円卓の一番後方の中央に座っていた松山の声が響き渡った。

「ちょっと待ってください！」

三隅の真横に座っていた近藤が、意味ありげに三隅の顔を覗き込む。

「何でしょう？　松山先生」

竹本は早くも不快な表情だった。竹本が波風を立たせずに、この議題を終わらせたがっているのは、明らかだった。だが、松山が発言を求めている以上、波風が立つのは避けられないだろう。

「猪越先生にお伺いします。体育の正規授業で、風邪などの体調不良で、授業を休む生徒はいるのでしょうか？」

「そりゃあ、いますよ」

猪越は憮然《ぶぜん》として答えた。

「それは、そうでしょうね。でしたら、その同じ生徒が移動教室の際、同じ程度の風邪の症状のため、休ませてくれと申し出たら、どうされますか？」

松山の質問に、猪越は一瞬、黙り込んだ。しかし、思ったよりも冷静な口調で答えた。

「それは認めざるを得ないだろうな」

「そうですよね。体育の正規授業は休んでいいが、移動教室はダメという理屈は成り立たないでしょうから。現に、僕が知る限りでも、移動教室の当日に風邪を引いてしまって、参加できなかった生徒は、過去に何人もいます。従って、移動教室の全員参加に例外なしという原則は、すでに崩れていると思います。ですから、――」

「ちょっと待って。松山先生、それは論理のすり替えでしょ」

落合が怒気を含んだ声で、唐突に発言した。

「私たちは、何が何でも浜さんを泳がせようとしているわけじゃないのよ。一応、九十九里まで来てもらって、体調を見てから、泳ぐか泳がないかを決めればいいっていうのが去年の合意なんですよ。それをまた蒸し返すなんて、おかしいですよ！」

落合は顔を紅潮させて言い放った。

「私もまったく校長先生と同意見です。それに、一時的な風邪と恒常的に足が悪いことは、まったく別のことです。それを、松山先生は混同していらっしゃる」

竹本が間髪《かんはつ》を容《い》れずに、落合の発言を支持した。

「いや、そうじゃありませんよ」

松山は、余裕の笑みさえ浮かべながら、穏やかな口調で言った。

「もちろん、仰る通り、風邪を引くことと足に障害があることはまったく違うことです。ただ、僕が風邪で体育授業を休む生徒のことを引き合いに出したのは、すでに例外が起こっていると言いたかっただけなんです。正規授業が移動教室より重要であるというのは、ごく普通の考え方です。その正規授業でさえ欠席者がいるのですから、移動教室の欠席も、しかるべき理由があれば当然認められるべきです。いや、実際に認められているわけです。ですから、例外なく移動教室に参加というキャッチフレーズそのものが、もはや無意味なんです。そして、浜さんの抱えている障害は、風邪とは比較しようがないものです。従って、無条件に彼女の免除願を認めるべきだというのが僕の意見です。認めなければ、重大な人権問題に発展する可能性すらあると僕は思っているんです」

「松山先生、いい加減にしてください！　私を脅す気なの！」

落合が、たまりかねたように大声で叫んだ。それから、恐ろしい勢いでまくし立てた。

「それじゃあ、まるで、私たちが彼女の人権を無視しているような言い方じゃないの。いいですか、もう一度繰り返します。私たちは彼女の首根っこを押さえつけて、海に入れようとしているわけじゃないのよ。彼女の体調を十分に配慮しようと言っているんです。私は去年から、同じことを言い続けているつもりです。松山先生だって、聞いているはずでしょ。これでどうして人権問題に発展するんですか。きわめて人道的な配慮じゃないの。馬鹿も休み休み言ってよ」

三隅は、落合の度を越した興奮ぶりに、少々呆《あき》れていた。これほど冷静さを失うとは、予想外だった。それにしても、発言者はあまりにも偏っていた。この問題について意見らしい意見を述べているのは四人だけで、他の教師たちは、みんなうつむき加減で落合の怒りの爆発に、水を打ったように静まりかえっているのだ。

男女の割合で言えばほぼ均等だったし、年齢的には二十代から六十に近い幅広い年齢の教師が集まっているのに、みんな無用な争いに巻き込まれぬよう、貝のように口を閉ざしているとしか見えない。無論、三隅自身も他人《ひと》から見れば、そういう人間の一人に見えることは自覚していた。

松山もさすがに、落合の怒りの爆発に当惑の表情で、とりあえず発言を控えているようだった。一方、猪越はまるで我関せずという態度で、体をやや後方にずらして、窓の外に視線を逸らしている。あまり理屈っぽい議論はしたくないのだろう。

そろそろ発言しなければならないのは、三隅も分かっていた。だが、問題はタイミングだった。

「校長先生がお怒りになるのはよく分かります。我々はいったい何度、壊れたテープレコーダーのような、同じ内容のことを聞かなければならないんですか？」

再び、合いの手を入れるように、竹本が発言した。それにしても、古めかしい比喩だ。だが、壊れたテープレコーダーと言うなら、それは竹本の発言そのものだろう。まさに、落合の発言を反復しているに過ぎないのだ。

「まあまあ、皆さん、落ち着いてくださいよ。さっきから聞いていると同じ人ばかりが発言していますよ。ここはもう少し幅広く意見聴取をしたほうがいいんじゃないですか」

隣の近藤が初めて発言した。正論だったが、まるで仲介者のような口吻《くちぶり》で、無責任にも響く。

三隅は嫌な予感を覚えていた。近藤が自分では意見を言わず、三隅に発言させようとするのが、目に見えていたからだ。三隅の予想は的中した。

「こういうことは、担任の先生の御意見も重要でしょ。特に、去年は、三隅先生はまだ在籍していなかったのだから、三隅先生のご意見は誰も聞いていないはずです」

「僕も賛成です。ぜひ、三隅先生のご意見もお伺いしたいです」

松山が近藤の意見に同調するように言った。その声は、近藤とは違い、心の底から三隅の応援を求めているように聞こえた。何しろ、まったくまっとうな意見であるにも拘わらず、まだ松山の意見の支持者は一人も出ていないのだ。松山が決定的に孤立しているように見えるのは、否定できない。

「僕の意見ははっきりしています」

三隅は気負うことのない口調でさらりと言った。

「もちろん、全員参加の原則を貫くということですよね？」

落合がにこやかな笑みを浮かべて、誘導するように訊いた。だが、その目は妙にぎらついている。

「いえ、無条件に免除願を認めるべきだと思います」

室内に小さなどよめきが起こっていた。新任の三隅が、これほどはっきりと物を言うのが意外だったのだろう。落合の笑みが一気に消え、顔が硬直したが、三隅は特に動じることもなかった。

次第にどよめきが収まる中、松山の左横に座る紺野が手を挙げているのが見えた。白いスラックスにエルムグリーンの長袖シャツという地味な服装だ。

「はい、紺野先生、何でしょうか？」

竹本が渋い声で、その挙手に応えた。本当は発言して欲しくないという態度がありありと見えている。

「松山先生と三隅先生に賛成です。私も浜さんに教えているので、彼女のことはよく知っています。本当にまじめないい生徒です。でも、とっても繊細で、足のことを気にしているんです。ですから、移動教室のことで彼女の精神的な負担が増さないようにしてあげたいんです。今回はぜひ、免除ということでお願いいたします」

相変わらず声が小さいため、聞き取りにくい。だが、さすがに言葉遣いは正確で、きちんとした話し方だった。ただ三隅は、これでは意見というよりは、お願いだと思った。いかにも、紺野らしい。しかし、この場合はともかくも自分の気持ちを口にすることが重要なのだから、これでいいのだ。

「だったら、もう決《けっ》を採れよ！　いつまでもこんなことをグダグダ話していても、しようがないだろ！」

猛烈な怒声が響き渡った。室内が静まりかえる。猪越の恫喝だ。その大声は、地震で室内が揺れていると、錯覚させるほどだった。凍り付いた紺野の表情が、三隅の網膜を一瞬、捉えた。自分の発言直後だったので、紺野は自分だけが怒鳴られたように感じたのかも知れない。しかし、必ずしもそうとは言えないだろう。

　三隅は改めて猪越のほうに視線を投げた。髑髏を思わせる、尖った顔は、無表情だった。三隅は、死神の仮面を被《かぶ》った腹話術師がそこに座っているような錯覚を抱いた。

「そうね。竹本先生、挙手による決をお願いします」

　落合も竹本をうながした。ただ、やや冷静さを取り戻しているように見えた。それに合わせて、竹本がしゃべり出した。

「分かりました。それでは、決を採らせてもらいます」

「ちょっと待ってください」

　近藤が、再び、口を挟んだ。

「何だ、まだなんかあるのか？」

　猪越が、もう一度すごんだ。だが、その声とは裏腹に、顔には相変わらず感情の起伏がまったく表れていない。近藤は一瞬、顔を引きつらせたように見えた。

「いえ、そうじゃなくて、決を採ることには僕も賛成です。しかし、決を採る前に、確認しておきたいことがあるんです。決の採り方としては、免除願を承認するか、却下するかの二者択一でいいと思います。ただ、承認の場合は問題ないんですが、却下の場合、去年と同じ原則で、浜にはとにかく参加してもらうけど、体調次第では海に入らないこともあり得るという前提でいいんですよね」

「それは、それでいいんじゃない」

近藤の発言に、落合が浮かぬ顔で同意した。近藤の発言の意図を十分には理解していないような曖昧な口調だった。ただ、それは落合自身の主張に沿うものだから、同意せざるを得なかったのだろう。

しかし、複雑で苦い感情が三隅の胸中を吹き抜けていた。近藤の発言は、一見、松山や三隅に味方しているように見えて、実質的には免除願却下の票に有利に働くだろうという直感が働いたのだ。大半の教師は学院の方針に批判的と見られることを恐れているが、同時に人権意識が低いと思われることも嫌うはずである。

近藤の発言は、免除願を却下するという意味では、学院側の意向に沿いながら、状況次第で琴音は海に入らなくともよいと念を押すことで、教師の人権問題に関する罪の意識に免罪符を与えているように思われたのだ。そして、近藤がそういう二重の効果を知り尽くした上で、戦略的に発言しているのは明らかだった。

結果は三隅の予想以上に、ひどいものだった。免除願を承認することに賛成の手を挙げた者は、何と三隅と松山と紺野の三人だけだったのだ。要するに、二十一対三の圧倒的多数で、免除願は却下されたのである。

近藤が却下のほうに賛成して挙手したとき、三隅は思わず苦笑せざるを得なかった。いかにも近藤らしい言動だった。近藤の本質は、やはり体制擁護論者なのかも知れない。だが、近藤のことよりも、三隅はやはり琴音のことを心配していた。

職員会議が終わり、三隅が外に出ると、近藤が後ろから小声で話しかけてきた。

「まるで去年の職員会議のデジャブですよ。免除承認派が三票というのも、同じですからね。本当なら一票増えたはずなんだけど、三隅先生が一票入れるのは分かっていたから、僕は皮肉も込めて、あえて反対側に手を挙げたんです。もっとも去年は正式な挙手まではしませんでしたけどね。まあ、挙手ではなく、投票用紙による無記名投票にすれば、もう少し承認派は増えていたでしょうが」

いかにも近藤らしい言い訳だった。確かに投票用紙による無記名投票であれば、承認票はもう少し増えたのかも知れない。それでも、結果を覆すことにはならなかっただろう。やはり、この学院の病巣は根深いと三隅は思った。こんな当たり前のことも承認されないのだ。

三隅は近藤の言葉に対しては、無言でやり過ごした。さすがに、すぐに近藤と口を利く気にはなれなかった。

6

午前中から、黒い雲が綾清学院のコンプレックスに低くたれ込め、まるで夜のような暗い陰影を描き出していた。風も強い日で、体育館裏手の山林の中を、春の嵐が木々の梢《こずえ》を鳴らしながら走り抜けた。

狂気が息を凝らして、山林の闇の中に潜んでいる。そんな感覚が、三隅の全身に纏《まと》わり付《つ》いていた。何か普通とは違うことが起こりそうな気がしていた。

三隅はその日の昼休み、落合から校長室に呼び出され、五分程度の短い会話を交わした。落合は予想通り、かなり不機嫌だった。

「先生には、受験指導に専心していただきたいんです。生活指導は先生の管轄外とお考えください」

「ということは、生活指導に関しては、意見を言ってはならないということでしょうか?」

三隅はむっとすることもなく、穏やかな口調で尋ねた。落合の性格は、この短い期間で、ほぼ把握できたように感じていた。それほど複雑な性格ではない。基本的には自己本位な人物で、露骨な飴《あめ》と鞭《むち》を使い分ける世俗性こそが、その真骨頂《しんこっちょう》なのだ。

「とんでもない！　松山先生みたいなことを仰らないでください。今時、言論の自由の制限なんかできるわけないでしょ。ただ、理事長や私が先生に期待しているのは、生活指導ではなく、受験指導だと申し上げただけですわ」

そう言い放つと、落合は傲慢な笑みを浮かべた。それでも、今の段階では、入ったばかりの三隅との関係を決定的に悪化させるのは、避けているように見えた。

「とにかく三隅先生、先週末の職員会議の結果を、担任教師として浜さんにお伝え願えないかしら」

三隅は思わず、苦笑した。三隅が生活指導に関与することを否定しながら、そういう嫌な役割だけは三隅に果たしてもらいたいのだ。仕組まれた悪意というよりは、落合自身がその矛盾に気づいていないように思われた。

「分かりました。浜さんには、私のほうから伝えましょう」

三隅は大人の対応をして、議論を蒸し返すような発言はしなかった。

その日は五月十三日の月曜日で、担任クラスの授業は最後の四時間目に入っているので、三隅は授業終了後、琴音と話すつもりだった。話し方は難しいが、一応、民主主義的な多数決の原理で決められたことだから、免除願が却下されたという客観的な事実は伝えないわけにはいかない。しかし、個人的な意見として、不参加もやむを得ないことを強調することを考えていた。

だが、午後になって、予想外な事態が起こった。午後の三時間目の授業が終わって、職員室に引き返してきた紺野が、不安な表情で琴音が授業に出ていなかったことを訴えたのだ。そのとき、紺野は赤いジャージを着ていて、午前中の黒いジャージのときよりは華やかに見えたが、それだけに、その顔の緊張感が対照的に際立っていた。

「浜なら、二時間目の僕の授業のときにはちゃんといましたよ。実験だったけど、まじめに取り組んでいましたから」

紺野の前に座っていた近藤が、怪訝な表情で言った。三隅は嫌な予感を覚えた。

「ええ、知っています。私も同じクラスの生徒に確認しました。午前中の授業は出ていたそうです。それで、三時間目が終わったあと、事務のほうから、浜さんの家に電話していただいたんですが、お母様のお話では、まだ帰宅していないそうなんです」

紺野が相変わらず緊張した表情で立ち尽くしたまま、状況を説明した。

「だったら、彼女のスマホに電話してみるしかないでしょ。みんなスマホを持ってきてることなんて、公然の秘密なんですから。たぶん、彼女も持ってますよ」

近藤が平然と言い、紺野が困惑の表情を浮かべた。

「でも、番号をどうやって知ればいいのでしょうか？」

「同じクラスの誰かは知っていますよ」

近藤が三隅の顔を見ながら、紺野の疑問に答えた。三隅の発言を待っている雰囲気だった。それを受けて、三隅が話し出した。

「分かりました。今から三階に行って、クラスの連中に訊いてみます。どうせ次は僕の授業なんです。紺野先生、ここからは、僕が対応しますので」

三隅は腕時計を見ながら立ち上がった。四時間目が始まるのに、あと五分しかない。三隅は紺野と近藤を残して、職員室を飛び出した。

三隅は三〇一教室に直行した。クラスによって教室は決まっており、時間割りに沿って教師が移動するのが原則で、生徒が自分のクラス以外の教室に行くのは、選択科目のときだけである。

生徒たちは、四時間目開始のチャイムが鳴る前に、教室に飛び込んで来た三隅に驚いているようだった。その生徒たちを尻目に、三隅は最前列に座っていた今西紗矢を名指しで教室の外に呼び出した。教室から少し離れたエレベーターの扉付近で話した。

「ちょっと頼みがあるんだ。浜さんの携帯番号を知らないかな？」

「琴音と、まだ連絡が取れないんですか？」

紗矢も紺野の数学の授業に出席していたので、琴音がその授業を欠席したことを知っているのは当然だった。紗矢の顔にも、やや心配そうな表情が浮かんでいる。

「ああ、それで彼女と至急連絡を取りたいんだ」

「でも、先生、さっき私も彼女のスマホに電話してみたんですが、繋がらなかったんですよ」

そう言ったあと、紗矢は思わず口に手を当てて、いたずらを咎められた子供のような、無邪気にも見える笑顔を浮かべた。スマホを高校に持ち込んでいることを、自ら認めたことになったからだろう。

「いや、今の発言は聞こえなかったことにするよ」

三隅はにやりと笑って言った。それから、早口で付け加えた。

「僕がもう一度掛けてみるよ」

「分かりました。ちょっとお待ちください」

紗矢はいったん教室の中に入り、すぐに再び、戻ってきた。ピンクの付箋を渡された。そこに、小さな丸文字で携帯番号が書かれているのだ。

「ところで、今日、浜さんの様子はどうだった？　体調が悪そうとか、元気がないとか」

三隅はさりげない口調で訊いた。体調が悪く、独断で早引きしたというのが、三隅にとって一番いいシナリオなのだ。

「いえ、特に変わったことはなかったと思います。でも、彼女、もともとってもおとなしい子だから、よく分からないんです。私とはときどき話すけど、他の子とはあまりしゃべりませんから――」

「彼女の通学に使っているバッグなどは、机に残っているの？」

「いえ、ありません。でも、女の子はちょっと教室の外に出るときでも、バッグを持っていくのが普通なんです」

紗矢の言葉の間隙を縫うように、チャイムが鳴り始めた。三隅は焦り気味に、付け加えた。

「ついでにもう一つ頼みがあります。少し授業に遅れるので、僕が戻るまで、みんなに自習するように言ってくれないか。それから、浜さんが現れたら、下の職員室に知らせに来てください」

「分かりました」

三隅はすぐに、目の前のエレベーターで一階のフロアに下りた。事務室の入り口手前で、自分のスマホから琴音のスマホに掛けてみたが、あらかじめ録音された女性の声が、「お掛けになった電話は電波の届かない場所にあるか、電源が入っていないためかかりません」と繰り返すばかりだ。

三隅はあきらめて、事務室に入った。溝江《みぞえ》という四十代くらいに見える事務長と竹本が小声で立ち話をしていた。溝江の他に、若い女性職員が三人いる。二十平方メートル程度の小さな部屋だ。

「ああ、三隅先生、浜琴音が無断欠席だそうじゃないですか」

竹本が溝江との会話を中断して、険しい表情で話しかけてきた。まるで三隅を非難するような口吻だ。例の職員会議以来、竹本は三隅に対して、落合以上に不機嫌だった。

「ええ、三時間目から欠席しているようで、この時間の僕の授業にも、今のところ姿を現していません。事務のほうから、母親に連絡していただいたそうですが、その後、母親からは何か連絡があったのでしょうか？」

この質問に対しては、溝江が落ち着いた口調で答えた。

「あちらからは何の連絡もありませんでしたので、私のほうから電話してみたのですが、やはり本人からの連絡はないそうです。ただ、担任の三隅先生が直接、母親と話していただいたほうがいいかとも思いますが――」

「そんな必要はありませんよ。本人じゃなくて、母親と何度も話して、どうするんです⁉」

竹本が叱りつけるように言った。溝江は表情を変えず、無言だった。三隅の印象では、竹本のこういう反応には日頃から慣れていて、たいして動じているようにも見えなかった。

「それより三隅先生、ちょっと確認しておきたいんだが――」

竹本が一層声を潜めて、三隅のほうに体を寄せてきた。強烈な整髪料の臭いがした。三隅は思わず、体を後方に反らせた。

「例の移動教室の件だが、あなたのほうから浜に、職員会議の結論をすでに伝えたのですか？」

「いえ、まだです。今日のこの時間帯に私の授業が入っていましたので、授業終了後、彼女を呼び出して、話そうと思っていたのです。従って、彼女はまだ結論を知らないはずです」

「そうですか。ただ、あなた以外の他の教員が伝えた可能性もあるでしょ」

三隅は、竹本が何を考えているのか、すぐに分かった。

「浜さんが、職員会議の結果を知って、自殺を図るとでもお考えなんですか？」

三隅は多少の皮肉を込めて、大胆に言い放った。

「声がデカイ！」

竹本が裏返った声で叫んだ。その声のほうが、三隅の声より遥かに大きかった。実際、その声で三人の女性事務員が全員顔を上げて、三隅たちのほうに視線を投げてきた。

「滅多なことを言うもんじゃありません！　とにかく、私と校長先生で基本的な対応を考えますから、あなたはすぐに授業に戻ってください。授業が終わったら、念のため、校長室に顔を出してください。その頃までには、解決している可能性が高いと思いますが」

「分かりました」

三隅はうなずき、事務室の外に出た。竹本の言葉とは裏腹に、嫌な予感は収まっていなかった。

7

事態はさらに悪化しているように見えた。三隅が授業をしている間、竹本や事務長の溝江、あるいはたまたま四時間目の授業がなかった教員たちが手分けして、聞き込み調査した結果、けっして楽観できない状況が明らかになってきたのだ。

正門には、授業がある平日であれば、外部委託した警備員が交替で必ず一名立っていたが、その日、そこに配置されていた警備員の誰も学院から外に出て行く琴音らしい生徒の姿を見ていなかった。しかし、琴音が学院の外に出ていないと学院側が最終的に判断したのは、かなり有力な目撃証言があったせいだった。校務員の高木が、昼休みの時間帯に琴音らしい生徒が一人で裏の山道を歩いているのを目撃していたのである。

裏の山林と綾清学院の敷地は、金網フェンスによって遮断されており、山林への出入りが可能な場所は、学院側から見ると、一ヵ所しかなかった。どういうわけか、東側寄りの、三メートルくらいに亘《わた》る空間だけが金網フェンスが途切れていて、そこから緩やかな山道が上方に延びているのだ。

高木が琴音らしい生徒の後ろ姿を目撃したのは、ここだった。「私道につき、立入り禁止」の立て看板も置かれているのだが、何の障害物も置かれていないため、実質的には自由な出入りが可能だった。

実際、その山林は地形的には、もはやとりたてて危険な場所ではなくなっていた。二十年前の曙学園事件の現場となった場所も、まったく様変わりしていた。切り立った崖の十メートルくらい下にあったアスファルトの道は軟らかい土で半分ほど埋めたてられ、より広い緩やかな傾斜地に変化していたのだ。「崖あり。危険につき、立入り禁止」の立て看板も、すでに撤去されている。

金網フェンスの途切れた場所から上方に延びる緩やかな山道は「ラバーズ・レイン」という名称を与えられ、格好のデート場所となっていた。その所々にはいくつもの脇道があり、奥まで進めば、周りから完璧に遮蔽《しゃへい》された密会空間が出現し、実際そこで性的な行為に及んでいた男女の生徒が学院側に見つかって、停学などの処分を受ける事件も起きているのだ。

午後七時過ぎ、三隅は他の教職員と共に山林内の捜索に加わった。この時点で、三隅は確信していた。まじめで、しかも足が不自由な琴音が、立ち入りが禁止されている山林に一人で入り込むのは、普通であれば、どう考えてもおかしい。合理的な説明は一つしかないだろう。人知れず、死にたかったのだと考えるしかない。

落合もそう思っているようで、その動揺ぶりは、尋常ではなかった。琴音の自殺の動機が判明し、責任問題に発展するのを落合が恐れているのは、間違いなかった。

三隅が授業を終えて、校長室に顔を出したとき、落合は、例によっていらいらを一番言いやすい竹本にぶつけているように見えた。

「だから、いちいち浜さんの件を、職員会議なんかに掛ける必要はなかったのよ。はっきりと白黒を付けようとするから、こんなことになるのよ」

実際、竹本は母親から免除願が出ている以上、今年も職員会議に掛けるべきだと主張し、落合もその方針を容認していたのだ。だが、事態がこうなってみると、竹本の融通の利かない対応が、落合には疎ましいものに思われたのだろう。三隅は、落合が竹本に当たり散らす姿を見るのに閉口《へいこう》して、適当に口実を作って、すぐに校長室の外に出た。

「今、校長室に浜の母親が来ているらしいですよ。校長と副校長が応対して、警察を呼んで欲しいという母親を必死で宥《なだ》めているそうですよ。でも、僕はもう警察を呼んで捜してもらったほうがいいと思うんですがね」

三隅は近藤の話を聞きながら、ラバーズ・レインを登っていた。懐中電灯が不足していて、二人で共用することになっていた。相変わらずジャージを着替えていない近藤が、右手で懐中電灯を持っていた。だが、日が完全に暮れているという感じでもなく、懐中電灯の明かりがなくとも、周囲の樹木や草花の輪郭は、ある程度視認できた。

三隅と近藤の前方を、ジャージ姿の猪越と背広姿の溝江が歩き、後方には、松山と紺野が続いている。そのさらに後ろに、若い体育教師と高木がいるようだったが、三隅の視界には入っていなかった。他の教職員も参加しているはずだが、いったい全部で何人がこの捜索に参加しているのか、三隅も完全には把握していなかった。

ただ、学院に残っていた教員が全員、捜索に参加していたわけではない。特に、女性教員は落合の提案でほとんどが高校の建物内で待機することになっていた。

誰も口には出さなかったが、やはり、琴音の死体が発見される場合を想定しているのだ。しかし、琴音が無事に発見される場合にも備えて、女性教員を一人加えることになり、紺野が志願していた。

紺野は日頃から、勉強や生活面で琴音から相談を受けており、担任と言っても新任の三隅より、琴音のことを遥かによく知っているようだった。それだけに、琴音のことが心配でならないのだろう。

その様子を見て、近藤など建物の外に出るとき、三隅の耳元で「紺野先生は連れていかないほうがいいんじゃないですか。失神でもされたら、大変ですよ」と囁《ささや》いていたほどだ。だが、その紺野も山道に入ってからは気丈に歩き、特に怯《おび》えているようには見えなかった。

「ここが例の『タケオの呪い』ですよ」

五分くらい歩いたところで、近藤が持っていた懐中電灯を右手に広がる傾斜地にかざしながら言った。辺りの薄闇には、研ぎ澄まされた静寂の秩序が下《お》り、三隅たちの足音でさえ、その秩序の外に留め置かれているように見えた。

「タケオの呪い」という言葉は、単にかつて起こった事件のことを指す言葉というだけではなく、場所を指す固有名詞ともなっているのか。三隅はもちろん、その現場を初めて見たのだが、今更のように、妙に合点が行った気分になった。

だが、「タケオの呪い」は、傾斜地といっても、視界のよくない夜に見ると、ほとんど平地に近い印象を受ける。樹木などがところどころに生えていて、見通しも完全に確保されているわけではない。ただ、一見して、琴音が自殺のためにすぐに選ぶ場所とも思えなかった。実際、ラバーズ・レインの左手に脇道が多いので、まずは右手を無視して、左側の脇道の奥を手分けして捜す打ち合わせになっていたのだ。

「タケオの呪い」を通り過ぎてしばらく歩いたあと、三隅と近藤は左の脇道に入り、奥に進んだ。不意の舞台の暗転のように、闇が深まり、懐中電灯の明かりなしには、事物の輪郭は見えなくなった。いつの間にか、時間が経過したこともある。

三隅が腕時計を見ると、すでに午後七時四十分を過ぎていた。捜索隊は二人一組で、それぞれ別の脇道に入っていた。他のグループの声が次第に遠ざかって行く。ときどき、梟《ふくろう》らしい鳥の鳴き声が微《かす》かに聞こえていた。

「嫌だな。子供の頃の肝試しみたいですよ。これだけ樹木が多いと、首をくるところなんて、そこら中にあるでしょ。やっぱり、素人の我々じゃ無理でしょ。明日、明るくなってから警察に山狩りでもしてもらったほうがいいんじゃないかな」

近藤が、いかにも気味悪そうに言った。いつもの軽口も幾分、精彩を欠いているように聞こえた。実際、周辺の樹木や切り株がどこか人間の顔のように見え、三隅自身、さすがに心理的恐怖を感じていた。

強い風が吹き抜け、周辺の樹木の葉をガサガサと揺らす。それが、蛇などの動きに伴う音のようにも感じられる。実際、蛇が出ても、それほどおかしくはない環境なのだ。

「彼女が自殺したと決まったわけじゃありませんよね。僕はまだ、彼女に職員会議の結果を教えてないんですよ。だから、彼女が死ぬにしても、少し早すぎますよ」

三隅が自らに希望を与えるように言った。

「いや、三隅先生以外の誰かが教えたのかも知れない。僕じゃありませんけどね」

近藤が妙にくぐもった声で言った。三隅は闇の中に浮かぶ近藤の顔を凝視した。何故かぞっとした。一緒に歩いているのが、近藤ではない気がした。

三隅のほうに不意に振り向く近藤の顔が、いつの間にか、ぜんぜん知らない人間の顔に変わっている。ふと、そんな妄想を思い描いたのだ。

三隅と近藤はそこからさらに奥に進み、やがて行き止まりになった。近藤が懐中電灯を上下左右に振り回しながら、樹木を見上げる。三隅もスマホをジャケットのポケットから取り出し、そのライトで、周囲を照らしてみた。

ただ、樹木が多すぎて、幾十にも重なって見え、その色域《しきいき》は不明瞭だ。仮に人間の死体がどこかの木からぶら下がっていたとしても、それを視認するのは不可能に思えた。死人の海という言葉が、三隅の脳裏を掠《かす》め過ぎた。

「もう戻りましょう。こんなんじゃ、仮に彼女が近くにいても、分かりゃしませんよ」

近藤が幾分、上ずった声で言った。もちろん、近藤は意識していなかったのだろうが、「彼女が近くにいても」という表現が、何とも言えないざらついた不安を喚起した。木々の上ではなく、三隅たちの背後に琴音が普通に立っているような錯覚が生じそうだった。それはそれで、また薄気味が悪い想像なのだ。

そのとき、木々の梢から微かに何かの音声が伝わったように思えた。三隅は耳を澄ませた。確かに、何かが聞こえる。

「近藤先生、何か聞こえませんか？」

「やめてくださいよ！　気持ち悪いな。何も聞こえませんよ」

「いや、聞こえていますよ」

三隅が鋭く言い放った。確かに、「見つかったぞ！」という人声が谺《こだま》のように木々の梢を渡っていた。暗闇の中で、三隅と近藤の目が合った。同時に二人は踵《きびす》を返し、元来た道を走り始めた。

息を切らせて、ラバーズ・レインに戻ってきた。そこでは懐中電灯の光が乱舞し、すでに琴音の発見を知らせる大声が飛び交っていた。三隅と近藤の前方三メートルくらいのところを早足で下る松山と紺野の背中が見える。松山が振り向き、三隅たちに呼びかけた。

「『タケオの呪い』みたいですよ！」

三隅は再び、強い衝撃を受けた。この文脈では、「タケオの呪い」は明らかに場所としての固有名詞だった。それにも拘わらず、三隅には、松山が現在起こっている事象のことを指して、そう言ったような錯覚が生じたのだ。

結局、三隅と近藤は、松山や紺野とほぼ同時に現場に到着した。比較的広い、中の傾斜地から、ジャージ姿の人影が近づいてきた。佐伯《さえき》という若い体育教師だった。かつては陸上の百メートルの選手で、全日本クラスの実力者だったという。身長は普通だが、全身が鋼《はがね》のような筋肉の持ち主だった。

「生徒が死んでいます。女の先生は、ここから先には入らないようにと竹本先生が仰っています」

いかにも体育会系らしい、抑制の欠如した佐伯の口調が、かえって異様に響いた。竹本は捜索には参加していなかったはずだが、琴音の発見を電話で知らされて、建物のほうから駆けつけてきたのだろう。三隅がふと後ろを振り返ると、ジーンズとTシャツ姿の紺野がその場にしゃがみ込み、松山が心配そうに覗き込んでいる。「死んでいる」という佐伯の言葉は、決定的だったのだ。

「松山君、紺野先生を職員室に連れていったほうがいいよ」

三隅の横に立っていた近藤が言った。その声は、さすがに真剣そのものだった。

「分かりました」

松山の肩に摑《つか》まるようにして、紺野が立ち上がる。三隅は、視線を前方に戻した。

「大丈夫です」という紺野の弱々しい声を後方に聞いた。松山と紺野の足音が遠ざかる。佐伯は、依然として山林の奥に入り込んで、捜索を続けている他の教師たちに琴音の発見を知らせるために、右手方向に走り始めた。

三隅は近藤と共にその傾斜地に入り、薄闇の中でこちらに背中を向けて立っている人影に近づいた。背広姿の竹本だった。

「すでに一一〇番通報しています。救急車も来ると思いますが、搬送するかどうか」

竹本が斜面を見下ろしながら力なく言った。三隅も、斜面を見下ろした。自分の心臓の音を他人のそれのように聞いていた。緩やかな土の斜面に張り付くように、制服姿の女子生徒が、足を大きく三隅たちのほうに開いた格好で、仰向けに倒れている。制服を着せられたマネキンのようにも見える。死体を見ているという臨場感がないことが、かえって不気味だった。三隅の目線から、二メートルくらいしか離れていない位置だ。

次の瞬間、悪寒《おかん》のような痙攣《けいれん》が三隅の全身を襲った。琴音の死体を頭の上から覗き込む男の顔が、三隅の視界に映ったのだ。浅黒い肌とビー玉のような鈍い光沢を湛えた左目の義眼。ぞっとした。リュウジだ。何故、リュウジがそこにいるのだ。声が出なかった。三隅は、自らの正気を確かめようとするかのように天空を見上げた。

異様に明るい空を、悪魔の凶相を帯びたどす黒い雲が、旋回している。白昼夢のような光景だ。三隅は、再び、視線を落とした。琴音の死体傍らに、ジャージ姿の高木がしゃがみ込んでいた。ようやく痙攣が治まり、それに替わるように、脇の下に冷や汗が滲《にじ》むのを感じた。三隅は、改めて琴音を見つめた。スカートがかなり捲《まく》れていて、太股が剝《む》き出《だ》しになり、中の白い下着が覗いている。前頭部に夥《おびただ》しい血が付着していたが、その大部分がすでに凝固しているようだった。

顔の輪郭ははっきりと視認できた。おとなしそうで、清楚《せいそ》な印象の顔立ちだ。目を若干開き、何かに驚いている表情にも見える。頭の位置からさらに一メートルくらい先に、拳大《こぶしだい》の石が落ちていた。そのさらに下に、トリコロールの中型バッグが投げ捨てられている。

夜の闇のはずなのに、すべてがあまりにも鮮明に見え過ぎていた。やはり、月明かりなのか。三隅はルーナシー《狂気》という言葉を思い浮かべた。思わず、もう一度空を見上げる。だが、満月ではない。上弦《じょうげん》の三日月が浮かんでいた。

「これ自殺じゃないでしょ？　殺人ですよね」

三隅の背後から、近藤の素っ頓狂な声が聞こえた。三隅もそう思っていた。いや、自殺でないのは誰の目にも明らかだっただろう。だが、近藤の問いかけに答える者はいなかった。

「高木さん、もうすぐパトカーと救急車が正門に来ると思いますから、彼らをここに誘導してください。警備員はもう帰らせていますから」

竹本がまるで話を逸らすように、高木に指示した。高木は立ち上がりながら、無言でうなずき、素早い動きで斜面を駆け上がった。一番冷静に行動しているのは、高木に見えた。

「誰が見つけたんですか?」

近藤が、竹本に訊いた。

「高木さんですよ」

竹本が不機嫌な口調で答えた。

「よく見つけましたね。みんな自殺を想定して、奥のほうを捜していましたからね」

近藤の言葉に、三隅も竹本も無言だった。三隅自身、誰かと何かをしゃべる気分ではなかった。

「最初から、ここに死体があるのを知ってたんじゃないの」

近藤が、遠ざかっていく高木の背中を目で追いながら、極端な小声でつぶやいた。竹本が、たまりかねたようにせき払いした。近藤は一人芝居のように、さらにしゃべり続けた。

「でも、考えてみれば当たり前か。足の悪い浜がそんなに奥まで入り込めるわけがないですからね。さっき我々がここを通り過ぎたとき、ちょっと中に入り込んで、この斜面を覗き込めば、見つかってたんだ。それをした高木さんは、やっぱりこの山を知り尽くしているってことか――」

近藤の声に被るように、遠くでパトカーのサイレンが聞こえ始めた。三隅は三度《みたび》、空を見上げた。上弦の三日月は消え、どす黒い雲が、不気味な渦を作って旋回していた。

第三章　流言飛語の谺《こだま》

1

学院内は騒然としていた。警察関係者が、敷地内に入り込むのはやむを得ない。だが、予想通りとはいえ、マスコミもどっと押し寄せ、警備員との押し問答をくり返していた。

浜琴音の死体が発見された翌日の火曜日は、中・高ともに全面休校となった。水曜日には授業が再開されたが、さすがにマスコミの手前、何もしないわけにもいかなかったのだろう。高校のみ、一時間目の授業をつぶして、体育館に高校生全員と教員を集めて、校長の落合が琴音の死を説明し、琴音の冥福を祈って黙禱《もくとう》を捧《ささ》げた。琴音のクラスの女子生徒からは、すすり泣きの声が漏れていた。

三隅は事件翌日の午前中、校長室に呼び出され、千葉東署の刑事二名から、落合と竹本と共に、事情を聴かれていた。ただ、三隅は琴音の担任といっても、まだ新任で学院の事情をあまり知らないことを落合が強調したせいもあったのだろう。三隅はほんの通り一遍の質問を受けただけで、ほとんどの質問に落合と竹本が答えていた。

個人調査票の保護者欄が母親の氏名になっていたので、琴音の家が母子家庭であることは、三隅もある程度想像していた。二人の刑事に対する竹本の説明で、琴音の母親は医師で、神田《かんだ》にあるかなり大きな病院に勤務していることを知った。十三日に事務が電話したとき、母親が家にいたのは、前日の日曜日が当直だったため、その日はたまたま病院勤務が休みだったかららしい。

落合の説明で、山林はそもそも綾清学院の所有地ではないことが分かった。従って、出入り口は学院側から見ると一ヵ所だが、他に数ヵ所出入りが可能な場所があるようなのだ。

実際、これまで外部から変質者が入り込み、学院の女子生徒が痴漢被害に遭いそうになる事件も発生していた。落合は、こういう状況を、かなり大げさな言葉で殊更強調しているように見えた。その心理はよく分かる。もちろん、琴音殺害の犯人が外部の人間であることを願っているのだ。

琴音が例の移動教室の件を気に病んで自殺したというのが、落合にとっては最悪のシナリオだったのは言うまでもない。しかし、琴音の死が自殺でない以上、そのシナリオは、どうやら回避できたようだった。ただ、犯人が学院関係者であることが判明することは、入学試験の受験者数に決定的な影響を与える可能性がある。

「確かに、事件現場の状況は、顔見知りというより、流しの犯行という感じもあるんです」

　二人のうち、年配の刑事が、落合の発言に答えるように話し出した。

「被害者の顔には何も掛けてありませんでしたし、着衣の乱れもありましたからね。凶器は現場に落ちていた拳大の石と考えられていますが、あらかじめ用意したものではなく、暴行に及ぼうとして抵抗されたため、たまたま落ちていた石で、頭を殴打した可能性のほうが高いでしょうな。その凶器も平気で残している。指紋が出るかどうかは分かりませんが、指紋が出た場合でも、すぐには指紋の照合を受けない立場にいる人間の犯行かも知れない。ただ、被害者のバッグは現場に残されていたんですが、スマホだけは見つかっていません。校長先生のお話では、こちらの学院ではスマホの持ち込みは禁止ということですので、初めから持っていなかった可能性もある。この点は、今、被害者の母親に確認中です」

　その刑事の説明を聞きながら、三隅は不思議な違和感を覚えていた。そもそも、いくら事情聴取の協力を取り付ける必要がある学院関係者と言っても、警察の外の人間に、その刑事が捜査の見立てを堂々としゃべるのがいかにも不思議だったのだ。

言っていることは、嘘ではないのだろう。殺人事件の捜査で、顔に何も掛けていない場合、一般には、顔見知りでない流しの犯行と考えられることくらい、三隅も知っていた。しかし、それは古い刑事学の常識で、状況によっては、そうでない例などいくらでもあるに違いない。

また、琴音のスカートが捲られていて、中の下着が覗いていたことは、三隅自身が目撃している。だが、本当に暴行されていたかは、疑問だった。性的目的の殺人だとすれば、可能なら犯人の体液や髪の毛根などからDNA鑑定を行うのが、現代の科学捜査の常識だろうが、刑事の口からそんな言葉も出ていない。

三隅は曙学園事件を思い浮かべていた。あの事件でも、千葉県警は一ヵ月間、表向きは事故という判断を下しているふりをし続けていたのだ。その間《かん》、徹底的に内偵捜査を進め、あるときから一気に、袴田清美に対する強制捜査に踏み切ったのである。

図らずも事件現場も、管轄の捜査機関も同じであることが、やはり三隅には気になっていた。事件の背景が広い意味で学校であるということでも共通しており、教育機関が捜査対象になる場合、警察の捜査が慎重になるのは容易に想像が付いた。

この三隅の疑惑は、校長室で話した刑事が、二人とも何故琴音が一人で山林に入り込んだのかを聴かないことで決定的になった。三隅に言わせれば、それが一番の重要ポイントなのだ。また、落合や竹本にとっても、一番聴かれたくない質問だったはずである。聴かれれば、必然的に移動教室を巡るトラブルについて話さざるを得なくなる。

三隅には、刑事たちがその重要な質問を故意に回避したとしか思えなかった。それは同時に、彼らが水面下でそのことを調べようとしていることを意味しているのだ。まさに曙学園事件と同じパターンなのかも知れない。三隅は一ヵ月後、警察の逮捕状が不意に自分に執行されるような奇妙な幻想が頭に浮かび、思わずため息を吐いた。

そうだ。犯人は誰であっても、おかしくないのだ。三隅は、満月でもない上弦の三日月の光が、異様に明るく、琴音の顔を映し出していた光景を思い浮かべ、再び、戦慄した。あの現実感の欠如した光景こそが、事件の本質に思えたのだ。

2

一週間経っても、捜査の格別な進展はないようだった。事件発生の二日後、千葉東署に特別捜査本部が設置されたことが新聞で報じられていたが、そんな捜査態勢に関連する記事に、一般の人間はたいして関心を示すことはない。

むしろ、一部の週刊誌が二十年前に起こった園児殺害事件と同じ現場で、女子高生が殺された偶然性に重きを置いたオカルト的な記事を掲載し、そういう記事のほうが注目を浴びているようだった。

　校内でも、様々な流言飛語が飛び交っていた。たいていは「タケオの呪い」という言葉に象徴されるような事件が、図らずも同じ場所で実際に起こったことに纏《まつ》わる根拠のないデマである。

　だが、一つだけ、どこかリアリティを感じさせる噂話があった。高木が事実上の山林の出入り口になっている金網フェンスの途切れた場所で、異様な形相でラバーズ・レインを見上げていたのを何人かの生徒が昼休みに目撃したというのだ。

　この目撃情報は高木が何度も警察から事情を聴かれていたという客観的な事実に増幅されて、いかにも高木が有力な容疑者であるかのような印象を生み出していた。ただ、ラバーズ・レインを歩く琴音の後ろ姿を高木が目撃したとき、一部の生徒たちが高木のそういう姿を見たとしたら、別におかしいことではない。

　連日、臨時職員会議が開かれていた。この中で、校長の落合は、担任クラスを持つ教員は自分の授業時間内に必ずホームルームを開くことを呼びかけていた。

　落合は、特に三隅を名指しして、極度の緊張状態にある三年一組の生徒たちの心のケアを依頼した。落合の態度は、表向きは謙虚な姿勢に変化していた。だが、三隅にはその謙虚さは、わざとらしいあざとさにも映っていた。

　三隅はその日の二時間目に、たまたま担任クラスの授業が入っていたので、最初の三十分をホームルームとして活用した。中央後方寄りの琴音の机には、写真立てに入った琴音の遺影や花束、それに生徒たちが別れの寄せ書きをした、グレーの色紙も置かれている。どうやら、紗矢が中心になって、そういう物を準備したらしい。

三隅は、過剰に生徒たちの感情を刺激するのを避けるために淡々《たんたん》としゃべり、通り一遍のことしか言わなかった。そもそも、人間の死を贖《あがな》える言葉があるとは思えない。

むしろ、生徒たちの不安に耳を傾けることに時間を使った。多くの生徒は沈黙していたが、それでも何人かの生徒から、帰宅時や校内に入ってくる刑事に呼び止められて、クラス内のことをいろいろと聴かれ、不安だという声が上がった。

「先生、僕のところにも警察がうるさく聴きに来るので、そういう行為はやめるように、学院側から警察に伝えてもらえませんか」

かなり辛辣な口調で、こう言ったのは篠田である。三隅はふと湯原との一件を思い浮かべた。三隅は、一番右後ろの窓際の席に座っている鰐淵にも視線を投げた。しかし、鰐淵のほうは、ただ暗い表情で押し黙り、いっさい発言することはなかった。

篠田の他にも、何人かの男女が発言した。中には、自分が疑われているのかも知れないと思ってしまう生徒もいるようだった。

「もちろん、学院側から警察には、受験に対する精神的影響もあるので、個別に生徒から事情を聴くのは控えるように申し出てもらいます。しかし、浜さんと同じクラスの生徒に警察が事情を聴こうとするのは、特別なことではありませんから、警察に事情を聴かれたからといって、自分が疑われているなどと思う必要はまったくありません」

三隅は生徒たちを安心させるために、あえてそう言ったのだ。そのあと、三隅はいつも通り授業をし、生徒たちもいつもと変わらぬ集中力で、授業に打ち込んでいるように見えた。生徒たちの動揺は、思ったほどではないというのが、三隅の率直な感想だった。それは一つには、琴音がクラスの中では孤立した存在で、親しい友人もあまりいなかったことと無関係ではなかったのだろう。

譬《たと》えて言えば、それはほとんど付き合いのない隣人の死がもたらす衝撃に近いものだったのかも知れない。そう思うと、三隅はかえって説明し難《にく》い複雑な気持ちに駆られた。

3

その日、三隅はたまたま土曜日の宿直当番に当たっていた。専任教員には、二、三ヵ月に一度の頻度で、この当番が回ってくるらしい。二人の教員が土曜日の夕方から泊まり込み、日曜日の朝に解散するのだ。

土曜日は、部活動で体育館などを利用する運動部もあるため、事故などが起こったときに対応できるようにするのが、表向きの理由だった。ただ、近藤に言わせれば、各教員の学院に対する帰属意識を高めるのが目的で、それ以上の意味はないから、これまた悪《あ》しき慣習の一つだということになる。

三隅は午後三時頃出勤し、ガランとした職員室で、事務仕事を片付けた。それから、午後六時少し前に、体育館に行った。バレー部とバスケット部が使用願を提出していた。体育館を使用できるのは、土曜日の場合、午後六時までだから、練習を終えた生徒たちがきちんと片付けをして帰るのを確認するのも、宿直教員の仕事らしい。

体育館では、佐伯が待っていた。佐伯もその日の宿直当番なのだ。まだ二十代後半の佐伯は、いかにも体育会系らしく、年上の三隅に対して礼儀正しい態度で接し、出入り口の靴置き場で、スリッパを揃《そろ》えて出してくれた。

生徒たちは、すでに練習を終え、片付けに入っていた。それにしても、広い体育館だった。バレー部とバスケット部が使用しているスペースは、ざっと見ただけでも、互いに百メートル以上、隔たっているように見える。

左手奥には五十メートルプールがあり、その入り口の前にはランニングマシーンやトレーニングラダーなどスポーツ器具が置かれている。運動マットも、かなり広い範囲に敷かれている。ちょっとしたアスレチッククラブのような雰囲気だ。

「はい。もうすぐ六時だぞ。片付け急いで」

佐伯が手を叩《たた》きながら、腹の底から絞り出すような大声で叫んだ。生徒たちの動きが慌ただしくなる。男子生徒も女子生徒もトレーニング用の上下のジャージ姿だが、教員と違って下は膝丈のハーフパンツだった。男女が入り交じって片付けを行っているが、これは片付けのときだけで、練習は別メニューのようだ。

「あの――、私は何をすればいいのでしょうか？」

三隅が苦笑いしながら、佐伯に訊いた。

「いや、先生は、偉そうな顔をして、そこに立っているだけで大丈夫です。何もおやりになる必要はありません。僕が全部やりますから」

佐伯が笑いながら答えた。琴音の死体が発見された夜、三隅が佐伯を見た印象とはだいぶ違う。それも当然だろう。あの夜は誰もが興奮状態で、普段とは違うように見えていてもおかしくなかったのだ。近藤によれば、教師からは「猪越のポチ」、生徒からは「筋肉先生」と呼ばれているらしいが、三隅には佐伯は普通に人柄のいい人間に見えた。

そのあと、佐伯は片付けを続けるバレー部の男子生徒のところに駆け寄り、親しげに談笑を始めた。片付けを急がせた割には、その姿は悠長《ゆうちょう》に映る。やがて、佐伯は二、三人の男子生徒とじゃれ合うように、レスリングのまねを始めた。その笑い声が相当離れた位置に立つ三隅のところまで、聞こえてくる。

三隅は若干呆れた表情で、視線を逸らした。ただ、微笑ましくもあった。まさに、この体育館が佐伯の城なのだろう。近藤によれば、階段上の通路沿いには、「体育研究室」と呼ばれる大部屋があり、猪越らの体育教師は職員室の自分のデスクなどほとんど利用せず、そこに詰めているのが普通らしい。

体育の専任教員は猪越と佐伯の二名だが、体育の場合、非常勤の講師も多いので、そういう非常勤講師が待機できる部屋も必要だという。その優遇のされ方がおかしいと、近藤は主張しているのだが、三隅にはそれが特に不公平なことにも思えなかった。

生徒たちが奥の更衣室へ引き上げ始めた。ようやく、佐伯が三隅のほうに歩いてくるのが見えた。

4

止まっていたエスカレーターが動き出した。三隅と佐伯は、宿直室で学院から支給される夕食の弁当を食べたあと、もう一度巡回を始めていた。二階の点検を終え、三階に向かう。照明は点《つ》いているものの、フル点灯にはなっていない。ペンダントライトの光も微弱で、むしろ周辺の薄闇のほうが際立っていた。エスカレーターの動く鈍い音が、昼間の喧噪のときより妙に耳に障る。

三階に着くと、三〇一教室から、点検を始めた。まず、扉を開け、壁際のスイッチを押す。明かりが点《とも》り、ガランとした空間の中で、中央後方の琴音のデスクに置かれた遺影がすぐに目に付いた。午後六時半頃の点検でも一度見ていたが、三隅にとっては、何度見ても気が滅《め》入《い》る光景だ。

三隅は佐伯と共に、もう一度琴音の机に近づいた。遺影や花束以外に、例の別れのメッセージが書かれたグレーの色紙も置かれている。だが、妙な違和感を覚えた。よく見ると、色紙の一部に被るように、白い封筒が置かれ、その表《おもて》に「遺書」と印字されていたのだ。

「先生、これ何でしょう？　こんな物、さっきはなかったですよ」

佐伯もそれに気づいて、封筒を指さしていた。三隅は心臓の強い鼓動を感じながら、それを手に取り、中からＡ４判のコピー用紙一枚を取り出した。パソコンの印字が目に飛び込んで来た。

ぼくは浜琴音さんを殺していません。警察に潔白を証明するために、彼女のそばに行きます。

「先生、これどういうことでしょうか？」

横から文面を覗き込んでいた佐伯が、幾分、上ずった声で言った。三隅も愕然《がくぜん》としていた。この文面が、自殺を仄《ほの》めかしていることは明らかだった。ただ、短すぎる文面で直筆でもないため、どこかリアリティに欠け、鰐淵を騙《かた》った悪質ないたずらのようにも感じられる。

「いたずらの可能性もあるけど、本当だとしたら、大変なことです。すぐに、鰐淵の自宅に電話してみます。職員室の僕の引き出しに連絡用の電話番号一覧がありますから。本人がいれば、事情を訊いてみるつもりです」

「連絡網のほうはどうしましょうか？　宿直時に、何か起こったとき、すぐに生活指導主任の猪越先生に連絡することになっているんです。そのあと、どういう順に連絡が行われるかも決まっています」

佐伯がつまり気味に言った。その顔から、血の気が引いている。

「いや、最初に鰐淵の家に電話して、彼の所在を確認しましょう。猪越先生への連絡は、そのあとでいいでしょう。ただ、この遺書は、いつここに置かれたのでしょうか？　さっきはなかったんだから、七時くらいから八時あるいは九時くらいの間に、置かれたのかも知れません。もし鰐淵本人が置いたとしたら、まだこの学院内にいる可能性がありますよね。少なくとも、我々だけでこの建物の中くらいは見ておいたほうがいいと思います」

三隅の言葉に佐伯はうなずき、すぐに二人で教室の外に飛び出した。ただ、三隅はそう言ったものの、どこを捜すべきか見当が付かなかった。

「先生、あれを見てください」

三隅は佐伯の指さす方向を見つめた。三隅たちが立つ場所から反対方向の奥に男子トイレがあり、そこに明かりが点っていたのだ。

「さっきの点検のとき、明かりを点けましたか？」

佐伯が三隅に訊いた。それは、自問するようでもあった。日が長くなって来た時期だから、明かりを点ける必要はなかった。三隅は無言で首を横に振った。

佐伯が駆け出し、三隅もそのあとを追う。佐伯はさすがに速く、二人の距離は見る見る離れていく。男子トイレの入り口で、佐伯は立ち止まり、三隅もようやく追いついていた。

「誰かいますよ。物音がします」

佐伯が押し殺した声で言った。確かに明かりは点いており、中から人の動きのような微かな物音が聞こえている。三隅の心臓に疼痛のような鋭い痛みが走った。

「誰か中にいるんですか？」

三隅はノックしたあと、大声で呼びかけた。外部の変質者などが入り込んでいる場合、即、扉を開けて中に入るのは危険だ。

返事はない。緊張が一層高まる。三隅と佐伯は顔を見合わせた。それから、あ・うんの呼吸で、ほぼ同時に扉を押し開けて、中に踏み込んだ。

入ってみると、外からは煌々《こうこう》と点っているように見えた明かりも、妙に微弱で、全体的には薄暗い印象だった。一見、誰もいないように見える。

しかし、右手奥の個室トイレの外に体を半分出しているジャージ姿の男の背中が三隅の視界を捉えた。男が振り向く。三隅は思わず、うめき声を上げそうになった。義眼が鈍い光を発し、三隅のほうに笑いかけているような錯覚に襲われた。

「高木さん」

三隅は、つぶやくように言った。

「先生方、大変です！」

その嗄れた声に引き寄せられるように、三隅と佐伯は高木のそばに近づく。高木が右手に持っていた懐中電灯を上方にかざした。三隅は条件反射のように視線を上に向ける。

不意に何かが軋《きし》る音が聞こえ、懐中電灯の光に照らされた若い男の蒼白《そうはく》な顔が、ロープを首に巻き付けて、三隅のほうを見下ろしているのに気づいた。半開きの口元が、気味の悪い薄ら笑いを浮かべているように見えた。

髪はきれいに七・三に分けられ、銀縁の眼鏡を掛けた目は鬱血し、舌がカタツムリの触覚のように伸びきっている。その舌の裏側に見えている、イソギンチャクの突起を連想させる赤い肉垂《にくだ》れが妙にけばけばしい。吐き気がこみ上げるのを三隅はぐっと堪えた。

「こりゃ、ひでえや!」

不意に佐伯の絶叫が、トイレ内に響き渡った。

5

三隅は四時間目終了後、校長室で、落合と竹本の同席のもとに、大久保《おおくぼ》という千葉県警捜査一課の係長と面会した。聞き込み捜査であれば、二人一組で刑事がやって来るのが普通だろうが、大久保が一人で来ているのは、それなりの事情があったようだ。つまり、それは事情聴取というよりは、綾清学院側の要請を警察が聞く場でもあったのだ。

落合は三隅の意見を入れて、警察が生徒から個別に事情を聴くのはやめて欲しいと申し出ていた。鰐淵の自殺が報じられ、警察の行き過ぎた事情聴取がマスコミで問題視されていたため、千葉県警もそれなりの対応を迫られたのだろう。県警捜査一課の係長というのは、おそらく捜査本部の主要メンバーの一人であろうと推測されたから、県警が事態を深刻に捉えているのは確かに思えた。

大久保は黒縁の眼鏡を掛けた知的な風貌の人物で、年齢は四十前後に見える。丁寧な口調ながら、鰐淵に対する事情聴取が特に過酷だったことはないと明言していた。

「もちろん、今後、こちらの生徒さんから事情を聴く場合は、我々が単独で聴くのはやめて、先生方の立ち会いのもとに行うことをお約束します。しかし、鰐淵君に対する事情聴取が行き過ぎていたということはまったくありません。確かに、彼は被害者にメールを送り続けていて、被害者のことを好きだったことは認めていました。そして、我々の要請に応じて、あくまでも任意でスマホを見せてくれました。そこには被害者に対する彼の気持ちが控えめな言葉で書かれていましたが、ストーカー的内容とは言えず、被害者も不定期ではあるものの、一応返信はしており、特に嫌がっていたという感じでもないんです。それに、何よりも、彼にはアリバイがほぼ成立していたんです」

「アリバイ、ですか？」

三隅が思わず聞き返した。

「ええ、そうなんです。司法解剖の結果で言うと、浜さんの死亡推定時刻は、十二時四十五分から十三時十五分の間くらいなんです」

　大久保によれば、彼はその日、教室内で持参の弁当を食べていた。同じように教室内で弁当を食べていた生徒もかなりいて、その生徒たちの証言を総合すると、彼は十二時五十分くらいに席を立っている。本人は、トイレに行ったと説明していた。そして、彼は午後一時から始まる紺野の数学の授業には最初から出席していた。

「従って、その十分の間に、彼が殺害現場に行って、被害者を殺害して戻ってきたと考えるのは、ほぼ無理だろうというのが、我々捜査本部の判断だったのです」

「事情聴取は一度だけだったんですか？」

　今度は落合が訊いた。その声には、若干の怒気が含まれているように感じられた。しかし、それは三隅を意識しての演技で、本気で大久保に抗議しているようにも聞こえなかった。その日の落合の服装は原色の赤のツーピースで、ソファーに座っていると、スカートの裾が上部に引っ張られ、ベージュのストッキングに覆われた太股が剝き出しになっている。真横に座っている三隅の視界に落合の下半身が映るたびに、三隅は目のやり場に困り、ひどく居心地の悪い思いに駆られていた。

「ええ、一度しかやっておりません。つまり、それ以上、やる必要がなかったんです。我々は彼の容疑は薄いと判断していましたから」

「しかし、鰐淵君は、警察が思う以上に深刻に受け止めていたということはあり得るでしょ」

三隅は警察批判に聞こえるのを覚悟の上で、言った。大久保の反応を見極めて、捜査本部の本音を探りたいという気持ちもあったのだ。

「いや、そんなことはないと思いますよ」

大久保は毅然《きぜん》とした口調で言い放った。それから、抑えた口調に戻って、言葉を繋いだ。

「事情聴取終了直前の雰囲気なんかはむしろ、和やかだったそうですよ。彼が飛び抜けて数学ができるという話は、我々の耳にも入っていましたので、担当の捜査員が、いったいどうしたらそんなに数学が強くなるんだと訊いたりして、彼も笑いながら答えていたそうです」

もちろん、大久保の話には警察側の言い訳も多少とも含まれてはいるのだろう。しかし、総じて言えば、大久保がそれほど事実に反していることを話しているとも思えなかった。

「ところで、うちの高木はどうして、鰐淵君の遺体が三階のトイレにあることが分かったのでしょうか？」

竹本が話題を変えるように訊いた。それも、三隅には高木に関して警察がどの程度の疑惑を持っているのかを探るような質問に聞こえた。

「ええ、高木さんからも詳しく事情を聴きましたが、校務員室の防犯カメラのモニターで生徒らしい人影がエスカレーターを上がっていくのを確認したそうです。それで二階、三階を順番に調べて、三階の男子トイレで鰐淵君を発見したんです」

警備員は外部委託のため、学院内には警備員室という部屋はなく、校務員室がその代替を果たしていた。交替の警備員も校務員室で待機することになっていて、防犯カメラのモニターもそこに置かれていた。

現代の捜査では事件が起こったとき、警察はまず防犯カメラのチェックから始めることは、三隅も何かの記事で読んだことがある。従って、捜査本部は学院内の防犯カメラの映像をすべてチェックしており、今後も防犯カメラの映像に注意するように、学院側に要請していたらしい。その意向が、高木にも伝えられていたのだろう。

「じゃあ、警察は特に高木に注目しているということはないんですか？」

落合が訊いた。あまりにも露骨な質問だ。

「注目？　どういう意味でしょうか？　彼の説明は、ごく自然なものと我々は受け止めていますが」

大久保は、むしろ怪訝な表情で言った。

「いえ、今度も高木が死体の第一発見者なので、それで少し――」

落合の言葉に、大久保は苦笑を浮かべたように見えた。

「しかし、二度とも高木さんが発見したのは、別にそれほどおかしいことではないと、我々は考えています。浜琴音さんの場合は、彼が裏の山林の地形を一番よく知っていたため、発見できたと言えるんじゃないでしょうか。これはご本人から聞いたことですし、学院も公認だそうなので、言っていいと思うのですが、彼は山林の所有者に頼まれて、山林の管理みたいなこともやっているそうですね？」

一瞬、微妙な沈黙が流れた。だが、すぐに竹本が説明し始めた。

「いや、公認というわけでもないんですが、彼の勤務年数は長いとはいえ、立場的には非常勤職員ですので、副業を禁じるわけにはいかないんです。まあ、学院の仕事に支障をきたさない範囲で片手間にやるなら、我々もあえて注意はしていません」

要するに、不本意ながら副業を認めているということだろう。三隅には、それは初耳だったが、そうだとすれば、やはり、高木はかなり頻繁に山林の中に入り込んでいたと考えられる。従って、琴音がラバーズ・レインを登っていく姿を目撃したのも、ある意味では必然的なことだったのだろう。

「それに、今度だって、校務員室でモニターを見ていたのですから、時ならぬときに、生徒がエスカレーターを上って行くのを見れば、チェックに行くのは当然でしょ」

大久保はさらに付け加えるように言った。この発言を何と聞くべきなのかは、難しかった。もちろん三隅も、大久保のように捜査本部の中枢部にいる人間がここで本音を言うはずがないのは分かっていた。特に、鰐淵に対する行き過ぎた事情聴取がマスコミで問題になりかかっているときに、大久保が高木に対する疑惑を公の場で口にすることなどあり得ないのだ。

そのあと、大久保は生徒から個別に事情を聴くことは控えるので、捜査には学院全体としてぜひ協力して欲しいということを、もう一度念を押すように繰り返した上で帰って行った。三隅とも別れ際に、携帯番号が書かれている名刺を交換したので、三隅は直感的にあとから大久保が別途連絡を取ってくるような予感がしていた。大久保の目が、どことなくそんな風に語りかけているように思えたのだ。

6

三隅は湯原と一緒に、駅前の居酒屋に入った。三隅にしてみれば、思わぬ展開だった。帰りのバスで湯原と一緒になり、湯原のほうから積極的に誘ってきたのだ。

「私、この学院の中で浮いているんです」

湯原はバスの中で、横並びに座る三隅に対して、冗談とも本気とも付かぬ口調で話し始めた。

「それに、私、英語の実力もなくて、英語の先生をしているのがおかしいくらいなんです。英語を話したり、聞いたりすることは割と得意なんだけど、正直、読解力はあまりないんです」

三隅はあまりにも素直な告白に呆れたように、思わず横に座る湯原の姿を見つめた。上半身はグリーンのノースリーブに、白地に薄ピンクの花柄の入ったカーディガンという服装だったが、穿いているアイボリーホワイトのスカートの丈はやはり相当に短い。顔も今風の小顔で、目鼻立ちも整っているから、確かに、この服装で授業をしたら、かなり注目を浴びるだろう。

「英語の実力なんて、単純に数値化できるものではありませんからね。所詮、外国の言葉ですから、英語の教師のほとんどが、多かれ少なかれ自分の実力に不安を抱いているんじゃありませんか」

三隅は熱量の低い言葉で、湯原を慰めた。実際、学院内で途方もない大事件に遭遇している三隅にとって、湯原の話はまったくどうでもいいことにしか聞こえなかった。

「先生、今日はこのあとはどうされるんですか?」

湯原が不意に話題を変えるように、尋ねた。三隅は面倒なことになりそうな予感を覚えた。ただ、無理に用事を作るほど、特に湯原を避けたかったわけではない。

「自宅に帰るだけです」

「それでしたら、飲みに行きましょ。いろいろと相談したいことがあるんです」

湯原は無邪気な笑顔で、言い放った。

「しかし、教員間の飲食は禁止という校則はないんでしょうね」

三隅の皮肉な切り返しに、湯原は相好《そうごう》を崩した。女性に対するいつもの警戒心が、三隅の心に湧き起こってこないのが不思議だった。

相談したいことがあると言ったものの、どうやらそれは三隅を誘う口実に過ぎなかったらしい。居酒屋で話し出してみると、湯原に特に決まった相談事があるわけではなく、四方山話《よもやまばなし》に終始した。

しかし、湯原が二人の生徒の死の話をしないことは、三隅には有り難かった。三隅が担任を務める三年一組は何と言っても注目の的であり、たいていの教師は三隅の顔を見ると、まず琴音のことを、次に鰐淵のことを訊き始めるのだ。

湯原は、いかにも今風の軽い印象は否めないものの、本質的な人柄はけっして悪くないという第一印象は変わらなかった。湯原との会話は、現在、異常な緊張状態に置かれている三隅にとって、ある種の癒《い》やしの効果をもたらすように思われたのだ。

「三隅先生は、うちの女子生徒から、かっこいいって、すでに人気上昇中なんですよ。そのうち、人気俳優にちなんだあだ名を付けられるかも知れませんね」

湯原がピーチ系カクテルのグラスを傾けながら、はしゃぐように言った。午後八時過ぎで、店は混み始めており、三隅と湯原は入り口近くのテーブルで対座していた。

「生徒は知りませんが、教師の間ではあだ名はもう付いているらしいですよ」

三隅も生ビールのジョッキを一飲みして答えた。

「えっ、本当ですか？」

「疫病神、だそうです」

「嘘でしょ。そんなあだ名、聞いたことがありません」

「近藤先生が、そう言ってました。きっと、僕が着任してから、ろくなことがないから、そんなあだ名が付いたんでしょうね」

近藤がそう言ったのは、本当だった。もっとも、近藤はその噂について、三隅のために義憤に駆られていると付け加えることを忘れなかったが。

「ああ、コヒナタが、そんなこと言ってるんですか？　だったら、嘘に決まってます！」

「コヒナタ？」

怪訝な表情で問い返した。三隅には、まったく意味不明だった。

「知らないんですか？　俳優に小《こ》日向《ひなた》文世《ふみよ》っているでしょ。近藤先生の顔、その俳優に似てるって、生徒たちが言ってるんです。だから、生徒たちは陰でコヒナタと呼んでるんです」

「若い俳優ですか？　僕はあまりテレビ見ないんで、そういう話は詳しくないんですが」

「いえ、もう七十近いと思いますよ。でも、俳優の小日向は演技力がすごいし、年の割にかわいいって、今時の女子からもけっこう人気があるんですよ。それに比べて、うちのコヒナタはぜんぜん不人気なんです」

「そうかな。近藤先生は面白そうだから、僕は人気があると思ってたけど」

「面白いことは面白いけど、あの先生、意地悪丸出しだから、女子にはダメですよ。私も正直、大嫌いです！」

湯原はそう言うと声を立てて笑った。だが、特に近藤に敵意を持っているという印象でもなく、ただの軽口のようにも聞こえた。飲み始めて、ほぼ三十分だが、ピーチ系カクテルの二杯目に入っていて、湯原の顔は、すでにやや赤らんでいる。

「とにかく生徒、特に女子の、先生たちの顔が誰々に似ているというような容姿に関する指摘は本当に鋭いんです。紺野先生は、長澤《ながさわ》まさみって呼ばれてるんですよ。先生、まさか長澤まさみも知らないって言うんじゃないでしょうね？」

「そりゃ、もちろん、知ってますよ」

「何だ、美人女優はちゃんとオサエテイルじゃないですか」

「いや、彼女は単に美人というだけではなく、演技力もすごいですからね」

三隅はやや心外と言った口調で、大げさに言い返した。容姿だけを見ているわけではないと、言いたかったのだ。

「分かりました、分かりました。長澤まさみは美人で、演技力もすごいことは認めますが、紺野先生も眼鏡を取ると、本当に美人なんですよ。でも、わざとみたいに黒縁の眼鏡を掛けているんで、案外気づきにくいじゃないですか。でも、女子生徒って、そういうカムフラージュをすぐに見抜いちゃうから、本当にすごいですよ」

三隅は、紺野の美しさに対する嫉妬心のようなものが、湯原の口調にまったく感じられないことに驚いていた。それは松山に対する、男性教師の反応とは対照的に思われた。近藤だけでなく、あの堅物《かたぶつ》の竹本でさえ、松山の女性関係を揶揄《やゆ》することがあるのだ。

それに、湯原の言おうとしていることはよく分かった。三隅は黒縁の眼鏡を掛けている紺野の顔を思い浮かべた。三隅は一瞬にして、その整った容姿を見抜いたつもりだったが、あの地味な服装にも幻惑されて、それを見逃してしまう人間もいるに違いない。その意味で、湯原が使ったカムフラージュという言葉は、実に的確だった。

ただ、三隅にしてみれば、湯原が振った話とはいえ、有名女優はともかく、身近な女性の容姿についてはやはり話しにくかった。下手をすると、セクハラになりかねない話なので、本能的に危険な磁場から遠ざかる意識が働くのだ。

「でも、あなたの言うコヒナタの話では、女子生徒に一番人気のあるのは、やっぱり松山先生でしょ」

三隅は笑いながら、さりげなく紺野の話題から離れた。話題の対象としては、紺野より松山の話のほうが気楽に思えた。同性と異性の差なのかも知れない。だが、松山の話を振ったとき、湯原の反応はやや意外だった。若干、表情を曇らせ、遠くを見る目つきで、一瞬、黙り込んだのだ。それから、妙に冷静にしゃべり始めた。

「それはそうだけど、あの先生は、女性みんなに優しすぎますよ。それっていいことでしょうか？」

「いいことだと思いますよ」

三隅はにこやかに答えた。だが、公平な優しさが、ときに想像を超える残酷さを生み出すことがあるのは、三隅も分からないわけではない。

「そうかしら。私はそういう人より、女性にアクセントを付けて見てくれる人のほうが好き。松山先生の言うことは、けっこうきれい事に聞こえちゃうんです」

三隅は無言で湯原の言葉をやり過ごした。湯原の反応が妙に複雑であることに、戸惑いを感じていたのだ。

「三隅先生は、当然、彼女はいるんですよね？」

湯原が不意に話題を変えるように訊いた。松山の話はあまりしたくなさそうだった。しかし、三隅にしてみれば、自分の話はもっとしたくないのだ。

「それが、残念ながらいないんです」

「嘘！　信じられませんよ」

「本当だから、しようがないですよ」

三隅はビールのジョッキを大きく傾けた。だが、ジョッキをテーブルに置いた瞬間、ぎょっとした。不意に店内の喧噪が止まり、正面に座る湯原の顔に、月明かりに照らされた琴音の死に顔が重なり、不気味な笑みを湛えたように思えたのだ。

その残像は一瞬にして消えた。だが、不吉な予感を覚えた。ＰＴＳＤの始まりなのか。湯原が何か言っている。だが、三隅の網膜には、唇の動きが映っているだけで、音声はいっさい伝わって来なかった。

7

「先生、ちょっとよろしいでしょうか」

翌日、一時間目が終わって三隅が職員室のデスクに引き返してきたとき、紺野がデスクから立ち上がり、おどおどした小声で話しかけてきた。近藤はまだ教室から戻っておらず、三隅の周辺には他の教師はいなかった。

「何でしょうか?」

三隅も立ち上がりながら、小声で答えた。紺野がそういうタイミングで話しかけてくる以上、大声でできるような話ではないのは分かっている。

「鰐淵君のことですが、私、彼が警察で事情聴取を受けたあと、彼から相談を受けていたんです」

そう言うと、紺野は深刻な表情で、三隅の目をじっと見つめた。三隅にとって、予想外なことではあったが、浜琴音が紺野に相談していたことを考えれば、あり得ないことではない。

「そうだったんですか? それで彼は、そのときどんな様子だったんですか?」

「とても落ち込んでいました。自分は警察から疑われているって」

「やはり、そうですか。しかし、私が校長室で千葉県警の刑事から聞いた話では、彼に対する容疑は薄く、そのため事情聴取も一回しかしなかったそうです」

「でも、鰐淵君はそうは受け取っていなかったみたいです」

紺野は暗く、沈んだ声で答えた。紺野はやはり、鰐淵の相談を受けながら、自殺させてしまったことに責任を感じているのだろう。だが、仮に三隅が相談を受けていたとしても、鰐淵の自殺を止めることは難しかったに違いない。鰐淵の性格の難しさは、個人面談の経験から、三隅も分かっているつもりだった。

「警察の話では、鰐淵君が浜さんにメールを送り続けていたことは、彼自身が認めていたそうですが、そのことを彼は先生にも話していたのですか？」

三隅は一層声を落として訊いた。

「ええ、はっきりと琴音ちゃんのことを好きだったと言っていました。琴音ちゃんが私のところに、相談に来ていたことも知っていて、それで彼も私に相談してきたのかも知れません。でも、彼が自主的に自分のスマホを警察に見せなければ、そういう事実は判明しなかったわけですから、彼にはやましいことは何もなかったんだと思います」

「ええ、僕も同じように考えています」

三隅は強い口調で、紺野の言うことを肯定した。実際、それが捜査本部の見立てでもあったのだ。それにも拘わらず、鰐淵が自殺したのは、彼が一種の鬱状態に陥っていた証左とも考えられ、悲劇という他はなかった。

「私、本当に嫌になっちゃいます。鰐淵君の自殺も止めることができず、琴音ちゃんの捜索のときは、気分が悪くなって他の先生方に迷惑を掛けるばかりで、何の役にも立たず――」

紺野の言葉は、ほとんど語尾が消えかかりそうになるほど、弱々しかった。紺野自身がほとんど鬱状態なのかも知れない。無理もないと三隅は思った。三隅にとっても、かなり過酷な状況なのに、紺野のように繊細な人間にとって、この状況の過酷さは半端ではないに違いない。

三隅は初めて職員室で紺野に会ったときに受けた、鮮烈な印象を思い出していた。紺野は三隅にとって、これまでに一度も会ったことがないタイプの女性だった。恋愛感情というのとは微妙に違う。だが、過剰とも思える紺野の謙抑《けんよく》が、自然な癒やしの感情を三隅にもたらしているのは確かだろう。

しかし、今、琴音と鰐淵の死が、状況のすべてを暗転させているように思えた。しかも、これで終わりではないという負の予感があった。まるで、「タケオの呪い」が現実の呪縛として、三隅の全身を金縛りにしているかのように感じられるのだ。

「いや、鰐淵君が自殺を決意していたとしたら、誰も止めることはできなかったでしょう。それに浜さんの捜索のときだって、僕でさえ、息が詰まりそうな緊張を覚えていたんですから、紺野先生の気分が悪くなるのは当然なんです。むしろ、捜索を志願された先生は、立派ですよ」

そう言った瞬間、近藤が職員室の出入り口から、三隅たちのほうに歩いてくるのが見えた。紺野も気づいたようで、自然に口をつぐんだ。紺野は無言でうなずくと、自分のデスクに戻った。どうやら近藤は、紺野からあまり信用されていないらしかった。

「紺野先生と内緒話ですか。穏やかじゃないなあ」

近藤は自分のデスクの前に立つと、ごく普通の声で言った。背中を見せて自分の席に座る紺野にも当然聞こえたはずだが、紺野は無反応だった。三隅も、近藤の言葉を無言でやり過ごした。

三隅はデスクの椅子を引いて、座った。だが、近藤は座らず、三隅の至近距離に立ったまま、今度は三隅のほうに身を寄せるようにして、極端な小声でしゃべり始めた。

「騒ぎがあったみたいですよ」

「騒ぎ？」

「ええ、殺人に比べりゃ、とんだコミック・リリーフかも知れませんけどね。この期《ご》に及んで、また、盗撮用のカメラが発見されたんです。今度は、体育館の男子更衣室で。去年の女子トイレに続いて、二件目です。さっき、事務長から聞き出したんです。いったい、この学院はどうなっているんですか。大小織り交ぜて、事件が起こり過ぎですよ」

三隅も、さすがに呆れていた。

「誰がそのカメラを発見したんですか？」

「一時間目の授業でその更衣室を使った中二の男子生徒らしいですよ。さすがに、今度は高木さんじゃありません。今度の発見者までが高木さんだとしたら、高木さんはスーパーマンだということになっちゃいますからね。事件あるところに、高木さんあり、とか」

そう言うと、近藤は皮肉な笑みを浮かべた。きわどいジョークだった。

「それと、猪越先生もやばいですよ」

「猪越先生がどうかしたんですか？」

「また、体罰の訴えが三件来てるらしいです。体罰の噂はもともとある人だけど、マスコミに注目されているこの時期はやばいですよ！　そんなことも分からない、あの先生は頭が悪いのか、それとも病気なのか」

ここで、近藤はようやく自分の席に座った。

三隅は、近藤の言葉を聞きながら、猪越は頭が悪いのではなく、病気なのかも知れないと思い始めていた。ＤＶが精神疾患に起因することもあるように、体罰も教師が抱える何らかの心の病《やまい》によって引き起こされるのは、あり得ないことではない。

紺野が立ち上がって教室に向かう姿が見えた。まだ、二時間目の授業開始まで二、三分残っているが、まじめな紺野の場合、チャイムが鳴る少し前に教室に向かうのが普通だった。

「先生、どうです。くさくさするから、今夜辺り一杯？」

「いや、僕は明日の午前中、出かけなくてはいけないんで、今日は失礼します」

三隅は即答した。近藤との付き合い方も分かってきた。情報網という点では、三隅にとって、重要な人間であるのは間違いないから、付き合いをやめる気はない。ただ、適当な距離を取ることも必要だろう。

「土曜日の朝から、そんな用があるんですか？」

「浜さんのお葬式に参列するんですよ」

「あっ、そうか。すっかり忘れてた。僕はちょっと用があって、出席できないんだけど」

近藤が急に言い訳がましく言った。だが、近藤こそ、土曜日の午前中に用があるとも思えなかった。

二時間目の開始を告げるチャイムが鳴る。三隅と近藤はほぼ同時に立ち上がった。

8

琴音の葬式は、船橋《ふなばし》市内の斎場で、午前十一時から行われた。ＪＲ西船橋駅から徒歩十分くらいの場所だったが、三隅は北口改札を出たところで、偶然紺野と出会い、そのまま一緒に斎場まで向かった。

三隅は歩きながら、紺野が長身なのに改めて驚いていた。並んで歩いていると、身長が百八十センチ以上ある三隅の肩口を越える位置に紺野の頭が来るから、百七十センチに近いのかも知れない。その日は黒のワンピースだったが、首からは、一連の真珠のネックレスがさがっている。

三隅は特に略礼服は着ておらず、黒の背広に黒系統のネクタイを結んでいるだけだ。商店街の雑踏を抜け、住宅街に入ると、人の流れが不意に止まった。休日らしい、いかにものどかな雰囲気の街並みを、やわらかい六月の風が流れていた。

曇り空だったが、季節としては、一番いい時期である。だが、これから琴音の葬式に参列することを思うと、三隅の心はやはり重かった。

「紺野先生は、どれくらいの頻度で浜さんの話を聞いてあげていたんですか？」

三隅は遠慮がちに、琴音の話題を持ち出した。昨日は、主として鰐淵の話だったし、職員室での会話だから、話せる内容も時間も限られていた。できれば、紺野とは琴音についてもう少し踏み込んだ話がしたかったのだ。

「そんなに頻繁ではないですが、授業が終わったあと、教室の外や、空いている会議室で悩みを聞いてあげることは何度かありました。受験に関する相談もありましたが、やっぱり足が不自由なことをとても気にしていて、体育の授業が精神的な負担になっていたみたいです。その上、夏休みには移動教室で水泳訓練に参加しなければならないと思うと耐えられない気持ちだったのかも知れません。ですから、私は職員会議が今年も、去年と同じ結論を出してしまったことが本当に残念だし、自分自身が不《ふ》甲斐《がい》ないんです。それに比べて、三隅先生はすごいです」

「どうして僕がすごいんですか？」

「だって、新任の先生なのに、堂々とご自分のご意見を主張なさっていたじゃないですか」

「それは先生だって、同じでしょ」

「いえ、違います。私は昔から気が弱くて、自分の思っていることを正直に言えないんです。私があのときようやく自分の本当の気持ちを言えたのは、松山先生や三隅先生が最初にはっきりと仰ってくれたからに過ぎないんです。自分一人では、とてもあんな風には言えません。私はやっぱり、琴音ちゃんは、自殺するつもりで山林の中に入ったとしか思えないんです。そうだとすると、可哀想《かわいそう》で。三隅先生が職員会議の結論を教えていなかったとしても、誰か他の先生が教えたかも知れません」

「そうすると、先生も彼女が自殺しようと思ってあの山林に入り込んだところを、たまたま外部の変質者に遭遇してしまったとお考えですか？」

「さあ、それは私には分かりません。先生は、どうお考えですか？」

「僕も、最初はそう思っていました。でも、今では少し違う考えを持っています。彼女は誰かと待ち合わせていたのではないでしょうか？」

「誰かと仰いますと？」

「恋人とか、そうでないにしても、彼女を好きだった誰かと。鰐淵君については、僕も無関係とは思いますが、彼以外にも彼女のことを好きだった男性はいるかも知れないでしょ。紺野先生は、彼女から、そういう類いの話を聞いていませんでしたか？」

「いえ、それはありません」

紺野の反応は微妙だった。その表情には、当惑の色が浮かんでいる。紺野が仮にそういう話を琴音から聞いていたとしても、生徒のプライバシーに関わることを、三隅にすぐに話すとも思えなかった。

そうこうしているうちに、斎場の正門に到着してしまった。またもや、中途半端なところで、会話が中断された印象だった。門をくぐると、左手に告別式の会場、右手に火葬場が見える。

火葬場の煙突から黒煙が上がり、すでに一件終了した葬式があることを窺わせた。訊きたいこともまだたくさんあったが、斎場の中に入った以上、そんな話をするのは不謹慎に思えた。三隅は紺野と共に、告別式の会場に足を運んだ。

読経が流れ、正面祭壇前には、焼香の列ができていた。三隅は、紺野の後ろに並び、順番を待っていた。三隅の後ろには、松山、そのさらに後ろには、五、六名の学院関係者がいた。落合、竹本、それに事務長の溝江は、すでに焼香を済ませ、座席に戻っている。

　制服姿の生徒も十名近くが参列していた。大半は、紗矢らの女子生徒だったが、意外なことに男子生徒が一人いて、それが篠田だったのだ。彼らはかなり後ろの列にいたため、焼香の順番は遅く、まだ立ち上がってさえいなかった。

　テレビカメラを抱えた、テレビ局のクルーも見かけた。マスコミの一部も、琴音の葬式の模様を報道するために、この式場の中に入り込んでいるようだった。

　三隅の順番が来た。一礼して、祭壇正面に飾られた琴音の遺影を見つめる。上半身の写真だが、制服姿で優しげな微笑みを浮かべている。三隅は、結局、一ヵ月程度しか琴音を教えなかったが、こんな琴音の微笑みを一度も見たことはなかった。

　外は相変わらず曇り空で、右手の窓ガラスからも、陽射《ひざ》しはほとんど入って来ない。高い天井の蛍光灯の明かりがすでに点されているが、その効果は限定的で、部屋全体が薄暗い。祭壇の最前列には、遺族らしい一団がうつむき加減で椅子に座っていた。

　一番左端にいる母親は四十代くらいで、憔悴《しょうすい》しきった表情をして、目を充血させている。それ以外の人々は、琴音の伯父や叔母、あるいは祖父母のような印象だった。

琴音は一人っ子と聞いているから、一人娘を失った母親の打撃は決定的だろう。

そう思うと、三隅は胸を重い石で塞《ふさ》がれるような気分になり、底なしの寂寥感《せきりょうかん》に襲われた。三隅は気を取り直して、香炉《こうろ》の中の抹香《まっこう》をつまみ、その指先を目の位置に持ち上げた。もう一度琴音の遺影を見つめる。不意に、室内が一層翳り、遺影の中の琴音の目が異様な鈍い光を発したように見えた。

微笑みは、皮肉な嘲《あざけ》りに変わり、その頬には痣《あざ》に似た蝶《ちょう》のような陰影が浮かぶ。一瞬、意識が遠ざかるのを感じた。これも、PTSDなのか。琴音の声が耳奥から幻聴のように聞こえてくる。

「先生、私、死にたくなかった！」

「分かってるよ。君を殺したのは、いったい誰なんだ？」

誰かが肩を叩いた。振り返ると、松山が心配そうに覗き込んでいる。三隅は、必死に気力を振り絞り、抹香を香炉の灰に落とし、合掌した。

葬儀終了後、三隅は落合と竹本と共に、琴音の母親に会い、挨拶した。形式的なお悔やみの言葉を言っただけで、会話らしい会話はなかった。ほんの二、三分で、その苦痛な儀式は終わった。三隅の心は一層重く沈んだだけだ。

そのあとは三々五々、解散となった。三隅は紺野と年配の公民科の女性教員と一緒に、ゆっくりと駅方向に歩いた。他の教員がいる以上、紺野と先ほどの話の続きはできなかった。当たり障りのない会話をしながら、やがて三人は駅改札口の見える位置にまで来て、駅前の雑踏に呑《の》み込《こ》まれ始めた。

「あっ、松山先生！」

年配の女性教員の声で、三隅は駅改札方向の右前方を見つめた。確かに、松山らしき人物の背中が遠ざかっていくのが見える。しかし、二十メートル以上離れていて、声を掛けるには遠すぎた。松山の横を制服姿の女子生徒が歩いている。はっとした。紗矢だった。二人は改札へは向かわず、さらに右奥の大きな商店街のアーケードの中へと消えた。

紺野が紗矢の姿にも気づいていたかどうかは分からない。紺野は無言だった。だが、三隅は、口にはしなかったものの、多少とも驚いていた。ただ、三隅自身が、疲労していたことは確かで、そのことが持つ意味を明瞭に理解することはできなかったのだ。

第四章　病者の笑い

1

三隅は千葉東署二階の「取調室3」という部屋で、大久保と対座していた。三日前、三隅のスマホに大久保から電話があり、面会を求めてきたのだ。三隅の自宅か警察署のどちらかで会いたいというのが、大久保の要望だった。

大久保にしてみれば、基本的には三隅の自宅で話すつもりだったのだろう。だが、三隅は自ら警察署に出向くほうを選んだ。大久保にとっては、いささか意外な選択だったに違いない。

しかし、実際に警察署に来てみると、使用される部屋が「取調室」であることに、三隅は若干動揺し、その選択を後悔していた。大久保も、使用する部屋のサインプレートが「取調室」になっていることの言い訳から、話し始めた。

「いや、こんな部屋しかなくてすみません。警察署というところは、会議室と呼ばれる部屋は少ないんですよ。一階は交通課・広報課・警務課といった市民生活に関係の深い部署が入り、二階が取調室と留置場、三階が刑事課と生活安全課、その上が警備・公安関係というのが普通なんです。二階の取調室は、各課が共用で使うので、いろんなタイプの部屋があるのですが、留置場が併設されているため、部屋の名前はやっぱり取調室になっちゃうんですよ」

確かに、大久保の言う通り、三隅の通された部屋は、外のサインプレートさえなければ、誰も取調室とは思わないような部屋だった。正面にホワイトボードが置かれ、その前にダークブラウンのメラミン樹皮の大型会議テーブルがある。三隅と大久保はそのテーブルで、対角線上に座っているのだ。

記録係はおらず、大久保がノートパソコンを開いているだけである。どこかの企業の会議室と変わりがない光景だった。

「私は県警からここの捜査本部に来ているのですが、捜査本部といっても、一階の講堂横の六畳程度のスペースなんですよ。捜査会議がないときは、連絡係と記録係くらいしかいません。所轄の刑事なんかは、三階の刑事課に自分のデスクがあるからいいけど、私が署にいるときは、行き場所がなくて困ることさえあるんです」

大久保は笑いながら言った。大久保にとって、これが三隅をリラックスさせるための前置きかも知れないが、その目の動きは冷静沈着で、かつ抜け目がないように見える。

「それじゃあ、一つ訊いていいですか？」

三隅は穏やかな笑みを浮かべて、切り出した。最初に、どうしても訊いておきたいことがあったのだ。

「何でしょうか？」

「私は綾清学院に赴任してから、まだ二ヵ月程度の人間です。従って、他のどの先生に比べても、学院内の情報に通じていない。それなのに、大久保さんが特に私から事情を聴きたいと思う理由は何なのでしょうか。ひょっとしたら、私に何かの嫌疑でも掛かっているのでしょうか？」

三隅は最後の一言は、にやりと笑いながら言った。

「とんでもない！」

大久保はそう言うと同じように笑い返し、それから真剣な表情になって、三隅の目を覗き込むようにした。

「もちろん、先生に嫌疑が掛かっているはずがありません。しかし、私が先生からお話をお聞きしたいと思う明確な理由はあります。先生が新任のため、あの学院のことを一番知らない教員だからです。正直に申し上げると、我々は地取り捜査、つまり聞き込み捜査に行き詰まっています。これは聞き込み対象が教育機関の場合、よく起こることではあるんです。先生方は他の先生に迷惑を掛けることを極度に恐れて、みんな一様に口が堅く、我々の質問もごく形式的な入り口で門前払いされてしまい、なかなか核心に触れる質問にたどり着けないんです」

「要するに、私は入ったばっかりで他の教員や生徒とのしがらみが少ないから、いろいろなことが聴きやすいとお考えになったのですね」

三隅は先走るように言った。

「その通りです。ただ、さらにもう一つ理由を加えると、先生がジャージを着ていなかったからです」

大久保は、いたずらっぽく笑いながら言った。

「ジャージを着ていなかった？」

「ええ、ジャージは授業中の教師の制服だそうじゃないですか。しかし、新任教員なのに、そんな規則を無視している先生は、いかにも自由な発想の持ち主に見えたのです。つまり、人の目や耳を気にせず、客観的な事実を教えてくれるのではないかと思いまして」

三隅は思わず苦笑した。ジャージの未着用が、そんな風に受け取られるのは意外だった。

「それで、どんなことをお知りになりたいのですか。私の持つ情報量はきわめて少ないと思いますが、もちろん、知っていることはお答えしますよ」

三隅は客観的な事実は知っている限り話し、自分の意見や推測に類するものは極力言わないつもりだった。

「まず、浜さんのスマホについてです。たぶん、彼女はそれを学校にも持ってきていたと思うのですが――」

「ええ、校則では学院へのスマホの持ち込みは禁止となっていますが、実態はスマホを持ち込んでいない生徒を見つけるほうが難しいくらいのようですね」

「やはり、そうですか。しかし、その程度のことでさえ、我々が教職員の方々から聞き出すのは容易ではないのです。皆さん、スマホの持ち込みは校則で禁止されているとしか言いません。それは形式的には嘘ではないのでしょうが、我々が知りたいのは実態なんです。浜さんのお母さんも、娘は普段から高校へスマホを持って出かけていたと証言しています」

「すると、やはり、犯人がスマホを持ち去ったということになるのでしょうか？」

「その通りです。だから、我々は犯人が性的目的を持った外部者である可能性は、限りなくゼロに近いと考えています。実際、犯人はその目的を果たしていません」

大久保は思いの外、強い口調で言い放った。やはり、琴音は性的暴行を受けていなかったのだ。もちろん、その意見は、三隅の考えていたこととそう隔たっていたわけではない。ただ、大久保のように捜査本部の中枢にいる人間に断言されると、格別な衝撃があった。

それに、大久保の態度は自ら腹を割って三隅に重要情報を開示し、その見返りを強く求めているようにも感じられた。

「もちろん、スマホのことだけで、犯人外部者説を否定しているわけではありません。夏の移動教室に関連して、職員会議が紛糾したことは我々も把握しています。しかし、職員会議の下した結論に悲観して、彼女が自殺目的であの山林に入り込んだと考えると、多くの矛盾点が出てきます。そもそも、彼女はどうやって死ぬつもりだったのでしょうか？」

確かにラバーズ・レインと呼ばれている山道の左にあるいくつかの脇道を奥のほうに進めば、縊死するのに好都合な場所はいくらでもあった。しかし、残されていた琴音のトリコロールのバッグには、ロープ状のもの、つまり縊死に使えるようなものは、いっさい残されていなかったという。

「それに、足の悪い彼女は運動能力的に見ても、木にロープを掛けて、縊死を遂げることなど現実問題としてもできなかったでしょう。その上、あの山林を知り尽くしている高木さんの話では、下に向かって飛び込めば死ぬことが可能な、崖のような切り立った場所もないらしいんです」

「要するに、浜は誰かと待ち合わせていた、あるいは誰かに呼び出されていたと、大久保さんはお考えなのですね」

三隅は大久保の言うことを整理するように言った。

「ええ、そうとしか考えようがありません」

「しかし、そうだとしたら、随分危険な場所で待ち合わせたものですね。確かに、あの山林は立ち入り禁止にはなっていますが、生徒の中には入り込む者がいて、待ち合わせ場所にもなっているようですから」

「仰ることは分かります。しかし、計画的な殺人ではなく、偶発的な殺人だったんだと思います。つまり、犯人は最初から浜さんを殺す気だったわけではないので、人目のことはそれほど気にしていなかった」

「警察は、その待ち合わせの相手が誰か、知っているのですか？」

「とんでもない。それが分かっていれば、もう捜査は終わっていますよ」

大久保は口を歪《ゆが》めて、渋い表情になった。それから、気を取り直して三隅に質問した。

「むしろ、三隅先生に伺いたいですね。先生はどんな相手を想像されますか？」

そこが言葉のブレーキの踏み所だった。その質問は、明らかに三隅の意見を求めているのだ。しかし、これまでのところ、三隅はほとんど情報を提供せず、大久保からの情報を一方的に受けているだけだった。三隅が心ならずもここで自分の意見を話し始めたのに、そういう後ろめたさが、多少とも影響していたことは否定できない。

「まあ、普通に考えれば恋人、あるいは浜が思いを寄せている、あるいは浜に思いを寄せている男性でしょうね」

「具体的な心当たりは？」

いかにもさりげない訊き方だった。しかし、その質問で、ようやく、大久保の本音が出たような気がして、三隅は軽い失望を覚えた。

「ありません」

即答した。三隅と大久保の視線が微妙に交錯する。大久保は右手で黒縁の眼鏡を軽く押し上げ、落ち着かない様子になった。

「しかし、こういう推測はできるんじゃないでしょうか？」

三隅の言葉に大久保は大きくうなずき、先をうながすように、体をやや前傾させた。

「例えば、同じ生徒同士の男女が、そういう場所で会っていれば、すぐに噂話に火が点いて、あっという間に流布するものです。それなのに、浜と『タケオの呪い』で待ち合わせた人物は、そこで浜と会うことをそれほど危険だとは考えていなかった。だから、その人物は仮に男性であっても、浜と一緒にいるところを他人《ひと》に見られても、特に怪しまれることのない人間ではなかったのでしょうか？」

大久保の顔に、微妙な緊張が走った。それから、大きくうなずいた。

「なかなか興味深いご意見ですね。他人《ひと》に見られても特に怪しまれることのない人間というのは、ずばり教師ということでしょうか？」

「いや、必ずしも教師という意味ではありません」

三隅は慌てて、大久保の推測を否定した。確かに、三隅が教師のことを遠回しに言っていると受け取られても仕方がなかった。ただ、「浜と一緒にいるところを他人《ひと》に見られても、特に怪しまれることのない人間」という範疇《はんちゅう》には、教師だけでなく、例えば、女子生徒も含まれるのだ。

「彼女が同性の生徒と待ち合わせていた可能性もあるわけですから」

三隅は付け加えるように言った。しかし、予想通り、大久保は首を捻った。

「まあ、可能性としてはあるでしょうが、同じ女子生徒と待ち合わせるときに、わざわざ立ち入り禁止の場所を選ぶでしょうか？　それこそ、教室なり、食堂なりで簡単に会うことができるでしょ」

大久保の反論に三隅は言葉を失っていた。そもそも自分でもほとんど信じていないことを口にしているのだから、大久保の意見にさらに反論する気はなかった。

「これは念のために伺うのですが――」

三隅の沈黙に、大久保は言いにくそうに切り出した。その表情は、この部屋で最初に三隅を迎えたときに比べて、随分険しくなっている。

「浜さんと親しかった男性教員に、心当たりはないでしょうか？」

三隅は実に嫌な気分に襲われていた。大久保が口にはしていないものの、心の中で「ご自分も含めて」と付け加えているように聞こえたのだ。

琴音が殺されたのは、三隅が就任して一ヵ月そこそこだったから、いくら何でもその短い期間に三隅が琴音と男女の関係になることを、警察は想定したりはしないだろう。しかし、理屈ではそう思っても、三隅自身が本当に疑われている気分になり始めたから不思議である。

「さあ、そんな心当たりはまったくありませんね」

三隅の表情には不快感が露になっていたに違いない。三隅を疑っているのでなければ、それは就任間もない教師に訊くには、あまりにもふさわしくない質問なのだ。しかし、三隅はそう言いかかった言葉をぐっと呑み込んで、自らを落ち着かせるように窓のほうに視線を逸らした。

そのとき、初めて、窓に鉄格子が嵌《は》まっていることに気づいた。三隅自身が、逮捕されて、取り調べを受けているような錯覚が生じそうだった。

帰りのバスで、紺野と一緒になった。偶然だったかどうか、三隅自身が内心後ろめたさを感じていた。時間をずらして職員室を出たものの、そのタイミングで出れば、結局、同じバスに乗ることになるのは計算に入れていた。バスはそれほど多い本数ではない。

2

その日も、臨時職員会議が終了したのは午後七時半過ぎだった。最近の職員室内には、いつもにもまして淀《よど》んだ空気が漂っているように思えた。とんでもない事件の連続で、長い職員会議が信じられないような回数開かれていた。その上に、かなり多くの授業時間をこなさなくてはならないため、教員たちも疲弊しきっているのだ。職員会議が終わると、一目散に帰宅する教員が目立つようになっている。

バスの中には、他の教員も乗っていた。自分の車で通勤している者も一部にはいるが、大半の教員はバスを利用している。その日は女性教員が多く、バスの中で会えば必ず話すことになる近藤や松山は乗っていない。三隅はバス車内の後方に立つ紺野の横に立ち、今から喫茶店で少し話ができないかと小声で話しかけたのだ。

三隅にしてみれば、男として紺野を誘っていると思われたくなかった。実際、最近、紺野とも二人の死についてかなり話すようになっていたものの、場所や時間に制約があって、その会話はいつも不完全燃焼だった。

とにかく、三隅は十分な時間を取って、紺野と情報交換をしたかった。ただ、女性としての紺野の魅力が足かせになっていて、そういう申し込みをすることに奇妙な躊《ちゅう》躇《ちょ》を覚えていた。しかし、近頃では、そんなことも言っていられない心境になっていたのだ。

「すみません。突然、お時間を取っていただいて」

三隅と紺野は結局、電車でＪＲ西船橋駅まで行き、駅近くの喫茶店に入っていた。綾清学院の最寄り駅近くの喫茶店では、学院関係者と顔を合わせる可能性があった。紺野の自宅マンションは市川《いちかわ》市にあり、三隅は四谷のマンションに住んでいるので、互いに自宅に近づくことになり、西船橋で降りることに支障はなかった。

「とんでもありません。私も三隅先生にいろいろとお訊きしたいことがあるんです。こういう場合、お互いの協力が必要ですから」

紺野は真摯《しんし》な表情で言った。まじめな紺野は、死んだ琴音のためにも、何とか事件解決に協力したいと思っているのだろう。それにはまず、正確な情報交換が必要なのだ。

三隅が校長室に呼び出され、落合らと共に警察と接していることは教師なら誰でも知っていることだった。ただ、大久保との接触に関しては、学院内の誰にも知られていない。しかし、三隅は大久保からの情報を紺野にある程度伝えてでも、紺野からの情報を引き出したいと考えていた。

ウエイトレスが注文を取りに来て、二人の会話は中断された。三隅はすぐにコーヒーを注文した。だが、紺野がメニューを見ながら、意外なことを言った。

「あの──、私、お腹《なか》が空《す》いちゃいました。食べ物を頼んでいいですか」

その顔は薄《うつす》らと朱色に染まっている。そんなことを口にしたのが、恥ずかしいのだろう。三隅は思わず、腕時計を見た。すでに午後八時を過ぎている。

「ああ、もうこんな時間か。じゃあ、僕も食べ物を注文しますよ」

三隅もさりげなく付け加えた。結局、紺野はミックスサンドイッチとレモンティー、三隅がコーヒーに加えて、カレーライスを注文した。

「すみません。無理に食べ物を注文させてしまったみたいで。でも、私、恥ずかしいんですけど、体が大きいので、お腹が空くと、何も考えられなくなっちゃうんです」

ウエイトレスが立ち去ると、紺野がいかにも恥ずかしそうに言った。依然として、顔は紅潮したままで、いかにも初々《ういうい》しい。三隅にとって、紺野のそんな発言は意外であるだけでなく、微笑ましくもあった。

「僕も同じです。特に、この頃は遅くまで会議ばかりですから、いつも空腹状態ですよ」

三隅は穏やかな笑みを浮かべてそう言うと、目の前に座る紺野を遠慮がちに見つめた。その日の紺野は、アイビーグリーンの地に、アプリコットの格子模様の入った長袖のTシャツと、紺のジーンズという服装だった。Tシャツの丈が若干短く、紺野のちょっとした動作で腹部が見えそうなのが気に掛かる。だが、全体的にはやはり地味で、落ち着いた服装だった。

「実は、今日、先生とお話ししたかったのは、私もお訊きしたいことがあったからなんですよ。実は、この前、千葉県警の刑事と話したとき、浜さんが『タケオの呪い』で待ち合わせていた人物は、生徒に限定する必要はないという話が出たんです。それで、私に誰か心当たりはないかと訊かれたのですが、入ったばかりの私にはそんなことを訊かれても、分かるはずがない。それで浜さんと親しかった先生なら、何かご存じかと思って」

三隅はすぐに本題に入った。時間帯からいって、無駄話をしている余裕はなかった。明日も授業があるから、そんなに遅くまで話すことを紺野も望まないに違いない。

「生徒に限定する必要がないって言うと――」

紺野が不安そうに言った。聡明《そうめい》な紺野がその意味を分からないはずはない。

「ええ、教員のことだと思います」

「だとすると、私も疑われる——」

「いや、その刑事が想定しているのは、男性教員だと思います。先生より、僕のほうが疑われる可能性が高い」

三隅はそう言うと、声を出して笑った。だが、紺野は笑わなかった。むしろ、一層深刻な表情になって訊いた。

「じゃあ、琴音ちゃんが男性教員と恋愛関係にあったと、警察は考えているのでしょうか？」

「もちろん、あくまでも可能性として、でしょうがね。おそらく、こういう場合、警察はあらゆる可能性を考えるでしょう。彼らは学院内のいろいろな人間に聞き込みをしているでしょうから、何かの噂話が彼らの耳にも入っているのかも知れません。先生もそんな噂話を聞いたことはないでしょうか？」

琴音の葬式の日に、三隅が紺野に訊いたのは、そういう男性関係を琴音から紺野が直接聞いていないかということだった。しかし、微妙に訊き方を変えているものの、基本的には同じ趣旨の質問なのだ。三隅はしつこいと思われるのを恐れていた。

「琴音ちゃんに関することなら、そんな話、聞いたことがありません」

その答え方は微妙だった。琴音以外のことなら、聞いたことがあると言っているようにも聞こえるのだ。ふっと松山の顔を思い浮かべた。

琴音の葬式の日、松山が紗矢と一緒に商店街に入っていく姿に、紺野も気づいていた可能性が高い。しかし、松山を信頼している三隅にとって、松山の話はさすがに切り出しにくかった。

「そうですよね。だいいち、浜さんはとてもまじめな生徒でしたから、同級生ならともかく、教師とそういう関係になるのは、考えにくいですよね」

三隅は、本音を隠して、矛《ほこ》を収めるように言った。しかし、その瞬間、紺野の表情に複雑な陰影が浮かぶのを見逃さなかった。ある意味では、三隅の通り一遍の反応にがっかりしているようにも見えたのだ。

もう一歩踏み込んだ質問をすれば、紺野が何かしゃべるかも知れないという予感があった。しかし、その瞬間、先ほどのウエイトレスが注文した品を運んできて、会話は中断された。

「すみません。ちょっと手を洗ってきていいですか？」

ウエイトレスが去ると、紺野が不意に訊いた。ビニールに入った小さな「紙おしぼり」は出されていたが、神経質な紺野は、食事の前に手を洗わないと気が済まない潔癖性かもしれないと三隅も思っていた。しかし、松山に関する質問を切り出そうかどうか迷っていた三隅は、出鼻をくじかれた気分になった。三隅は、穏やかな笑みを浮かべてうなずいた。

紺野がゆっくりと立ち上がる。その一瞬、Tシャツが捲れて、腹部の白い肌が僅かに覗いたのを三隅は見て、ドキッとした。それは異様に艶《なま》めかしいものに、三隅の目には感じられていたのだ。

3

翌日、四時間目終了後、三隅は教室前の通路で松山に呼び止められた。猪越のことで、話があると言われたのだ。松山はいつになく、深刻な表情だった。

二階の空いている会議室に入って一時間ほど話した。いつも職員会議を行っている広い部屋だが、その日は臨時職員会議も予定されていない。二人は広い円卓に、斜向《はすむ》かいに座った。妙にガランとした雰囲気が、どこか居心地が悪い。

「これは先生にはぜひともお話ししておかなければならないことだと思うのですが、実はこの前の浜さんのお葬式の帰り、先生のクラスの今西さんから相談を受けたんです」

三隅は少なからず驚いていた。だが一方で、妙に納得した気持ちにもなっていた。

いや、その納得には、安堵さえ含まれていたと言ったほうがいいのかも知れない。結局、三隅は、昨晩、松山について紺野に何も訊かなかったが、それが正解だったような気がし始めていた。

「先生のクラスのことなのですが、猪越先生の体育の時間に、中村有里《なかむらゆり》という生徒が話をちゃんと聞いていなかったという理由で、髪の毛を摑まれて引っ張り回されたらしいんです。中村さんは謝っていたそうですが、猪越先生はなかなか髪の毛を放さなかった。中村さんは、非常にショックを受けていて、今西さんに相談したんです。今西さんも本来は担任の三隅先生に相談すべきことなのは分かっていたのですが、先生は着任したばかりなのに、浜さんや鰐淵君の事件に遭遇して非常に大変な状況に置かれている。それで、遠慮の気持ちが働いて、とりあえず僕のところに話を持ち込んできたわけです」

松山が、三隅に対してかなり気を遣って話しているのは分かった。今西紗矢が三隅に対して遠慮の気持ちが働いたというのは嘘ではないだろうが、基本的には担任と言っても、着任二ヵ月足らずの三隅より、ずっと前から授業を受けている松山のほうが話しやすいのは当然だろう。

「しかし、そんなあからさまな暴力を振るったとしたら、保護者が黙っていないのではないでしょうか」

三隅は言いながら、中村有里の顔を思い出そうとしていた。どこか大人びた顔をした生徒だったという記憶があるが、あまり印象には残っていない。

「いや、中村さんは両親には話していないそうです。これは今西さんから聞いたのですが、親に言うと、親が学院側に怒鳴り込む可能性があり、そうなると大学入試の調査書にも影響が出るんじゃないかと本人は心配しているそうです。実際、猪越先生はそういうことを仄めかして、牽制《けんせい》しているらしいんです」

「しかし、調査書は担任教師が書くものじゃないのですか？」

「それはそうですが、正直言って、うちの学院には、猪越先生の影響下にある先生たちもいますからね。しかし、先生の場合、まったく心配ないので、中村さんもそんなことを気にする必要はないんですが」

しかし、生徒に教師同士の人間関係が分かるはずもないので、そういう不安も無理はないのだ。猪越が、絶対的な権力を持っていると思い込んでいる生徒も少なくないだろう。

ただ、三隅にとって、最大の疑問は、さほど奸智《かんち》に長《た》けているように見えず、むしろ、ある種の病的さを感じさせる猪越が、何故それほど権力を持っているのか、ということだった。

「担任教師としては、両方から事情を聞く必要があるでしょうね。まず、中村さんから話を聞いて、彼女がどういう方向性の解決を望むかを確認してから、僕が猪越先生に直接会い、話し合おうと思います」

「そうしていただけますか。僕もそれが一番いいと思います。先生には、また余計な仕事を作ってしまって本当に申し訳ないのですが、僕が前面に出ると、校長先生や副校長先生が、ピリピリしますから。彼らの目からは、僕はどうやらとてつもない問題児に見えるらしいですね」

最後の部分を、松山は笑いながら言った。問題児という表現は、松山の若干の自意識を感じさせた。ただ、殊更騒ぎ立てて問題を大きくしようという政治的駆け引きなど、微塵《みじん》も感じられない。生徒中心の考え方をするという意味では、松山はやはりまともな教師だった。

松山と別れて職員室に戻り、リュックを背負ってエレベーターに乗った。エレベーターの扉が閉まりかかったとき、帰り支度をした、白いワンピース姿の湯原が、扉をこじ開けるようにして、飛び込んで来た。

「ああ、間に合ってよかった。三隅先生も、今、お帰りですか？　一緒に帰りましょ」

三隅は無言で微笑んだ。特に、動揺の表情を見せたつもりはない。ただ、次の湯原の言葉は三隅にとって、意外だった。

「大丈夫ですよ、先生。そんなぎょっとした顔しないでください。今日は父の誕生日で早く帰らなければダメなの。飲みに行きましょうなんて言いませんから。でも、今度また連れてってくださいね」

エレベーターが一階に着き、扉が開く。

「お父さんはおいくつですか？」

三隅は話題を逸らすように訊いた。

「もう五十九です。錦糸町《きんしちよう》の商店街で小さなマーケットを経営しているんです」

湯原が相変わらず、屈託のない声で答えた。三隅と湯原が学院内を正門まで歩く途中、下校中の中学生グループが湯原に手を振りながら挨拶する。大半は女子生徒だ。湯原も手を振って応え、いかにも人気教師という雰囲気を醸し出していた。

「先生は、生徒に人気がありますね」

三隅は笑いながら言った。

「そんなことありませんよ。でも、ああやって手を振ってくれるのは、たいてい中学生なんです。私、中学のほうが、授業コマをたくさん持っていますから」

正門を通り過ぎ、緩やかなアスファルトの下り坂を歩いた。六月の中旬の午後五時過ぎだったが、日が長くなったせいで、まだ十分に明るい。最近では臨時職員会議が続いていたから、こんな時刻に帰路につくのは、久しぶりだった。

「三隅先生、今日、私、本当に頭にきちゃいました。落合校長に呼ばれて、また服装を注意されたんです」

湯原が不意に言った。三隅は思わず、湯原の白いワンピースの丈を見つめた。膝上二十センチくらいで、相変わらず短い。湯原は興奮した口調で話し続けた。

「『浜琴音の不審死』でマスコミが騒いでいるこの時期だから、スカートの丈をもっと長くしろって。授業中はしぶしぶジャージを着てあげてるのに、通勤のときの服装まで規制するなんて、人権蹂躙《じんけんじゅうりん》ですよね。そんな不当な指示に、従わなきゃいけないと思います？」

「そんな必要はありませんよ。ジャージだって、着たくなければ着なくてもいいんじゃないですか。僕はジャージすら着ていない」

三隅の言葉に湯原は大きくうなずいた。しかし、そのあとは比較的落ち着いた口調になって、言葉を繋いだ。

「男の先生は、それでもいいんじゃないですか。でもね、先生、文句言っている私がこんなこと言うのもおかしいんですが、やっぱり男子生徒の中には、私が短いスカートを穿いていると異様な目で見る子がいて、正直、怖いことがあるんです。私自身は、ファッション的には長いスカートより、短いほうが好きなんだけど、中学や高校の男子生徒を性的に刺激し過ぎちゃうこともないとは言えないんです。この前、代講で教えたとき初めて話した、先生のクラスの篠田君っていう生徒、普段は教えていないのに、そのとき以来、私と会うたびに話しかけてきて、ムッとすることばかり言うんです」

三隅は職員室の前で湯原に質問していた篠田の姿を思い浮かべた。総じて、湯原の学力に疑問を抱いているような不遜な態度に見えたが、あれを湯原に対する関心の表現と読み解くことも不可能ではない。

「例えば、どんな？」

「意地悪とも、冗談ともつかない口調で、『先生、昨日は、ちゃんと予習しましたか？』とか『遊んでばかりいちゃ、ダメですよ』とか。私も適当にチャラついた軽口で返しているけど、篠田君の目が何となく気になるんです。特に、私がジャージから私服に着替えたあとなんか、彼の視線が私の太股辺りをじっと見つめていることに気づくことがあるんです。まあ、短いスカートを穿く私も悪いんだけど、ああ露骨に見られちゃうと、正直、気持ち悪いんです。もっとも、三隅先生はぜんぜん見てくれないんで、これもまた問題とは思いますが」

湯原は、最後は冗談で三隅を煙《けむ》に巻いた印象だった。

「あっ、紺野先生！」

湯原の声で、三十メートルくらい先のバス停を見る。紺野が何人かの生徒に交じってバスを待っていた。湯原が手を振ると、紺野が笑顔で手を振り返した。三隅は、紺野のそんな笑顔を、それまで一度も見たことがなかった。

4

体育館に入ると、バレー部の練習風景が目に入った。靴置き場で、靴を脱ぎ、スリッパに履き替える。

靴置き場の前に、かなり傾斜のきつい階段があり、三隅はその階段を上り始めた。猪越との約束の時間は、午後四時四十五分で、体育研究室で面会することになっていた。すでに中村有里とは、話し合っていた。

有里の希望で紗矢も立ち会い、まるで三者面談のような雰囲気の話し合いになった。ただ、三隅にとって、紗矢が話し合いに参加してくれたことは、有り難かった。当事者である有里は口が重く、説明も要領を得ない部分があったが、それを紗矢が的確に補ってくれたのだ。

二人の話を総合すると、体育館でのハンドボールの授業で、猪越がオーバースローの投げ方を説明しているとき、有里が横を向いていたのがきっかけだった。猪越は大学時代、ハンドボールの選手として、かなり有名だったようだ。ただ、耳にボールをぶつけられた後遺症で、今でも人の話が若干聞き取りにくく、そのために苛つくことがあるらしい。

「お前、人の話をちゃんと聞け！」「ちゃんと聞いていますよ！」「何だ、その口の利き方は！」こんなやり取りのあと、猪越が有里の髪の毛を右手で掴み、引きずり回したのだ。ただ、有里も特にことを荒立てたいと思っているわけではなく、猪越が口頭で一言謝ってくれれば、それで気持ちに区切りがつき、受験勉強にも打ち込めるという。

階段を上り切ると、白いスチール製の手すりに囲まれた通路を進んだ。通路の幅は二メートルくらいでそれほど狭くはないが、手すりの位置がかなり低いのに、三隅は驚いていた。長身の三隅の股《もも》の辺りまでしかない。

三隅は手すり際《ぎわ》を歩きながら、思わず下を覗き込んだ。ランニングマシーンやトレーニングラダーが見える。急傾斜の階段を上がってきただけあって、意外に高く、十メートルくらいの距離がありそうだった。

やがて、「体育研究室」というサインプレートが左手に見えた。その扉の前に立ち、ノックする。しばらく待つと、かなり巨漢の、見知らぬ男が顔を出した。四十くらいの年齢に見える。

「誰？」

「猪越先生はいらっしゃいますか？」

「だから、誰？」

三隅は一瞬、絶句した。おそらく、非常勤の体育教師だろうが、教員でこれほどぞんざいな口調で話す人間も珍しかった。

「三隅と申します」

あくまでも丁寧に答えた。男は一瞬、三隅の頭のてっぺんから、つま先まで睥睨《へいげい》するように見つめた。まるで、三隅に対していわれのない敵意を持っているかのようだった。

「ああ、三隅君か。中に入れよ」

奥のほうから、猪越の声が聞こえた。無言で中に足を踏み入れた。

戸口の印象と違って、かなり広い部屋だった。壁際に六台のデスクが並び、中央には八人用の会議テーブルがある。窓際には、ＤＶＤデッキ付きの大型テレビまでが置かれていた。

テーブルには、猪越の他に、佐伯も座っていた。佐伯は三隅を見ると、当惑した表情で、立ち上がって一礼した。鰐淵の死体を発見したあの宿直の日以来だったが、猪越の前では随分萎縮しているように見えた。

「お前ら、もう帰っていいぞ」

猪越がドスの利いた濁声《だみごえ》で言った。佐伯は、最初に出てきた大男と共に、「失礼します」と直立不動で声を揃えて、猪越に挨拶し、奥の更衣室に消えた。まだ、ジャージ姿だったから、これから着替えて帰るのだろう。猪越も、ジャージを着たままだ。体育教員の間で、上下関係が厳しいのは分かっていたが、それにしてもいくら年下と言っても、「お前ら」呼ばわりには、三隅も唖然としていた。

「座れよ」

猪越の言葉に、三隅は会議テーブルの椅子を引いて腰を下ろした。目の前に、相変わらず血色の悪い髑髏のような顔があった。

「さっきの男、田代《たしろ》って言うんだ。柔道の全日本選手権で、三位に入ったことがあるんだぜ。ここに非常勤で教えに来ていて、俺が面倒を見てやってる。専任にしてやってもいいのだが、口の利き方を知らないから、どうしようかと迷ってるんだ」

そう言っている猪越も口の利き方を知らないのは、明らかだった。おそらく、職員会議では、校長の落合たちを意識して、最上等の話し方をしているのだろう。それにしても、自分に人事権があるかのような口吻も不思議だ。

三隅は何気なく、壁際のデスクの方向を見つめた。視力のいい三隅は、かなり遠くまで見通すことができる。一台のデスクの引き出しが開き、その中にコンドームの箱が見えている。保健体育の授業で、性教育にでも使うのか。

「それで、用件って何なの？」

猪越がいきなり本題に入ってきた。電話で面会の予約を取っていたが、そのとき三隅は確かに用件を言わなかったし、猪越も訊かなかった。

「中村有里さんの件です」

「中村有里？　ああ、あの態度の悪い生徒のことか」

「彼女は、私の担任クラスの生徒なんです」

「じゃあ、態度を改めるように、注意しろよ」

「まあ、彼女の授業態度が悪いことが分かれば、注意もしますが、今日はそのことで、じっくりと先生と話し合いたいんです」

三隅の毅然とした態度に、猪越は一瞬、絶句したように見えた。

「何を話し合うんだ？」

「前回の授業のときに、彼女は先生に髪の毛を摑まれて、引きずり回されたと訴えているんです」

「ああ、あんなことはたいしたことじゃない。躾《しつけ》の範囲内にある体罰さ」

「躾の範囲内にある体罰？　そんなものはないと思いますが」

「あるんだよ。この学院では、体罰は認められている」

もう一度、啞然とした。すでに話し合いは不可能に思えた。猪越が話し続ける。

「俺に言わせれば、あんたらは生徒の気持ちを考え過ぎる。間違っていることは、間違っていると体で覚え込ませるべきなんだ」

「体罰が認められているのは、あなたの妄想の中だけです」

三隅は覚悟を決めて言い放ち、猪越を凝視した。激しい反撃を覚悟していた。三隅にしては珍しいほどの、怒りの感情が体内に満ちていた。猪越が微かに笑ったように見えた。あの腹話術師の笑いだ。しかし、その笑いにさえ、感情の起伏は映らなかった。三隅は改めてぞっとした。

「あんたは、スマホについてはどう思うんだ?」

猪越が話題を変えるように、妙に冷静な口調で訊いた。意外だった。三隅の強い態度に、話し合いの姿勢を見せたとも取れた。

「どう思うと仰いますと?」

三隅は、逆に不意を衝かれた気分で、質問に質問で答えた。

「あんなものばかりやっているから、精神的に不安定な若者が増えるんだよ。今度の事件だって、自殺したあんたのクラスの生徒は、スマホのメールを使って、浜に迫っていたそうじゃないか」

「しかし、彼は今度の事件とは無関係らしいですよ」

「そんなことを言ってるんじゃない。俺は犯人が誰かなどということには興味がないさ。そんなことは、警察に任せておけばいい。俺は、スマホが校則で禁止されているにも拘わらず、実際は生徒のほとんどが学院内に持ち込んでいる実態を批判しているんだ。だから、この事件を機に、スマホについてもっと徹底的な取り締まりをしようと思っているんだ」

「それはお好きにしてください。ただ、中村さんに振るった暴力については、先生が謝罪してくれないと話が収まりませんよ」

「謝罪？　話が逆だろ。彼女に俺に謝りに来るように言えよ。そうじゃないと、調査書の記述にも影響が出るぞ」

「調査書を書くのは、私ですよ。先生は体育の成績評価にしか関われないはずです」

三隅は毅然として言い返した。

「しかし、校長が最終的にチェックする」

猪越はそう言うと、白い歯《は》を見せて、にっと笑った。その白い歯は、浅黒い肌には妙に映える。

三隅は、もう一度ぞっとした。落合も、自分が支配していると言いたいのか。

そのとき、奥のほうから足音がして、私服に着替えた佐伯と田代が出てきた。その靴音があまりにも大きかったため、三隅は二人が襲いかかってくるような錯覚を抱いた。しかし、二人とも、大声で「失礼します」ともう一度猪越に挨拶して、部屋の外に出て行った。

「分かるか。俺は病気なんだ。自分の意思が通らないと我慢ができない病気なんだ。だから、中村には絶対に謝らせてみせるさ」

三隅はほとんど呆れたように、猪越の言うことを聞いていた。猪越がどこまで本気で、そんなことを言っているのか分からなかった。だが、冗談には聞こえない。その据わった目は、狂気の光さえ宿しているように見えた。

だが、意外に三隅の追及に余裕を失い、どこかせっぱ詰まっているようにも感じられる。いずれにせよ、この男は狂気と無縁な男ではない。自ら病気であることを、認めているのだ。

「分かりました。今日は、これで失礼します。しかし今後、お考えを変えていただくことを期待しています」

三隅は唐突にそう言い捨てて、立ち上がった。一礼したあと、ゆっくりと右方向の戸口に歩いた。半ば演技で、猪越が背中から声を掛けて、引き留めることを密《ひそ》かに期待していた。本音を言えば、三隅としては、妥協の端緒くらいは摑みたかったのだ。

しかし、猪越からの反応はなかった。

5

「三隅先生、こんな時期に、ことを荒立てないでくださいよ」

落合の怒りが久しぶりに爆発していた。校長室のソファーで、落合と竹本と対座していたのは、三隅と松山の他に、紗矢と有里である。どうやら落合の怒りの根源は、三隅と松山だけという約束を破って、生徒二人を連れてきたことにあるようだった。

確かに、三隅が校長室に電話して、面会予約を取ったとき、三隅は松山と一緒に、校長室を訪れることを告げ、落合もしぶしぶ同意していた。本音では三隅とだけ話したかったに違いない。

ただ、松山の提案で、中村有里と今西紗矢も一緒に連れていくことになり、三隅はその了解を落合から取っていなかったのだ。このことが、落合の怒りに火を点けたらしい。

松山が穏やかな口調で、落合を宥めるように話し出した。

「校長先生、三隅先生に生徒も同行させて欲しいと頼んだのは、私です。そのことで校長先生の許可を取っていなかったのは私の責任ですから、その点は申し訳ありませんでした。しかし、ことを荒立てる気持ちなんて、まったくありません。ただ、こうしてせっかく、生徒も来ているんですから、公平という意味でも、もう一方の当事者である猪越先生にも、話し合いに加わっていただいたほうがいいと思うんです。まだ、四時間目が終わったばかりですから、猪越先生は体育館のほうにおられるんじゃないでしょうか」

ここで一瞬の言葉の間隙を衝くように、竹本が気色ばんだ様子で口を挟んだ。

「猪越先生を交えて話し合うなら、私と校長先生、それに担任の三隅先生、それから中村さんだけにすべきです。松山先生と今西さんは関係ないでしょ」

「いや、今西さんについては、客観的な証人として同席してもらったほうがいいと思います」

三隅がようやく口を開いた。確かに、松山がこの席にいることの正当性を説明するのは、三隅にも簡単ではなかった。

「どうしてなんですか？」

落合が不満げな表情で訊いた。ただ、全般的な印象として、三隅とはあまり激しく言い争いたくないようだった。

「今西さんの場合、当事者ではないから、当日、猪越先生と中村さんの間に何が起きたかを客観的に話すことができると思います。猪越先生にしろ、中村さんにしろ、当事者が説明すれば、どうしても主観が入りますので、その発言だけで我々が、判断するのは難しいですから」

「いや、私は反対です」

再び、竹本が話し出した。

「そんな風にすれば、先生と生徒をまったく対等に扱うことになってしまいます。勉強でも、生活指導でも、あくまでも先生が生徒に教えるというのが、我が学院の教育理念です。教師と生徒が対等などという悪平等は、我々の教育理念に反します」

「いや、教育理念のことはともかく、これはやはり、教員の暴力行為が絡むことですから、客観的な証言者は必要でしょう」

三隅は、あくまでも冷静に応じた。教育理念の問題には、さして関心がなかった。

一瞬の沈黙が行き渡った。だがすぐに、松山が結論を下すように話し出した。

「分かりました。今日は、ここに猪越先生もいらっしゃらないし、担任でもない僕がいるのも、確かにおかしいかも知れません。僕は、今から席を外しますので、ともかく、残りの先生方で、中村さんと今西さんから事情を聴くだけは聴いていただけませんか」

松山が立ち上がった。松山もこれ以上延々と議論しても、収拾がつかないと感じていたのだろう。松山の潔い引き際に、落合も竹本も不意を衝かれたような表情だった。

「そう、それがいいかも知れませんね。まあ、松山先生は、この件では、職員会議でも発言する機会があると思いますので」

落合が皮肉とも、取り繕っているとも取れる口調で言った。ただ、けっして松山を引き留めようとはしない。松山は一礼し、三隅のほうにあとは頼んだというような一瞥《いちべつ》を投げて、部屋から出て行った。

有里は緊張しきった表情で、松山の背中を追っていたが、紗矢のほうは案外平気な顔をしている。落合と竹本がいるせいか、スカートの丈はいつもより長めだ。

「中村さん、こんなこと、長々としゃべっていても埒《らち》が明かないから、ずばり訊くけど、どうしても猪越先生に謝ってもらいたいの？」

落合の詰問するような口調に、有里は下を向き、唇を嚙《か》みしめた。身長も高く、大人びた印象の顔立ちであるものの、あまり気が強そうではない。

「そうでもないんですが、内申のことが心配なんです」

「内申？」

落合が怪訝な表情で、三隅の顔を見た。三隅が答える前に、紗矢が説明した。

「猪越先生、そのとき、有里に向かって、調査書の評価を下げてやるからなと言ったんです。有里は、そのことを心配しているんです。あんなに髪の毛を引っ張られた上に、故意に評価を下げられたら、本当にひどいと私も思います」

紗矢があまりにもはっきりと物を言ったので、落合も竹本も毒気に当てられたように、一瞬、黙り込んだ。

「でも、調査書の評価って言ったって、あの先生が関与できるの、体育の成績だけでしょ。体育の成績なんてどうでもいいでしょ。ここはオリンピック選手の養成所じゃないんだから。それに、AO入試ならともかく、うちの生徒が受けるような難関大学の一般入試の場合、調査書なんて関係ないでしょ」

落合は、もう一度三隅の顔を見ながら言った。

「ええ、まったくの形式的な問題で、書類が揃っているか各大学の入試センターが確認するだけです。受験のときの点数がすべてで、調査書の中身はほとんど関係ありません」

三隅は説明しながら、そういう問題ではないと、心の中でつぶやいていた。猪越は、実際、いかにも自分が調査書の評定を操作できるように話し、それを気に入らない生徒に対して脅しの材料として使っているのだ。

「ねっ、だからそんなことあまり深刻に考えないほうがいいんじゃない？　私のほうから、猪越先生にもよく話しとくから、これ以上、ことを荒立てないで。あなたも、東大志望なんでしょ」

落合の質問に、有里は、小さくうなずいた。ただ、紗矢よりは一ランク下の成績だったから、三隅は有里がストレートで東大に合格するのは、かなり難しいと思っていた。

「だったら、もう勉強に打ち込みなさいよ。体育の先生と長くトラブルを続けたって、ろくなことはないわ」

有里は居ずまいを正すようにして、「はい」と小声で答えた。校長である落合が悪いようにはしないという意思表示をしたと解釈したのだろう。その表情に、若干の安堵が浮かんでいる。むしろ、紗矢のほうが、納得のいかない表情だった。こんなに簡単に決着がつくなら、自分がここに呼ばれた意味がないと思ったのかも知れない。

しかし、三隅には猪越のあの異常性を思うと、これで本当に決着がつくとはとうてい思えなかった。

「それじゃあ、二人とももう帰っていいわ。三隅先生は、少し残ってください。お話があるの」

紗矢と有里は立ち上がると、礼儀正しく一礼して出て行った。おそらく、そのあと、二人が松山と話すことが予想されたが、松山はけっして落合の裁定に納得することはないだろう。彼が狙っているのは、もっと根本的な改革に思えた。

「三隅先生、率直に言って、私たちも猪越先生には手を焼いているんです」

生徒二人の姿が室内から消えると、落合が小さなため息を吐きながら言った。落合らしくもない、かなり深刻な表情だった。

「体罰の訴えは、これ一件じゃありませんからね。特に浜の不審死で、うちがマスコミに注目されているときに、あの人も何を考えているのか、困ったものです」

竹本が、合いの手を入れるように言った。三隅は皮肉な笑みを浮かべた。だが、多少の同情も禁じ得なかった。近藤の話では、猪越が体罰問題を起こすたびに、保護者との話し合いを行うのは、竹本なのだ。普通の状況ならともかく、殺人の可能性が高いことが起こっている上に、次から次へと体罰問題を起こされては、たまったものではないだろう。その竹本の怒りを引き受けるように、落合が真剣な表情で再び話し出した。

「彼みたいな体罰肯定論者は、令和の世の中ではもう必要ないのは、私たちだって分かっているんです。でも、そういう改革は徐々に進めるべきで、一気にやるのは危険でしょ。彼は今、五十六歳だから、あと四年で定年ですよ。だから、三隅先生、今度みたいな小さなことで騒ぎをあまり大きくしたくないの。理事長は、猪越先生の後任人事枠は体育ではなく、他の科目に充《あ》てるご意向なのよ」

所詮、落合にとって、体罰など小さな問題なのだろう。ただ、三隅は落合のこの発言に、それほど驚いていたわけではない。確かに、猪越の周辺に漂う、ある種病的な雰囲気は、羽鳥や落合、あるいは竹本が共通に持ち合わせている世俗性とは、けっして相容《あいい》れないものなのだ。

「そうそう、羽鳥理事長は今、東京にいらっしゃるんだけど、近いうちに三隅先生と食事をしながらゆっくり話したいと仰ってましたよ。理事長も私も三隅先生のことは大いに期待していますから。きっと理事長から連絡があると思います」

落合が不意に満面の笑みを湛えて言った。まるで、三隅に対する羽鳥と落合の期待を、三隅が手放しで喜ぶだろうと信じているような口吻だった。だが、三隅は、歯の浮いたような落合の言葉を、上の空で聞いていた。

猪越も結局、路上で朽ち果てていく野ざらしの髑髏に思えた。三隅は何故か、久しぶりにリュウジの顔を思い浮かべた。

6

ひどく体調の悪い夜だ。すでに午前零時を過ぎているはずである。深夜の学院内は静まりかえっている。裏の山林で鳴く梟の声だけが、断続的に聞こえていた。寝苦しく、上半身に汗を掻《か》いている。やがてひどい口の渇きを感じ始めた。たまりかねて、ベッドの上に起き上がる。暗闇の中、枕元の緑茶のペットボトルを手に取った。愕然とした。中身は空っぽだ。戸口近くの洗面台の水道で、水を飲むしかない。

ただ、壁際のスイッチを押して、室内灯を点けるわけにはいかなかった。反対側のベッドで、同僚の宿直教員が眠っているのだ。三隅は覚束《おぼつか》ない足取りで立ち上がった。その一瞬、外で微かにノックの音がしたように思えた。いや、微妙だった。木戸にそっと触れるような音で、はっきりと人間の意思を伝える音ではない。

三隅は身構えるように戸口のほうに視線を投げた。再び、ノックらしい音が聞こえる。今度は間違いない。けっして強くはないが、明らかに人が戸を叩く音だった。

こんな夜中にこの宿直室を訪ねてくるのは、高木しか考えられない。学院内で何か起こったのかも知れない。三隅は同僚教員を起こすのを恐れて口頭で返事をすることを避け、忍び足で戸口まで歩いた。

内鍵を回す。用心深く、戸を横に一センチほど開く。生暖かい初夏の風が吹き込んでくる。戸の隙間から、外を窺った。黒い闇以外は何も見えない。やはり、幻聴だったのか。だが、念のためもう少しだけ扉を開く。何かが動いた。

ぞっとした。闇の中に、うつむき加減で立つ、制服を着た女子生徒の輪郭が浮かんでいる。こんな夜更けに、生徒の誰がやって来たのか。

三隅の目が、その青白い顔をはっきりと捉えた。声にならない悲鳴を上げた。浜琴音だった。間違いなく琴音だ。

三隅は恐怖を振り払うように、強く扉を開け放った。だが、扉が開く音は聞こえなかった。

「浜さん、生きていたのか！」

三隅の言葉に、闇の中に立つ琴音はうなずき、微かに微笑んだように見えた。であれば、三隅が「タケオの呪い」の傾斜地で、三日月の強い光のもとで見た死体は誰だったのか。わけが分からなくなった。

「まあ、中に入ってください」

三隅は掠れた声で、うながした。三隅はあとずさりし、その磁場に引き寄せられるように琴音が音もなく、滑るように室内に入ってくる。不思議なことにいつの間にか、室内の明かりが皓々《こうこう》と点っている。明かりを点けた覚えはない。

「先生、私、泳ぎたくないんです」

か細い震えるような声で、琴音が言った。

「それは、もういいんだ。君が泳ぐ必要はない」

三隅は上ずった声で答えた。琴音はじっと三隅を見つめた。顔に蝶のような気味の悪い陰影が映っている。その左目が鈍い光を発した。

「先生、そこを見てください」

琴音がベッドを指さしながら不意に言った。同僚の教員が眠っているはずのベッドだ。毛布の下に人体《じんたい》らしいものが膨らんでいる。三隅はそのベッドに近づき、毛布を引き剝がした。三隅の全身が痙攣し、遠くに三隅自身の悲鳴を聞いた。

女の首だ。その目が毒々しい蛇の斜視のように三隅を見上げ、ピンクのルージュが場違いな光沢を放っている。見覚えのある顔だった。何ということだ。湯原の首だ。手斧《ちょうな》で叩き切られたようなジグザグの切断面から、赤い鮮血がしたたり落ちている。

その滴《しずく》が風船玉のように膨らみ、三隅の顔に覆《おお》い被《かぶ》さってきた。息がつまる。その滴の向こうに得体の知れない笑みを浮かべる琴音の顔が見える。このままでは、窒息死する。だが、悲鳴をあげようにも、声が出ない。意識が次第に薄れ、死の闇が音もなく近づいてくる。三隅の意識に微かに残っていたものは、間違いなく死の予感だった。

7

神楽坂《かぐらざか》を十分くらい上り、毘沙門天《びしゃもんてん》の少し前で、右折した。さらに二十メートルほど歩くと、羽鳥が指定した日本料理店のぼんぼりの明かりが見えた。

三隅は腕時計を見た。ちょうど約束時間の、午後七時過ぎだ。全身がけだるく、体がひどく重い。二日酔いというわけではないし、風邪を引いているわけでもない。しかし、昨晩の夢見があまりにも悪かった。実に不快な夢だったのだ。

玄関に入ると、着物を着た若い女性に案内されて、風情のある個室に通された。

「ああ、三隅先生、わざわざすみません」

廊下側の座椅子に座っていたグレーの背広姿の羽鳥が立ち上がり、愛想のいい笑顔で三隅を迎えた。羽鳥にうながされて、床の間側の座椅子に座る。

羽鳥はすでに古希《こき》に近い年齢のはずだが、金縁の眼鏡を掛けた表情は若々しい。頭頂部は薄くなっているものの、突き出た下顎は、いかにもやり手の実業家らしく、確固たる意志の強さを表しているように見えた。

「このたびは、三隅先生には大変なご迷惑をお掛けしてしまって、申し訳ありません」

会席料理の先付とお造りが出て、生ビールを少し飲んだところで、羽鳥がさっそく、話し出した。

「先生にとっては、まさに降って湧いたような災難でしょう。マスコミは大昔の事件まで持ち出してきて、『タケオの呪い』なんて言葉まで使って、面白おかしく騒ぎ立てています。我々もこんな事態は、まったく予想していなかったので、ただただ当惑するばかりなんです」

しかし、言葉とは裏腹に、羽鳥は事態を憂慮しているものの、それほど追い詰められているという印象でもなかった。しゃべっている間も穏やかな笑顔を絶やさなかったが、近藤に言わせれば、その笑顔の陰に権謀術策《けんぼうじゅつさく》が巡らされているのだ。

「大昔の事件というのは、『曙学園事件』ですよね。綾清学院を立ち上げたのは、『曙学園事件』が起こった年なんですか？」

三隅にしてみると、そこが一番関心のある部分だった。

「その通りです。その年の四月から、綾清学院はすでに開校していました。ただ、曙学園の土地と建物の部分だけは買収できておらず、曙学園は運営していました。『曙学園事件』が起こったあとも、一年近くは、存続していたんですよ。しかし、事件のせいで園児の数が減り、経営が成り立たなくなったので、私が土地も建物も買い取ったんです。従って、私も気を遣い、曙学園の職員で引き続き働きたい者は、非常勤という扱いでよければ、便宜を図ると申し出たんですが、結局、残ったのは、校務員の高木だけでした」

言い方を変えれば、高木は「曙学園事件」が起こったとき、実際に校務員として、曙学園で勤務していたことになる。三隅は、ある種の驚きを以て、その事実を受け止めていた。

「まあ、事件の解決ということで言えば、我々としては警察の捜査結果を待つしかありません。ただ、問題は猪越先生なんですよ」

羽鳥がいきなり猪越の話を持ち出してきたのは、やや意外だった。

「何でも、猪越先生は綾清学院が体罰を肯定しているようなことを言っているらしいですね」

羽鳥はそう言ってから、三隅の目を覗き込んだ。

「ええ、それは私も猪越先生の口から直接聞いています。私の担任クラスの女子生徒に対する暴力行為について、私が猪越先生と話し合ったときに、彼の口から、そんな言葉が飛び出したのです」

「だとしたら、我々としては、迷惑千万《めいわくせんばん》な話です。我々が生徒に対する暴力を肯定したことなど、一度もありません」

羽鳥は若干怒りを含んだ口調で言い放った。しかし、それほど興奮しているようには見えず、どこか演技めいた印象が残った。羽鳥が、言葉を繋ぐ。

「でもね、三隅先生、短いとはいえ、綾清学院の歴史の中で、彼が果たした一定の役割はあったんです。一時、反対のための反対しかしない左翼教員の力が強くなり過ぎて、彼のような思想の持ち主が必要な時期もあったんです。しかし、今や、平成どころか、令和の時代ですからね。左翼の力も衰えたけど、彼の考え方も、通用するはずのない時代になったんです。私としては、定年を待たず、あと二年くらいで彼には退いてもらおうと思っているんです」

羽鳥はいとも簡単に言ってのけた。しかし、三隅の目からは、羽鳥が猪越の持つ病的さを過小評価しているように見えた。猪越を、頑迷固陋《がんめいころう》な保守主義者に過ぎないと見なすことは、危険だろう。羽鳥の話は続いた。

「実は、私の東大時代の同級生が、かつて千葉県警本部長をしていたのですが、猪越を私に紹介したのは、その同級生なんです。彼も知り合いの公安筋の人間から、猪越のことを頼まれていたようなんです。猪越は昔、県立高校に勤務していたんですが、その頃、ちょっとした事件を起こしましてね」

いつの間にか、羽鳥は猪越を呼び捨てにしていた。それは図らずも、猪越に対する羽鳥の本音を表しているように思えた。

「それは、高校とは無関係な傷害事件だったらしい。酔っ払って小料理店の女将《おかみ》を殴り、書類送検されているのだ。その結果、一年ほど浪人生活を余儀なくされたのだが、二十年前、羽鳥が綾清学院を立ち上げたとき、その同級生に頼まれて、猪越を雇ったという。

これはなかなか興味深い話だった。噂によれば、羽鳥自身がかなり右翼的な思想の持ち主らしいから、東大時代の同級生を通して、県警の公安筋と結びついていても、おかしくはない。

「最初の数年間は、彼も実によく働いてくれたんです。そういう過去の不祥事を承知の上で彼を雇った私に対して、多少とも恩義を感じていたんでしょう。しかし、歳月の経過とともに、彼の力は強くなり過ぎました。出る杭《くい》は打つしかありませんな」

羽鳥の言葉は多少とも傲慢に響いた。一体育教師の生殺与奪《せいさつよだつ》などどうにでもなると言いたげだった。アルコールが入って、ようやく地金《じがね》が出始めたのかも知れない。

「ともかく、少し退職金を上積みしてやれば、彼を定年前に辞めさせることは難しくありません。実はこの前、校長と一緒に猪越を理事長室に呼び出して、しっかりと釘《くぎ》を刺しておきましたよ。彼も、今後生徒にはいっさい手を出さないと約束していますから、しばらくはおとなしくしているでしょう」

いささか信じられない話だった。もちろん、羽鳥や落合の前では、神妙な表情で二度と生徒に暴力を振るわないことを誓ったのかも知れない。しかし、猪越の内部でふつふつと沸き立つ憤怒《ふんぬ》のマグマが、相手を変えて、恐ろしい勢いで噴射することは、あり得るだろう。

「そんなことより、先生、今日はもっと建設的な将来の話をしたいですね。その前に、料理のほうを召し上がってください」

羽鳥は言いながら、自分でも鯛《たい》の刺身に箸を伸ばした。三隅も先付の鱈《たら》の昆布〆《こぶじめ》を口に運んだ。ようやく意識がしっかりして、体調が戻り始めたように感じていた。しばらく、静寂が流れ、三隅も羽鳥も生ビールのグラスを空にし、羽鳥が室内電話で芋焼酎のボトルを注文した。焼酎を飲み始めたところで、羽鳥が再び、腰を据えて話し出した。

「まあ、猪越にはあと二年くらいで退いてもらうとして、その後任枠は、私は体育ではなく、英語で使おうと思っているんです。それで、先生と同じような予備校の先生で、どなたかうちに来ていただける方をご紹介願えないでしょうか。二年も三年も待てないというのであれば、前倒しの採用を考えてもいい。いや、ご本人を目の前にして申し上げるのも何ですが、先生の『授業改善アンケート』は実に評判がいいんですよ」

「授業改善アンケート」と言うと、聞こえはいいが、実質的には、生徒による教員の評価アンケートだった。数値化されている部分も多いが、「自由記述欄」という箇所もあり、評判の悪い教員は、ここでぼろくそに書かれることもある。

各学期で一度ずつ、担当教員がいないところで実施されるのが普通だが、綾清学院の場合、二ヵ月に一度実施されているようだった。その結果は、担当教員の自宅に「親展」で郵送されてくる。

「どうでしょう？　どなたかいい先生に、心当たりがないでしょうか？」

「そうですか。予備校の先生の知り合いは何人かいますから、今度訊いてみます」

そう言ったものの、予備校で人気のある講師が高校への転職を希望する可能性はきわめて低いように思われた。やはり、ネックは年収だった。

「それにしても、『授業改善アンケート』は私も教師全員のものを読ませてもらっていますが、いろいろなことが分かって面白いものですね。三隅先生がすごいのは、生徒たちがその教え方と学力をきちんと評価して、絶賛していることです」

羽鳥に褒められても、あまり嬉《うれ》しくはなかった。正直、相手が違うのだ。高校の教師の中には、そもそもいい授業をしようという意識さえ希薄な者もいる。一方、予備校の頃は、ライバル講師のほとんどがかなり手強《てごわ》かった。

「ところが、そうでもない、ただの人気投票としか思えないものもあるんです。松山先生なんかは、絶賛している学生も多いですが、『自由記述欄』を読むと、勉強とは直接関係のないことがたくさん書いてあります。いや、もちろん、彼も横浜国大《よこはまこくだい》出身だから、実力はあるのでしょうが」

微妙な雰囲気が流れた。とってつけたような学歴紹介で、三隅は松山の出身大学を初めて知った。いかにも学歴を重んじる羽鳥らしい言い方だった。

しかし、三隅に言わせれば、学歴はともかく、羽鳥が松山の「授業改善アンケート」の中身について三隅に話すのは、ルール違反だった。ただ、羽鳥が松山の思想性を気に入らないのは、明らかだった。

「彼は女子生徒にたいへんもてるらしいですが、実生活の女関係もなかなか派手なようですな。マルクスも女好きだったそうですから、それを見習っているのでしょうか。『資本論』の陰に女あり、ですからね。もっとも、下半身については、私もあまり偉そうなことを言える立場にないことは自覚していますが」

皮肉な口調でそう言うと、羽鳥は声を立てて笑った。そろそろ酔いが回り始めているようだった。三隅は飲みの席で、近藤が言っていた言葉を思い出した。

「あの理事長も、変態的なところがあるんですよ。忘年会の席なんかで酔っ払うと、他の教職員の目の前で、落合校長の、あの豊満な尻《しり》を撫《な》でさすったりするんですよ。普通なら、セクハラなんてもんじゃないけど、みんな二人の関係を知っているから、問題にしないんです。それにしても、そんなことをしたいなら、ホテルの中でいくらでもできるでしょ。どうも、理事長は落合校長がみんなの前で尻を撫でさすられて、真っ赤になるのを見て、自らを興奮させているようなんです。落合校長も、あれでけっこう羞恥心が強いですから、そういう人間を一層恥ずかしがらせたいんでしょうね」

三隅は今更のように、こみ上げてきた笑いを噛み殺した。生徒ふたりの死亡はともかくとして、体育研究室にしても、羽鳥と落合の関係にしても、魑魅魍魎《ちみもうりょう》の世界であることは間違いなかった。三隅は改めて、目の前に座る羽鳥の、アルコールで赤らんだ顔を見つめた。

第五章　絶望の月

めくるめく夏の陽射しがギラギラと照りつけていた。一羽《わ》の鷗《かもめ》が僕の頭上を越えて、遠い水平線の彼方に遠ざかる。

水平線と紺碧《こんぺき》の空の色域は相変わらず不分明だ。午後の凪《なぎ》のような平和な時間が流れていた。遠くでボートが走り、ヨットが白い帆を広げて、影絵のように静止しているのが、かろうじて視認できた。

だが、連中が僕たちの集まる遊泳区域に侵入してくることはない。それが残念だった。できれば、暴走モーターボートが、巨大な波しぶきを上げながら、生徒たちに突っ込んできて、けが人でも出して欲しいものだ。そんなことでも起きなければ、この馬鹿げた儀式は、永遠に続くように思われた。

猪越が拡声器を持って、叫び続ける。

「さあ、昨日の復習から始めるぞ。まず背浮きの練習だ。海や川で溺れかかったとき、助かる方法は、これ一つしかない。人間の体は息を吸ったとき、体の九十八パーセントが水中に沈み、浮かぶ部分は二パーセントだけだ。だから、体を垂直にすれば、呼吸ができない。体を水平にして、ひたすら救助を待つしかないんだ。衣服を着ている場合は、脱いではダメだ。衣服の隙間に入り込んだ空気は浮力を高めてくれる。今日は訓練だから、水着を衣服に見立てるんだ。今から十分間、背浮きをする。死にたくないやつは必死でやれ！　まずAチームからだ。Bチームは監視して、できないやつを正しく指導しろ。こんな基礎ができないようじゃ、今日の遠泳はとても無理だぞ！」

ホイッスルの音が聞こえる。壮大といえば、壮大な光景だ。中一から高三の全生徒が、この狂った男の指示に従って、仰向けになって海面にぽっかりと浮かび、腹部を晒《さら》すのだ。

僕は碧空《へきくう》を背景にした、真夏の海をこよなく愛していた。その光景を台無しにする、この壮大なる茶番。寄せる波の音だけが聞こえる十分間の沈黙。沈黙が終わり、喧噪が戻っても、僕には何の意味もない。海岸全体が、いっさいの意味を峻拒《しゅんきょ》する、巨大な虚無の空洞と化しているのだ。

僕はもう猪越を憎んではいない。憎むべき対象ではなくなったのだ。あの男はもう終わっている。あの男にとって、破滅への道が待っているだけだ。しかし、彼にはこのあと果たすべき役割を、きちんと果たしてもらう必要がある。

僕は生き延びることにした。気が変わったのだ。確かに、Kのいない人生なんて考えられなかった。それは今でも嘘偽りのない心境だ。

この九十九里の海岸に来て、僕はそのことを痛感していた。去年のあの幸福な時間は永遠に失われ、未来は絶望の月に、人工衛星の航跡のように一直線に繋がっているだけだ。

僕は今年もKを抱きしめるつもりだった。それなのに、自らの愚かさによって、僕はその機会を放棄したのだ。あの致命的な、Kの言葉も我慢して許すべきだったのかも知れない。だが、そんなことを今更言って何になるのだ。

僕の人生は、後悔の連続だった。いや、僕にとって、人生とは後悔そのものだった。僕の周りに存在するものは、すべて押しつけられたものだ。僕が選んだものは、何一つない。生まれてきたということ自体が、そういうことだった。親も、名前も、性別も、容姿も、性格も、そして生まれること自体も僕とは無関係なところで決定されたのだ。そんな風に感じている人間は、呼吸する場所を見つけるのさえ難しい。

小難しいことを言うつもりはない。要するに、僕はいつも人生に吐き気を催していたのだ。Kを殺したあと、その吐き気は増幅され、僕は死んだまま生きることを強いられることになった。それが、Kを殺したことによって、僕に与えられた懲罰なのだ。僕は永遠の後悔を背負った生きる屍《しかばね》となった。

ならば、完全犯罪を目指すべきだと考えるに至った。シナリオ通りにことを運べば、それは必ず成功する。あと一人、絶対に殺したいやつがいるのだ。そいつを殺さなければ、僕が殺した他の二人に申し訳が立たない。

正直、あの尻軽女《しりがるおんな》には気の毒なことをした。もちろん、僕はあの女に苛ついていた。それは間違いない。いつも生徒とチャラついていて、男の教師に対しては、明らかに女の媚びを売っているのだ。あんな女に、「私もよ《ミートゥー》」と言われても、言われた男はたまったものではないだろう。

よりにもよって、そんな女に、あんな場面を見られてしまったのだ。だから、ああするより選択肢がなかった。しかし、本音を言うと、殺したくて殺した人間ではない。本当に殺すべきやつを未だに野放しにして、あの女を殺してしまったのは、何としても悔しい。僕は、当然、その埋め合わせをするべきだろう。

太陽の位置が若干西寄りに移動して、日が翳る。無意味な時間が過ぎ去っていく。しかし、僕の人生に終わりはない。完全犯罪は、僕にとって目的ではなく、懲罰の過程に過ぎないのだ。

僕は暗黒の心を持って、地平線の彼方にぐずぐずと居残る太陽を見上げた。西日が海に反射して、得も言われぬ美しい光景を出現させていた。

1

けたたましいサイレンを鳴らして、パトカーやその他の警察車両が、体育館の前に到着していた。救急車も駐《と》まっているが、車内は空っぽで救急隊員の姿はない。

「嫌だな。また、何かあったみたいですよ」

三隅の横に立つ近藤が、声を潜めて言った。その朝、近藤とはたまたまバスで乗り合わせ、一緒に登校してきたのだ。七月三日の水曜日だったが、太陽の陽射しはほとんど感じられず、黒い雲が天空を覆い、梅雨《つゆ》明けはまだ遠いことを告げているように思えた。

体育館の入り口から、高木が出てきて、三隅たちのほうに小走りに駆け寄ってくるのが見えた。

「先生方、湯原先生が大変です！」

「彼女がどうかしたの？」

近藤が、若干、上ずった声で訊いた。

「体育館の階段上の手すりから転落したんです」

「それで怪我の程度はどうなんですか？」

三隅が横から口を挟んだ。心臓が早鐘《はやがね》のように打ち始めていた。ただ、あの階段上の手すりから、下までの落下距離を考えると、死亡という言葉とはすぐには結びつかなかった。

「それが、もう——」

「死んだの？」

近藤が震える声で訊いた。高木が無言でうなずく。異様な沈黙が、三人の間に浸潤した。しばらくして、高木が不意に用件を思い出したように話し出した。

「それで、警察が、先生方にも、ご遺体の確認をしてもらいたいと——」

「嫌ですよ！　そんなの御免蒙《ごめんこうむ》りたいな」

近藤が、かなり大声で言い放った。いつもの軽口と違うのは、明らかだ。

「最初に発見したのは、どなたですか？」

三隅が緊張した声で、とりあえず話題を変えるように訊いた。またもや、高木が第一発見者である可能性も、頭の片隅でちらついていた。

「佐伯先生と非常勤の体育の先生です。一時間目の授業の準備に午前八時頃、二人で体育館に入って発見したらしいです」

高木がいつもの訥々とした口調で答えた。高木ではないことに、三隅は妙な安堵を覚えた。

「だったら、その先生方がもう湯原先生の顔を確認しているんでしょ。僕らが改めて見る必要もないでしょ」

近藤があくまでも抵抗するように言った。本気で、何とか湯原の顔を見ないで済ませようとしているようだった。

「いえ、非常勤の先生は週一回だけ来ている先生で、湯原先生の顔はうろ覚えなんです。佐伯先生は確認できているんですが、警察の話では、やっぱり一人だけではダメで、複数の方に確認してもらいたいって言うんです。私も確認していますが、教員ではないので、あと二人くらい先生方に確認して欲しいようです。特に、ご家族にすぐに見せられる状況ではないんでね」

最後の一言が三隅には、いかにも不気味に響いた。死体の状態がひどく、今の段階では家族には見せられないという意味に受け取ったのだ。

「近藤先生、行きましょう。仕方ないですよ」

三隅が覚悟を決めたような口調でうながした。近藤の臆病ぶりに、苛立っていたということもある。しかし、実際は、三隅自身が琴音のとき以上に、見たくなかった。

琴音の場合、着任して一ヵ月くらいの時期だったので、その顔のイメージはそれほど定着していなかった。従って、面識のない人間の死体を見るのと、それほど差があったわけではない。

だが、湯原は違う。一緒に、居酒屋で酒まで飲んでいるのだ。

「分かりましたよ。あんまり嫌がっていると、妙な嫌疑を掛けられちゃいますからね。殺した人間の顔を見たくないんだろう、なんてね」

ここで、ようやく近藤らしい軽口が出た。だが、非常識な軽口に、三隅も高木もまったく無反応だった。

二人の鑑識係がストロボをたいて、大型カメラで撮影していた。高木はそこまで三隅と近藤を案内すると、再び、体育館の外に出て行った。

救急隊員と捜査関係者の人垣が、一台のランニングマシーンの周りにできていた。十名以上の人数に見える。死亡しているのは明らかなため、搬送は行われなかったようだ。その人垣の外に、佐伯と見たことがない若い男が立っていた。その若い男が、おそらく非常勤の体育教師なのだろう。

二人とも私服で、ジャージを着ていなかったので、体育研究室に行く前に死体を発見して、警察に通報したことを窺わせた。二人ともただぼんやりと立っているだけだったから、第一発見者としての事情聴取はすでに終了しているようだった。佐伯が困惑の表情で、三隅と近藤に頭を下げた。それから、三隅に近づき、かろうじて聞こえるような声で囁いた。

「ひどいですよ！　見ないほうがいいです！」

三隅は無言だった。そんなことを言われても、答えようがなかった。人垣の背中に遮られて、死体らしいものは見えていない。

「それでは、申し訳ありませんが、ご遺体の確認だけお願いいたします」

三隅と近藤に話しかけてきたのは、三隅が琴音の事件の直後に、校長室で会った、千葉東署の年配の刑事だった。さっと周囲を見た感じ、大久保の姿はない。外では相変わらず、サイレンの音が鳴り響いているので、大久保はこれから臨場して来るのかも知れない。

三隅と近藤はその刑事にうながされて、人垣の中へと進んだ。一瞬にして、血塗られた残酷画のような光景が、三隅の視界に出現した。思わず、目を閉じそうになった。横にいる近藤の、低いうめき声が聞こえた。

ランニングマシーンに、赤いミニスカート姿の若い女性が仰向けにもたれていた。カナリーイエローの地に、バイオレットの唐草模様のあしらわれた半袖シャツを着た上半身は、パネル部分とハンドル部分に引っかかるようになって支えられ、大きく股間を開いた下半身は、足のつま先が僅かにランニングベルト部分に触れている。

白い下着がくっきりと見え、股間の付け根部分の膨らみまでが艶めかしく覗いていた。靴は履いておらず、薄ピンクのミュールサンダルが、ランニングマシーンの右と左に飛び散っている。

三隅は心臓が痙攣するように感じて、大きく深呼吸した。しかし、首から上は、もっと見るに堪えなかった。ほとんど反転した白目が虚空を見つめ、前頭部全体がかなり陥没しているように見えた。額から幾筋もの血が流れ落ち、その大部分がすでに凝固して、夥しい血糊《ちのり》を形成している。まるで歯ぎしりをしているときに、時間が止まったかのように、よく手入れされた白い歯が剝き出しになっていた。

形相《ぎょうそう》の変化は決定的だった。僅かに湯原らしさを残しているのは、その小顔と高い鼻梁《びりょう》くらいだろう。やはり、琴音のときとは、受ける衝撃が根本的に違った。

三隅が琴音の死体を見たとき、どこか現実感が希薄で、夢の中の光景のように感じていた。しかし、今、三隅が見ているものは、けばけばしい残虐さに満ち、本物の死の臭いがぷんぷんと立ちこめていた。

三隅は数日前に見た夢の光景を思い浮かべた。あれは正夢《まさゆめ》だったのだ。琴音と湯原。二人とも確かに死んでいる。

三隅も近藤も、無言だった。いや、意志の問題ではなく、声が出なかったのだ。

「いかがでしょう？　これは湯原杏奈さんに間違いないですね」

すでに佐伯や高木から聞いていたからだろう。その刑事の質問は、単なる念押しのようにしか聞こえなかった。

「そうだと思います」

三隅は本能的に断定を避け、「思います」を付けた。実際、いっさいの状況を無視して、物理的外見による判断だけを求められたら、何とも言えないと答えただろう。

「はい、湯原先生ですね」

今度は、近藤が言った。その声も心なしか震えているように感じられた。

「それでは、先生方、ありがとうございました。これでお引き取りいただいて、けっこうです」

その一言で、三隅と近藤、それに佐伯と非常勤教師の若い男が、体育館の出入り口のほうに歩き出した。余計な質問をいっさいしないのが、意外だった。

「お引き取りいただいて、けっこうです、か。それって、いてもらっちゃ困るって意味ですよね」

近藤がようやく余裕を取り戻したように、皮肉を飛ばした。しかし、三隅にも近藤の言っていることは的外れではないように聞こえた。実際、いてもらっては、困るのだろう。

佐伯たちは三隅たちに一礼すると、階段を上がって体育研究室に向かった。階段上の通路でも、依然として鑑識活動が続いているようだったが、体育研究室は転落した手すりからかなり手前にあったので、その使用は特に禁止されていないらしい。

靴を履いて体育館の外に出た。体育館前に駐まる警察車両の列は、ますます長くなっていた。サイレンの音はまだまだ続いていて、登校してくる生徒たちが不安そうな表情で体育館のほうに視線を投げ、中には足を止めている者もいる。

「それにしても、あんな風に、彼女のパンツまで晒した状態で、我々に見せる必要があるんですかね。あれじゃあ、死者に対する冒瀆でしょ」

近藤が三隅に向かって言った。二人はすでに高校棟に向かって、歩き出していた。「そうですけど、やっぱり現場保存の必要上、仕方がないんでしょう。これから、県警の幹部クラスが臨場するのでしょうから、発見時の状態を変えるわけにはいかないんでしょうね」

「県警の幹部って、どんな人が来るんですか？」

「やっぱり、捜査一課長とか管理官とか、あるいは大事件だと判断すれば、刑事部長も来るんじゃないですか」

「詳しいですね。それにしても、彼女はどうしてあんな場所にいたんだろうか？　普通は、体育の教師しか行かない場所でしょ。やっぱり自殺ですかね。それとも、筋肉先生辺りが、あの筋肉の力で、彼女を抱きかかえて、投げ落としたんでしょうか」

佐伯に関しては、例によって悪趣味な冗談だったが、自殺という近藤の論理は、三隅にはそれなりに理解できた。湯原が単に飛び降りる場所として選んだと考えれば、彼女がそこに行った説明が付くのだ。

しかし、自殺はあり得ないと三隅は思っていた。そもそも、あの落下距離を考えると、飛び降りて確実に死ねる場所ではない。生き残る可能性も五分以上にあっただろう。

ただ確かに、近藤の言う通り、何故湯原があそこにいたかは謎だった。彼女にとっておよそ縁のない場所なのだ。やはり、彼女もまた誰かに呼び出されていたと考えるしかない。三隅の脳裏に体育研究室のサインプレートが浮かんでいる。誰であれあの階段を上がる目的は、まさに体育研究室を訪問することしかないのだ。

高校棟の入り口が見えていた。三隅は相変わらず、無言のままだった。近藤が、その沈黙の意味を解しかねたように、窺うように三隅の顔を覗き込んでいる。

2

三隅が近くのコンビニで弁当を買い、自宅マンションに戻ったのは、夜の十時過ぎだった。綾清学院は、湯原の死を受けて休校にすることはせず、通常通り、授業を実施していた。ただ、体育館が使用できないため、体育の授業がすべて教室授業に切り替えられただけである。

三隅はリビングのテーブルで、コンビニ弁当を食べ終わると、さっそく『毎朝《まいちよう》新聞』の夕刊を開いた。かなり大きな見出し語で、湯原の転落死が報じられていた。しかし、その日の午前中に発覚した事件だから、情報量はけっして多くはない。

千葉・綾清学院で、転落死　5月に続いて、連続不審死　県警、殺人も視野に入れて捜査

千葉県千葉市若葉区小倉台の綾清学院の体育館で3日、ランニングマシーンの上で、仰向けに倒れて死亡している女性が見つかり、千葉東署は同日、女性は綾清学院の英語教師湯原杏奈さん（25）と発表した。湯原さんは、階段上の手すりから、何らかの理由で転落死したと見られる。県警は、事故でなく殺人事件の可能性もあると見て、捜査を進めている。

発表によると、湯原さんは、2日の夕方から行われた臨時職員会議には出席しており、会議が終了したのは午後7時20分頃で、その後の湯原さんの足取りはつかめていない。体育館の階段上通路は、湯原さんが日頃行くとは考えにくい場所であるため、誰かにその場所に呼び出された可能性があるという。

綾清学院では、5月13日に同学院の高校3年生浜琴音さん（17）が裏の山林で死亡しているのが発見され、その後、浜さんと同じクラスの男子生徒が自殺している。これで同学院における3件目の死亡事件であるため、県警は今回の転落死と、前の2件の死亡事件との関連も調べている。

湯原が昨日の臨時職員会議に出席していた姿は、三隅も確認している。会議終了後、多くの教員があっという間に帰宅の途についたという記憶が残っている。

普段なら、午後九時頃までは建物内に残っている教師も少数いるようだが、最近では職員会議の連続で、教師も疲労困憊《ひろうこんぱい》しており、遅くまで学院内に留《とど》まる教師はほとんどいなかった。三隅も会議終了後、他の多くの教員と同じバスに乗って、駅に向かった。そのとき、湯原はそのバスには乗っていなかったという記憶がある。

湯原の死を受けて、授業終了後に開かれた、その日の臨時職員会議は紛糾した。生徒だけでなく、教員にも犠牲者が出たことによって、教員の動揺のほうが大きくなっていた。特に、二十四人の専任教員のうち、半数近くを占める女性教員が激しく不安を訴え始めたのだ。一部の女性教員の中には、はっきりと何日かの休校措置を求める者もいたほどである。

顔の見えない殺人鬼が、学院内に潜んでいる。そういう不安は、必ずしも妄想とは言えず、それが女性教員の恐怖心をかき立てるのは当然だろう。しかし、結局、その日の臨時職員会議の結論としては、授業は普段通り継続し、本来は午後十一時だった教員の最終退出時刻を生徒と同じ午後七時とすることが決定されただけである。

三隅は風呂にも入らず、六畳程度の書斎に入り、翌日の授業の予習を始めた。予習も自転車操業になりかかっていた。だが、休校措置が取られない限り、授業は確実にあるのだから、予習をやめるわけにはいかない。

午後十一時近くになって、デスクの上に置いてあったスマホが鳴った。応答すると、受話口から、聞き覚えのある男の声が聞こえた。

「三隅先生、大久保です。夜分遅くにすみません。できるだけ早く連絡をと思っていたのですが、私も今朝の事件でてんてこ舞いだったものですから、こんな時間になってしまい――」

「ああ、大久保さん」

そう言って、三隅は一呼吸置いた。掛かってきた時刻を除けば、まったく予想外の電話というわけではなかった。

「大変なことがまた起こってしまいましたね。やはり、湯原先生の転落死は殺人なのでしょうか？」

三隅は、幾分唐突に訊いた。悠長な前置きをする気分ではなかった。

「まあ、その可能性が高いでしょうね。スマホが発見されていませんので、犯人が持ち去ったものと考えられます。それに、検視官によれば、前頭部の傷と後頭部の傷は明らかに違うというのです。つまり、後頭部の傷は落下したときに、ランニングマシーンにぶつけてついた傷だけど、前頭部の傷は、何か硬い鉄アレイのような物で、複数回殴られたことによって、ついたものじゃないかというんです」

「ということは、彼女は階段上で殴られたあと、突き落とされたということですか？」

「あるいは、その逆も考えられますね。突き落とされたあとで、殴られた可能性もあります。あの落下距離では、被害者は大けがを負ったものの、絶命はしていなかった。そこで、わざわざ下まで降りていって、硬い鈍器で前頭部を執拗《しつよう》に殴りつけたということも――」

不気味な光景が、無声のフィルムのように三隅の脳裏を刻んでいる。顔の見えない黒い影が湯原の顔を見下ろしながら、重い鈍器を振り下ろし、脳漿《のうしょう》が飛び散るのだ。

「しかし、何かの鈍器で殴ったあとでなくては、彼女をあそこから突き落とすのは、難しくないですか？」

「いや、そうとも言えません。湯原さんは、身長は百五十八センチで、体重は四十六キロくらいです。だから、例えば、あの手すりの高さを考えると、三隅先生くらいの身長がある男性が、抱きかかえるようにして、下に放り投げることは不可能ではありません。まあ、これは身長の問題というよりは、腕力の問題でしょうが」

三隅は、再び、嫌な気分になっていた。三隅を例に取った譬え話は、大久保の意図はともかく、いかにも悪意に満ちて響いたのだ。

「ところで、ちょっと教えていただきたいんですが、猪越先生という体育の先生は、どういう性格の方なのでしょうか？　今日の夕方三時間ほど私の部下がいろいろとお聴きしたのですが、随分、怒りっぽい方のようですね。生活指導主任をなされているようですが」

三隅は、ここではっと思い当たった。実は、今日の臨時職員会議を、猪越は欠席していたのだ。警察から事情聴取を受けていたと考えれば、それで合点が行く。

それに、あの事件現場の立地を見れば、警察が体育研究室に注目しないはずはない。職員会議の雰囲気も、誰も口には出さなかったものの、猪越の欠席に、単なる欠席以上の意味を嗅ぎ取っている雰囲気はあったのだ。

「まあ、気が長くはないですね」

三隅は笑いながら、言った。おそらく、大久保は生徒に対する体罰を巡る、三隅と猪越の確執を知っているのだろう。

「湯原さんと猪越先生の接点を、何かご存じないですか？」

あまりにもストレートな質問だった。しかし、まさにそこがポイントなのだ。そういう教師間の人間関係に関しては、やはり他の教員の口は堅いに違いない。大久保が、その点に関する三隅の情報を期待しているのは明らかだった。

「さあ、それは私も知りません。普通に考えるとないと思いますが」

「では、三隅先生は湯原さんとはどの程度親しかったんでしょうか？」

三隅は内心ぎょっとしていた。三隅自身が疑われているように感じられる質問なのだ。しかし、電話では相手の顔の表情が見えないので、大久保の意図を見抜くのは難しい。

「一度だけ居酒屋で飲んだことがあります。その程度の関係ですね」

「なるほど。そういう飲みの席で、猪越先生に関する話は出ませんでしたか？」

「それは出ませんでしたね」

これは嘘ではない。確かに考えて見ると、あの飲みの席だけでなく、バス停まで一緒に歩いたときも、猪越の話など一度も出ていないのだ。

「そうですか。実は、我々としては、湯原さんがあそこにいたということは、あの体育研究室を訪ねた可能性が一番高いと考えているんです。同じ体育の佐伯先生は、職員会議後すぐに帰っていたことが分かっています。それに他の非常勤の体育の先生たちも、その日は三時間目までしか授業がなかったんです。猪越先生だけが午後九時頃まであの研究室に残っていたのは、本人も認めているんです」

不意に、三隅の脳裏にコンドームの箱が浮かんだ。体育研究室が家宅捜索されたわけではないので、大久保は、おそらくあのコンドームのことは知らないだろう。ただ、湯原と猪越が男女の関係にあった可能性を考えているのかも知れない。しかし、いくらなんでも金銭的な理由でも介在しない限り、三隅にはそれはあまりにも突飛な想像にしか思われなかった。

「それで、警察としても、猪越先生から事情を聴いたのですね」

「そうです。しかし、彼は湯原さんの訪問を強く否定しました。あの研究室で巨人戦の野球中継をテレビで見ていて、午後九時過ぎに帰ったと主張しています。帰るとき、体育館内の異変にはまったく気づかなかったと言っています。まだ司法解剖の結果が出ていないので、正確なことは言えないのですが、検視の結果で言えば、我々は湯原さんの死亡推定時刻は午後七時半から九時くらいだろうと考えています。だとすると、猪越先生が帰宅した時間に、事件はもう起きていた可能性も否定できない。もっとも確かに、午後九時段階では、節電のために体育館の明かりは消えていて、階段上の通路灯だけが点いているのが普通だそうですから、異変に気づかなくても、それほどおかしくはないでしょうけど」

三隅はふと、ありがちな思考の陥穽《かんせい》を意識した。三隅は当然のように、湯原の死を琴音の死と結びつけていた。そうだとすると、琴音が待ち合わせていた相手が猪越だとはいくら何でも考えにくいので、湯原の場合も、猪越との関係を言われてもピンと来ない。

しかし、琴音の事件と湯原の事件がまったく無関係だと考えると、湯原の殺害が猪越の犯行だとする考え方は、一定の整合性を帯び始めるように思われたのだ。湯原はある意味では無防備な女性だから、ちょっとした口実で猪越に呼び出されて、あの部屋に誘い込まれたこともあり得るのではないか。そして、性的暴行を受けそうになって逃げ出し、通路でもみ合いになり、手すりから落下した。そんなシナリオが浮かんだのだ。

「先生、最後に一つだけ聴かせてください。生徒の中に、湯原さんとトラブルになっていた生徒、あるいは彼女に特別な思いを寄せていたと疑われる生徒は、思い当たりませんか？　もちろん、慎重な捜査を心がけますので、そういう情報があれば、極秘に教えていただきたいのですが」

三隅はこの質問にも多少の動揺を覚えていた。すぐに、篠田の顔が思い浮かんだ。しかし、そんな情報を教えるつもりはない。だいいち、湯原と篠田の間に、はっきりとしたトラブルがあったわけではないのだ。

「いや、そういう話は聞いたことがありませんね」

「そうですか。先生、夜分遅くにありがとうございました。いずれまた、何かご相談させていただくことがあるかも知れませんが、今日はここで失礼させてもらいます」

大久保がいささか唐突に、話を切り上げた。実際、三隅が腕時計を見ると、すでに午前零時が近づいている。ここから、さらに二時間近く、予習をしなければならないだろう。三隅はさすがに、心身ともに疲労の極致に達しているのを感じていた。

3

週末の金曜日、三隅は佐伯と一緒に、例の駅前の居酒屋に入った。珍しく帰りのバス停で佐伯と出会い、三隅のほうから誘ったのだ。普段、佐伯は自分の車を運転して通勤していたが、その日、車のエンジンが不調で修理に出し、やむなく電車とバスで通勤してきたのだと言う。

「猪越先生には、大変なご迷惑をお掛けしてしまいました」

バスの中で、佐伯がそう言ったとき、三隅は一瞬、文脈を失った。ただ、佐伯の説明で、毎朝、佐伯が猪越の自宅まで車で迎えに行っていることが分かった。それも彼が「猪越のポチ」と呼ばれる理由の一つなのだろう。その途端、三隅は佐伯と話し、今度の湯原の死について、佐伯から猪越の情報を引き出したいという誘惑に駆られたのだ。

湯原の死体発見から、すでに二日が経過していた。前日の夜、緊急の臨時保護者会が開かれ、学院側からこれまでの事件の経緯と今後の対応策が説明されたが、保護者側からはかなり手厳しい意見が飛び交っていた。

予想通り、刑事が学院内に多数入り込み、執拗な聞き込み捜査をしているようだった。死者のリストに湯原の名が加わったことにより、事件の局面が大きく変わり、学院内の人間関係が絡んだ連続殺人事件の様相を帯びてきたのだから、これもある程度やむを得ないのだろう。

「学校じゃあ、事件について下手なことは言えませんよ。特に体育研究室は、非常勤の先生方も含めてみんなピリピリしていますからね」

佐伯が、焼き鳥の串を口に運びながら、小声で言った。その顔は、飲み始めたばかりの生ビールで、早くも薄らと赤くなっている。本人の言によれば、アルコールには弱く、食べるのが専門だという。食べ物の注文は佐伯に任せたが、佐伯は焼き鳥以外に、刺身の盛り合わせと肉じゃが、さらには鶏《とり》の唐揚げまで一気に注文していた。

「湯原先生と猪越先生は何か関係があったんでしょうか？　どう考えても、彼女があそこにいたってことは、自殺でない限り、猪越先生を訪ねたとしか思えないんです」

佐伯がいきなりそんなことを言い出したのに、三隅は若干、驚いていた。三隅のほうこそ、まさにそのことを訊きたかったのだ。だが、佐伯は近藤のように計算尽くで話す人間とはおよそかけ離れたタイプだから、自分の疑問を素直に口にしているだけなのだろう。

「それは分かりません。佐伯先生は、猪越先生から何か聞いていないですか？」

若干、意地悪な質問であるのは、三隅も自覚していた。実際、正直な佐伯はあからさまに当惑の表情を浮かべた。

「それは警察からも何度も聴かれましたが、そういう話はぜんぜん聞いていませんでした。ただ、猪越先生が、女性をあの部屋に連れ込んでいるのは確かです。他の体育教師があの部屋に授業終了後も居残ることをひどく嫌って、露骨に追い出すことがありますからね。変な話ですけど、あの部屋には保健体育の性教育に使うコンドームの箱も置いてあるんですが、非常勤教師の間では、猪越先生がデリヘルなどの風俗嬢を呼んでるんじゃないかという噂まであるんです。湯原先生をその代わりにしようとしたんじゃないかと言う者もいるくらいですからね」

「そんな話を警察にしたんですか？」

三隅は半ば呆れたように訊いた。「猪越のポチ」と呼ばれる男が、意外にぺらぺらと猪越の恥部をしゃべることに驚いていた。

「とんでもない！　そんな話、僕にはとてもできません。猪越先生には恩義があるんです。この学院で僕が教えられるようになったのも彼のおかげですから。猪越先生、強面《こわもて》だからいろいろと悪口を言う人もいますが、本当は人情味のある、いい人なんです。奥さんや娘さんにも、僕は日頃からお世話になっているんです。でも、他の非常勤の先生なんかはそういう話を警察にしてしまっているのかも知れませんね。だから、猪越先生、警察からかなりしつこく聴かれて、頭に来ているんです。でも、僕は猪越先生を信じています。あの人はけっして人を殺すような人じゃありません」

　そのとき、唐揚げが運ばれてきて、会話は一時的に中断された。三隅は芋焼酎の水割りを注文し、佐伯に唐揚げを食べるように勧めた。三隅は酒を飲むときは、あまり重い食べ物は好まない。

　佐伯はいきなり箸で大ぶりな唐揚げをつまみ、一気に頬張《ほおば》った。黒い半袖Ｔシャツから露に見える隆々《りゅうりゅう》とした筋肉が異様に際立ち、漫画のポパイのような、どこか滑稽な雰囲気を醸し出した。

「もちろん、猪越先生以外の誰かに、あの場所に呼び出されたと考えることも不可能ではないでしょ」

　三隅は店員が立ち去るのを見計らって、話題を戻すように言った。

「ええ、そうなんです。湯原先生、あの服装であの容姿ですからね。体育の非常勤の男性教師の間でもけっこう有名で、人気があったんです。だから、彼女に声を掛ける先生がいてもおかしくはないんです」

それは、ある意味では、三隅が予想していなかった応答だった。

「じゃあ、佐伯先生も彼女に興味があったんですか？」

三隅は笑いながら言った。あまり趣味のいい冗談ではないが、思わず口をついて出た言葉だった。

「いえ、僕は女の人はあまり好きじゃありませんから」

佐伯は真顔で言った。三隅は意表を衝かれた気分になった。意味を解しかねたのだ。だが、三隅はその意味を尋ねることなく、付け加えるように言った。

「それはともかく、湯原先生を呼び出した人間は、むしろ、体育研究室とは無関係な人間とも考えられますよね。最初から殺す気なら、自分とはまったく無関係な場所を選ぶでしょ」

「そうですよね。だとしたら、体育教師に罪をなすりつけるつもりだったのでしょうか？」

「まあ、それは湯原先生の事件が浜さんの事件と関係があるのかないのかで、考え方も変わってくると思いますが」

三隅はそう言ったあと、ふとため息を吐いた。何を言っても推測の域を出ないことに、空《むな》しさを感じていた。

「あの――、三隅先生、ご存じですか？」

佐伯が、言いにくそうに切り出した。

「何をですか？」

「松山先生のことです。今年の春頃まで、湯原先生と付き合っていたという噂があるんです。ふられたのは、湯原先生のほうらしいんですけど」

「そうなんですか。それは知りませんでした」

そう言ったものの、三隅は心当たりがないわけではなかった。湯原と飲んだとき、松山に対する湯原の反応は微妙だった。確かに、他の教師に関してはあれほど饒舌《じょうぜつ》だった湯原が、松山の話題については、妙に口数が少なかったのだ。その意味で、その噂話にはかなりの信憑性を感じた。

「だから、今度のことは、松山先生に当てつけた自作自演の自殺だったという説も出ているらしいです」

佐伯が若干、体を前傾させて言った。

「自作自演というと？」

「だって、あんな十メートルくらいの距離を落ちたって、せいぜい足を骨折するくらいで、死ぬ可能性は低いでしょ。だから、彼女も本気で死ぬつもりじゃなかった。もう一度、松山先生に振り向いて欲しかっただけと言うんです。ところが、たまたま真下に運動器具なんかが置いてあって、頭の打ち所が悪くて死んじゃった」

理屈の上では、考えられる発想だった。三隅自身、あの落下距離と自殺という概念を、結びつけることはできなかった。しかし、佐伯には、大久保から聞いた頭部の打撲痕に関する情報を伝えるわけにはいかない。

二種類の打撲痕に関しては、三隅の知る限り、新聞やテレビでは報道されていなかった。捜査本部が、捜査の都合上、あえてその情報を伏せたことはあり得るだろう。

「しかし、あの額の陥没は何かの鈍器で殴られた気がするんです。佐伯先生だって、ご覧になっているでしょ」

こういう言い方をすれば、大久保からの直接情報であることは、言わずに済むのだ。

「それもそうですね」

佐伯は納得したようにうなずいた。さすがに佐伯も、松山を疑っているとは言わなかった。しかし、松山が湯原と付き合っていたという噂話が出回っている以上、松山犯行説が、口さがなく嫉妬深い教員の一部にある可能性は否定できない。

三隅自身は、松山の人格的評価という視点だけでなく、合理的判断としても、その可能性はきわめて低いと考えていた。松山はあの日、三隅や他の多くの教師と一緒に、七時三十五分のバスに乗っていたのだ。そのとき、バスは意外なほど正確に来たのを覚えている。大久保から聞いた死亡推定時刻から判断しても、松山には犯行はほぼ無理だろう。

あの日、臨時職員会議終了後、職員室に残っていたのは、近藤と紺野ら三人の女性教員だけだった。だが、全員、午後八時前には職員室を引き上げている。これは捜査員の細かな聞き込み捜査で、確認されていることだった。

湯原については、午後七時二十分頃に職員会議が終了したあと、すぐに一人で会議室の外に出て行ったのが目撃されているが、その後の足取りについての情報がまったくない。多くの教員は、湯原は早々と帰宅したのだろうと考えていたのだ。

「ところで、こんな状況では、夏の移動教室も実施は難しくなりましたね」

三隅は話題を変えるように言った。これ以上、松山に関して話すのは避けるべきだという本能的判断が働いていた。それに、あれこれと素人推理を巡らせても、あまり意味がないと思い始めたのだ。

それよりも、現実的な問題のほうが大切に思えてきた。夏休みは完全に休んで、疲弊した心身を何とか回復させたかった。正直、移動教室など中止になってもらいたかったのだ。転職前後に抱いていた、あのワクワクした高揚感は、いつの間にか、すでに懐かしいものに変わっていた。

「それが、猪越先生によれば、八月二日から四日に実施することに決まったそうです。よかったですよ。僕は、特に男子生徒が水着を着て、はつらつとして泳ぐ姿を見るのが、何よりも楽しみなんですよ」

三隅は唖然として、次に発しようとしていた言葉を呑み込んだ。佐伯の顔はますます赤くなっている。生ビールはまだ半分以上残っていて、ひたすら唐揚げを食べ続けていたので、まるで唐揚げにアルコールが入っているかのようだった。三隅は佐伯の茹《ゆ》で蛸《だこ》のような顔を見つめながら、近藤が語っていた対照的な言葉を思い浮かべた。

「今の学院の状況では、水泳訓練どころじゃないでしょ。うちみたいな受験校がこんな時期に水泳訓練なんかやれば、世間から誤解されますよ。男性教員が女子生徒の水着姿を見たいだけじゃないかと」

三隅自身、がっかりしていた。猪越の側近である佐伯がこう言う以上、おそらく今年の水泳訓練も、実施されることが正式に決まったのだろう。だとすれば、落合や竹本の学院上層部の判断も甘いと言わざるを得なかった。あるいは、絶対的権力者の羽鳥の意志が働いているのか。

三隅は、トイレに行くために立ち上がった。客観的情報として移動教室が実施されるのは分かったものの、それにしてもあまりにも素朴な佐伯の言葉が妙に気になっていた。

4

「先生、お醤油《しょうゆ》をどうぞ」

三隅の対面に座る紗矢が立ち上がり、三隅に近づいてきて、微笑みながら醤油入れの瓶を差し出した。ドキッとするような、裾の切れ上がった、薄ピンクのショートパンツを穿き、よく日焼けした太股が露になっている。ただ、白い無地の長袖Tシャツと短く後ろに束ねられた髪の毛、さらにはその整った知的な風貌と相まって、けっして下品な印象を与えるわけではない。

三十度を優に超える暑い一日で、夕方になっても暑さは続いていた。ただ、室内は冷房が効いているから、すでにシャワーを浴び、午後六時から始まる食事に集まってきた生徒たちの服装は、まちまちだった。

半数は、男女とも体操着のジャージ姿だが、ジーンズやショートパンツの生徒もいる。体操着のジャージの場合、太股がはっきりと隠れるハーフパンツと決まっていたが、移動教室の宿舎での服装については、さすがに特別な決まりはないようだった。

生徒たちは遠泳で十キロという目標の距離を泳ぎ切っていた。それで水泳訓練の日程はすべて終了になっていたため、みんなほっとした表情をしていた。

「ありがとう」

三隅はすぐに刺身皿に醤油を注ぎ、紗矢に返した。夕食には、マグロや鰈《かれい》の刺身や天ぷらや牛肉料理も付き、前日の夕食よりかなり豪勢に見える。ただ、生徒の手前、教員が晩酌をするわけにはいかないので、三隅にとって、味気のない夕食になるのはやむを得ない。

食事はクラスごとに行われ、担任を持つ教員は、自分のクラスの生徒と一緒に食事をすることになっている。三年一組の二十八名が、二十畳程度の畳部屋に置かれた三台のテーブルの周りに座っているのだ。死んだ琴音と鰐淵を除けば、この移動教室の欠席者は一人もいない。

紗矢の横にはジャージ姿の有里が座り、かなりくつろいだ表情で紗矢と談笑している。例のもめ事については、とりあえず収まっている印象だった。というか、羽鳥が落合と共に、猪越を説諭したことがやはり効いているのか、猪越はこの一ヵ月は体罰を控え、それほど厳しい生活指導もしていないようだった。水泳訓練における指導も、落合辺りから改めて釘を刺されていたのか、猪越にしてはやや抑制の利いた指導ぶりだった。

三隅は一番奥の窓際近くに座る、篠田のほうに視線を投げた。湯原の死以降、特に篠田とは話していない。ただ、心なしか元気がなくなっているようにも見えた。そのときも、ジーンズにTシャツ姿の篠田は、誰とも話すことなく、黙々と食べ続けていた。

周辺の旅館六軒を綾清学院が借り切っていたが、三隅が泊まる旅館には、高校三年生の五クラスすべてが宿泊していた。この旅館に泊まっていた教員は、三隅以外に近藤、松山、紺野、それに勝俣《かつまた》という学年主任の国語教師である。全部で五名だが、すべて三年生の担任クラスを持っている教員だった。

食事が進むにつれて、最初は控えめにしゃべっていた生徒の話し声が大きくなり、それなりの喧噪が起こっていた。やはり、水泳訓練が終わったという解放感は大きいのだろう。

「先生って、結婚してるんですか？」

三隅の右横に座っていた大町朋実《おおまちともみ》という生徒が、笑いながら訊いた。明るい雰囲気の、乗りのいい生徒だ。小柄で、中学生のような童顔だったので、特に同性から人気があるようだった。

「いや、していませんよ」

三隅も笑いながら答えた。その会話を聞いていた半数以上の生徒たちがどよめき、

「え〜っ」という大げさな声を上げた。

「どうしてしないんですか？」

「相手がいないから」

この返事にも周囲から、くぐもった笑いが聞こえる。

「でも、先生は、かっこいい先生ランキングで、松山先生と一、二位を争っているらしいですよ。二年生の後輩が言ってました」

朋実がかなり大声で言ったので、その声は室内のほぼ全員に通り、再び、どっと笑いが起こった。ただそのとき、同じクラスの琴音と鰐淵が死んだことも、すっかり忘れ去られたような和《なご》やかな雰囲気が生まれていた。三隅は複雑な気持ちになりながらも、それはそれでいいのだと思っていた。

だが、ふと一番後ろの席で、背中を見せて、窓のほうを見ている篠田の姿に気づいた。そんな会話がまったく聞こえていないかのようだ。その横顔は、何かの物思いにふけっているようにも見える。三隅の耳から生徒たちの嬌声が不意に消えた。


一階の大広間で行われた三年生全体での懇親会が終わり、やがて消灯時間の午後十時になった。翌朝は、午前六時に起床し、朝食を摂《と》ったあとで、現地解散となる予定である。

三隅ら男性教師四人は、二階の十畳間で眠ることになっていた。二階建ての家屋で、二階は階段を挟んで、男子部屋と女子部屋に分かれているが、大きな部屋はないため、生徒たちは三人か四人の小部屋に分散していた。男性教員の部屋は、男子生徒の小部屋が並ぶ側にある。紺野には一人部屋が与えられ、その部屋は女子生徒の小部屋が並ぶ側にあった。

「皆さん、一ついかがですか？」

午後十時を五分くらい過ぎた頃、学年主任の勝俣がキャリーバッグから日本酒の一升瓶を取り出して言った。勝俣は五十代半ばの、温厚で常識的な人物だったが、酒だけはかなり好きらしい。

勝俣と近藤は授業中と同じジャージ姿だったが、三隅も松山も半袖Tシャツに長ズボンという服装だった。夜になってさすがに気温は下がり、室内の冷房は抑えられている。

「そりゃ有り難い。教師も、少しは楽しまなきゃ。昨日から海に入るわけでもなく、じっと砂浜に立ちっぱなしなんだから、熱中症になりそうですよ」

すぐに近藤が同調した。教員は、水着に着替えて生徒と一緒に訓練に加わっても、浜辺に立って生徒たちの動きを監視するだけでも、どちらでもいいことになっている。しかし、水着になって訓練に加わるのは、実質的には猪越と佐伯らの体育教師だけだった。ただ、猪越は海水パンツを穿いているものの、上半身はTシャツを着て、拡声器を持って浜辺に立っていたから、地割れのような逆三角形の筋肉を晒して、生徒たちと共に海の中に入り込む佐伯の上半身がやけに目立っていた。

「三隅先生は、アルコールが強いんですよ」

近藤が勝俣に説明するように言った。

「あっ、そうですか。それじゃ、ぜひ」

勝俣は黒縁の眼鏡を手で押し上げながら、いかにも嬉しそうに言った。

「ありがとうございます。いただきます」

三隅も微笑みながら答えた。勝俣とは、それまであまり口を利く機会はなかった。

「松山君は、お酒飲まないんだっけ？」

近藤が、松山にも気を遣うように訊いた。

「はい、残念ながら体質的に一滴も受け付けないんです。奈良漬けでも酔っちゃうんです。飲める人がうらやましいな。でも、皆さん、僕に遠慮することなく、召し上がってください」

それを聞いて、勝俣は座卓の上の湯飲み三つに一升瓶から注いだ。

「じゃあ、松山先生には、こんなもんでも召し上がってもらいますか。お茶もあるからね」

勝俣は、今度はさきいかやピーナツ入りの柿の種の入ったレジ袋を座卓の上に置いた。

「あっ、すみません。いただきます」

松山も笑顔で応じた。手元に、緑茶のペットボトルを持っている。

「まあ、このメンバーだから、最後の夜にようやくくつろげるけど、一人でも小うるさいのが入ると、面倒ですよ」

近藤がいつもの調子で皮肉を飛ばした。おそらく、竹本のことを言っているのだろう。確かに竹本がいれば、こんな時間帯の教師の飲酒にも反対する可能性はある。建て前論ではそれが正しいのだろうが、修学旅行などでも生徒が寝静まったあと教員が飲酒することは、それほど特別なことではない。

勝俣は困ったような笑い声を上げ、三隅も松山も無言だった。竹本は、前日はこの同じ宿舎で宿泊していたが、その日は高一の宿舎に移っていた。副校長として、全体を目配りする必要があるため、二日連続で同じ場所に留まることはないのだ。

消灯時間は過ぎていたが、各部屋からは未だに生徒たちの話し声が聞こえている。

「まだ、みんな寝る気はないな」

近藤が言った。いかにも、どうでもいいという口調だった。

「まあ、今日は午前零時までは大目に見てやりましょう。最後の夜だから」

勝俣が湯飲みを口に運びながら、言った。こちらは、物わかりのいい教師の口調だった。三隅も一口、飲んだ。辛口で、三隅の好みの味だった。

「じゃあ、巡回は午前零時以降ですね」

近藤が確認するように、話し始めた。

「三隅先生も昨晩こういう巡回を初めて経験されたわけだけど、一日目は昨日のように、たいてい何も起きないんです。事件が起きるのは、気の緩んだ二日目なんですよ。去年なんか、三人の男子生徒が部屋で飲酒しているところを見つかって、一ヵ月の停学処分になったんですよ。一昨年《おととし》も夜中の三時過ぎに男子生徒と女子生徒が廊下の陰で抱き合っているところが見つかって、これまた一ヵ月の停学処分になったんです。まったく、油断も隙もあったもんじゃないんだから」

懇切丁寧な解説だった。だが、他の三人の誰もが、顕著には反応しなかった。そのあと、いくらの間《ま》も置くことなく、勝俣が巡回のローテーションについて説明し始めた。

「私と松山先生が、零時と五時、近藤先生と三隅先生が三時と起床の六時でよろしいですね。皆さん、空《あ》いている時間に仮眠をお願いします。例年と違って、今年は女の先生にはお願いできないんで」

「今年は、女の先生には、巡回をお願いしないのは何故なんでしょうかね？」

近藤が訊いた。単なる質問というより、多少の不満が籠もっているような口吻だった。

「まあ、状況が状況ですからね。校長先生のお達しなんです」

勝俣の説明に近藤が露骨に顔を顰《しか》めた。

「殺人鬼が、この移動教室に付いて来ているかも知れないからですか？　校長先生、ご自分が今日さっさと帰っておしまいになられたから、後ろめたくて、そんなこと言ってるんじゃないですか」

確かに昨日、落合はすべての行事に参加していたが、一泊しただけで、今日の午前中、東京の自宅に帰っていた。

「まあ、女の先生の助けが必要なときは、部屋の扉をノックすると、紺野先生には伝えてありますから、気の毒なことに彼女もおちおち眠れないでしょ」

勝俣が近藤を宥めるように言った。

「いや、僕だって紺野先生には、できるだけ迷惑を掛けたくないですよ。でも、いろいろな意味で大変なこんな時期に、あくまでも移動教室を実施すると主張したなら、校長は少なくとも最後までここに留まるべきでしょ。ねえ松山先生、そう思いませんか？」

近藤が語気を強めて執拗に言ったあと、松山に振った。近藤の言っていることは正論で、落合の自分本位な性格を言い当てているのは確かだった。しかし同時に、松山をけしかけているようにも聞こえた。

「いや、それはまあ、校長先生は我々と違って、行政的な仕事がたくさんありますから、仕方がないんじゃないですか」

松山は、穏やかな笑顔で答えた。いかにも松山らしいと三隅は思った。実際、松山は議論の場では、落合や竹本に対して真っ向から彼らの意に反することを述べるが、陰で悪口を言うことはまったくないのだ。そこが、三隅が松山を評価する最大のポイントだった。あまりにも公明正大な松山の返事に、近藤は白けたように沈黙した。

さらに時間が経過し、午前零時近くになった。各部屋で聞こえていた話し声も次第に収まり、ほとんど聞こえなくなった。生徒たちは遠泳で疲れ切っているから、眠くならないはずはないのだ。ただ、ときおり、どこかの部屋から、扉の開閉音が聞こえる。階段を挟んで男女のトイレが一つずつあるため、就寝前にトイレに行く生徒がいるのだろう。トイレの位置は、三隅たちの部屋から一番離れた、廊下の奥のほうにあった。

勝俣はやはり酒好きらしく、午前零時を過ぎても、すぐには腰を上げようとしない。酒量は湯飲みで、すでに三杯目に入っている。三隅はまだ二杯目だった。

「さあ、そろそろ行きますか」

勝俣が腕時計を見ながら、ようやく重い腰を上げた。松山もさっと立ち上がる。

その一瞬、外の廊下で耳をつんざくような女の悲鳴が聞こえた。それも一人ではなく、複数の悲鳴だ。三隅の体に、電流のようなショックが流れた。

座っていた三隅も近藤も、反射的に立ち上がった。声を掛け合う間もなく、廊下に飛び出した。叫び声の聞こえている、奥のトイレの方向に向かって走った。すでにかなりの部屋の扉が開け放たれ、男子生徒が口々に何か言いながら、顔を出している。そのざわめきは、夜の水田で強風にたなびく稲穂が奏でる、不穏なリズムのように聞こえた。

男子トイレの前に来た。その反対側の女子トイレ前の廊下で、三人のジャージ姿の女子生徒が、金属質の悲鳴を上げ続けている。ひときわ大声で叫んでいたのは、大町朋実だった。他の二人は、同じ三隅のクラスにいる、朋実といつも一緒に行動している女子生徒たちだ。

「どうしたんだ?」

三隅は大声で叫びながら三人に近づいた。

「琴音がいたんです!　トイレから出てきて、そこの角を曲がって消えたんです!」

朋実は泣きわめくように言った。三隅は、さすがにぞっとした。「そこの角」というのは、実質的には行き止まりで、女子トイレの角を左へ回り込むと、木戸があり、「従業員通用口」という表示のサインプレートがあるのだ。

三隅は素早くそこまで歩き、その木戸をそっと開けてみた。階段があり、一階の大広間に繋がっているようだった。

「しっかりしろ！　そんな馬鹿なことがあるわけないだろ！」

三隅の背中から、中年男性の声が響き渡った。声のほうに振り向くと、勝俣が怒りの形相で、朋実たちを叱りつけていた。その後方で、やはり赤いジャージを着た紺野が蒼白な顔で立ち尽くしている。おそらく、叫び声を聞いて、駆けつけてきたのだろう。

「本当です。その人、制服を着てたんです」

「それに足も引きずっていました」

他の二人の女子生徒が口々に叫んだ。地震の前触れのような地鳴りに似たどよめきが起こり、他の女子生徒たちの金切り声の悲鳴があちらこちらで乱れ飛んだ。女子生徒の部屋もほとんどが開け放たれ、多くの生徒が廊下に飛び出していたのだ。もはや、収拾が付かない状況に見えた。

「はい、みんな静かに。これは何かの見間違いです。みんな部屋に入って、就寝してください。もう外に出ないように」

勝俣が大声で指示を出していた。さすがにここでは学年主任らしい威厳を見せていた。

近藤と松山も、大声を上げながら廊下を歩き、生徒たちに部屋に戻るようにうながしていた。紺野は緊張した表情のまま、三隅の横に立ち尽くしている。大きなざわめきが次第に、浜辺から遠ざかる波の音のように小さくなって行く。

生徒たちが部屋に戻っていく中、三隅はほんの少しだけ紺野と言葉を交わした。紺野の不安げな視線が、三隅のほうに注がれているのに気づいたのだ。三隅は目で階段の柱の陰に紺野を誘導した。

「先生、琴音ちゃん、本当に生きているのでしょうか？」

紺野が震えるような小声で訊いた。馬鹿なと、三隅は思った。

「そんなことはあり得ないでしょう。誰かが、彼女のふりをしたのかも知れない」

「だとしたら、その人は、本当の犯人を知っていて、その犯人を不安に陥れるために、こんなことをしたのでしょうか？」

紺野の言葉に、三隅はもう一度ぞっとしていた。三隅自身が紺野の疑惑の対象になっているような、強迫観念に駆られた。三隅はさらに話そうとして、言葉を呑み込んだ。松山が、三隅と紺野のほうに歩いてくるのが見えたからだ。三隅はさりげなく、紺野のそばを離れた。

三隅は、その頃になってかえって異様な緊張感に襲われていた。朋実たちが見たという人の姿が、錯覚だとは思えなかった。揃いも揃って、三人が見間違えるはずがないのだ。ただ、三隅はそれが本当に琴音だったと思っているわけではない。

やはり、誰かが琴音のふりをしたと考えるべきだろう。その意図が不明だった。今更、琴音を登場させることに、何の意味があるのか。ざらついた不安の胸騒ぎは、研ぎ澄まされた恐怖に変わった。

目に見えない人間の影が、背後から三隅を見つめている。首筋を、死神の冷たい手で摑まれている感触だ。眉も目も鼻も口も耳もない、のっぺらぼうの顔が、三隅の網膜に蜃気楼《しんきろう》のように浮かんだ。

お前はいったい誰なんだ。三隅は心の中でうめき続けた。

5

三隅は薄目を開けた。布団の中で、仰臥《ぎようが》したまま、左手に嵌めた腕時計を見る。午前四時五分過ぎだ。午前三時からの巡回は終了し、あとは午前六時の起床の際に巡回するだけだった。三隅は一番奥の窓際で眠り、左横に近藤、その横に勝俣、そして一番戸口に近い位置で松山が眠っているはずである。

近藤も勝俣も寝息を立てている。だが、薄闇の中で松山の布団が空になっているのに気づいた。トイレにでも行ったのかも知れない。三隅も軽い尿意を覚えていた。そっと体を起こし、近藤と勝俣を起こさないように気を配りながら、畳の上を忍び足で歩く。三和土《たたき》でスリッパを引っかけて廊下に出た。

さすがに廊下はしんと静まりかえり、どの部屋からも話し声らしいものは聞こえてこない。およそ四時間前の騒ぎが、嘘のようだった。

あのあと、朋実ら三人を男性教員の部屋に呼び、紺野も加わって、簡単に事情を訊いていた。その結果、三人がともかくも綾清学院の制服を着た女子生徒を見たのは間違いないことが判明した。

三人以外にも、他のクラスの女子生徒にも、ほぼ同じ時刻に制服を着た女子生徒の姿を、やはり遠目から見たと申し出る者が少数いた。ただ、行き帰りの生徒の服装は男女とも制服と決まっていたので、制服を着ていた女子生徒がこの宿舎内にいること自体は、それほど不思議ではない。

しかし、就寝直前でほとんどの生徒がジャージやパジャマ、あるいはショートパンツ姿だったことを考えると、あの時間帯の制服姿はやはり常軌を逸していた。「顔をはっきり見たのか」と勝俣に問われて、三人とも首を横に振った。

そもそも三人の部屋は、女子トイレまで三十メートルくらい離れた位置にあった。三人が琴音らしい人影を見たのは、部屋を出た直後で、廊下の通路灯は点っていたものの、廊下全体は薄暗く、はっきりと顔を視認することなど不可能だった。しかし、体の動きは分かり、その女子生徒が琴音のように足を引きずる独特な歩き方をしたため、朋実たちはパニックに陥ったのだ。

三人はともかくもトイレの前まで走ってきて、その女子生徒の姿が消えていることを確認したあと、初めて叫び出したのだという。おそらく、琴音の幽霊を見たと思い込んだのだろう。

三人からの聞き取りは二十分程度で終了した。夜更けに女子生徒から、そんなに長く話を聞くわけにはいかない。聞き取りというより、パニック状態の三人を落ち着かせるのが目的の面談だった。結局、客観的な判断としては、誰かの悪質ないたずらと考えるしかなかった。紺野が、未だに怖がっている三人を、部屋の前まで送っていった。

三隅は男子トイレから出てくると、正面に見える女子トイレの出入り口を見つめた。不意に問題の女子生徒が、どうやって姿を消したのか、検証してみたいという危険な誘惑に駆られた。彼女が足のない幽霊でない限り、どこかから逃げ出したはずなのだ。そして、誰が考えても、逃走経路は一ヵ所しかない。

三隅はできるだけ足音を立てないようにしながら、女子トイレの側面に回り込んだ。例の「従業員通用口」のサインプレートが見える。木戸をそっと押し開けた。悪意に満ちた深い闇の凶相が、三隅をじっと見つめているように思えた。心臓の鼓動が激しく打ち始める。

階段に向かって、一歩足を踏み出した。不気味な軋み音が響く。まるで窃盗犯のような足取りで、階段を降りた。

大広間に出た。そこからさらに、廊下に出て左手に歩くと、二階に繋がる階段が見えた。逃走経路はけっして複雑ではない。朋実たちの叫び声で、生徒たちが大騒ぎして、部屋の外に出ているのに乗じて、自分の部屋に戻ることはそれほど難しくはなかっただろう。ただし、制服のまま戻るのはあまりにも目立ち過ぎるから、どこかで着替える必要があったはずだ。

ぎょっとした。どこからか、人の話し声が聞こえたような気がしたのだ。周辺に素早く視線を投げる。階段の左横の奥に布団部屋のような、引き戸の部屋があった。中は暗いが、戸は完全に閉まりきっておらず、二センチほど開いている。耳を澄ました。今度は、話し声というより、喘《あえ》ぎ声に近いものが聞こえた。近藤の言葉を思い出した。

「──一昨年も夜中の三時過ぎに男子生徒と女子生徒が廊下の陰で抱き合っているところが見つかって、これまた一ヵ月の停学処分になったんです」

今日もそんなことが起こってもおかしくない、異常な夜なのだ。三隅は忍び足で、その部屋の前に近づき、かがみ込んだ。目を凝らした。闇しか見えない。しかし、何かが動く気配を感じた。微妙な息づかいが、伝わってくる。

目が闇になれてきた。いや、それだけではない。真夏の夜明けは早く、外の大気に若干の赤みが差してきたのだ。息を呑んだ。薄闇にくっきりと白い下着が浮かんでいる。若い女の腹部の臍《へそ》と切れ上がった白い股間の膨らみまでが見え、膝には薄ピンクのショートパンツが絡まっている。

「先生、もっと気持ちよくしてください」

喘ぐような声が聞こえた。聞き覚えがある声だった。今西紗矢の声だ。何ということだろう。

「もうそろそろ戻らなきゃ」

男の声が聞こえた。しかし、その言葉とは裏腹に、男の指先らしいものが、白い下着のなかに侵入していくのが見えた。三隅は反射的に目を閉じ、弾《はじ》かれるように戸口から離れた。細心の注意を払って、階段の下に戻り、忍び足で階段を上がった。

部屋に入ると、まず、松山の布団を確認した。やはり、松山はいない。勝俣と近藤は相変わらず、平和な寝息を立てている。腕時計を見た。午前四時四十分だった。あと二十分で、松山と勝俣の巡回が始まる時間だ。それまでに、松山は必ず戻ってくるだろう。

そのタイミングで顔を合わせたくはない。三隅は、今更のように、布団の中に潜り込んだ。だが、眠れるはずがないのは分かっていた。

三隅にとって、信じられないような夜が終わろうとしていた。

6

八月二十六日の午後一時過ぎ、三隅は新宿の名曲喫茶「らんぶる」で紺野と対座していた。まだ、夏休み期間中だが、あと一週間ほどで夏休みは明ける。三隅にしてみれば、二学期が始まる前にどうしても紺野に確認しておきたいことがあったのだ。思い切って、前回、西船橋の喫茶店で訊き出していた紺野の携帯番号に電話を掛け、面会を申し込んだ。電話では、遠回しにしか用件を言わなかった。紺野はその日の夕方、市川から世田谷《せたがや》区にある実家に行く用があるというので、待ち合わせ場所を都内にしたのだ。

その日、東京は夏としては比較的過ごしやすい一日で、最高気温でも二十八度くらいだった。紺野は長袖のワイシャツに紺のジーンズという、いつもながらの地味な服装だった。ただ、ワイシャツは自分で糊付《のりづ》けして、アイロンを掛けたかのように、ピンと張り、それが紺野の清楚な表情と相まって、いかにも凛《りん》とした雰囲気を醸し出している。首筋の細いゴールドのネックレスが僅かに覗き、天井のシャンデリアの鈍い光を反射していた。

名曲喫茶らしく、モーツァルトの交響曲第二十五番の第一楽章が流れている。音量はかなり抑えられていて、遠くに聞こえる小波のようだ。だが、モーツァルトにしては激しく響く短調の旋律は、三隅の内心の不穏の渦をかき立てていた。

「実は、この前の移動教室の最後の夜、僕は信じられないものを見てしまったんです。女性の先生には言いにくいことなのですが――」

ここで、三隅は言葉を切り、じっと紺野を見つめた。紺野の顔にも、緊張の色が滲んでいる。

「いえ、仰ってください。何をご覧になったのですか？」

「松山先生が、僕の担任クラスの女子生徒と、宿舎のある場所で、夜中に性的行為に及んでいるところを見てしまったんです」

「先生のクラスの女子生徒と仰いますと？」

「今西紗矢さんです」

「やっぱり、そうですか」

紺野は、落胆したようにがっくりと首を落とした。

「やっぱり、と仰いますと？」

「薄々は感じていましたから」

琴音の葬式の帰り道、駅前で見た松山と紗矢の姿が、またもや三隅の脳裏を過った。あのとき、紺野も二人の姿に気づいていたに違いない。

「そうだとしたら、本当に残念です。教師が、教えている生徒とそういう関係になることは、私の個人的な感覚では、とても理解できないことですので――」

紺野の声は、か細かった。しかし、潔癖な倫理観を持つ紺野にとっては、抑制されているとはいえ、精一杯の抗議の表現だったのだろう。

「しかし、紺野先生、僕としては松山先生と今西さんの個人的な関係自体に口を出すつもりはありません。ただ、二人の関係を知ったことによって、僕の頭の中で妄想にも似た、ある疑念が湧き起こってしまったのです。松山先生は、浜さんとも親しかったのではないかと思い始めたんです」

紺野はうつむいたまま、顔を上げなかった。良心の呵責《かしやく》に苛《さいな》まれているのが、ありありと分かる表情だ。三隅にしてみれば、忸怩《じくじ》たる思いがあった。紺野を責め立てるのは、まったく本意ではない。

「すみません。警察の方にも言っていないことを、三隅先生に申し上げるわけにはいかなかったんです」

突然、紺野が掠れた声で言った。

「と仰いますと、ひょっとして、浜さんは松山先生のことを先生に相談していたんですか?」

三隅は思わず体を前傾させて、畳みかけるように訊いた。

「仰る通りです。琴音ちゃんが、松山先生に夢中になっていたのは間違いありません」

紺野は崩れかかった心を立て直すように、幾分、平静さを取り戻した口調で話した。

「松山先生のほうはどうだったんでしょうか？」

「それは私には、分かりません。松山先生とは、そのことについて話したことは一度もありませんので」

それも当然だろうと、三隅は思った。紺野の性格からいって、それを松山に話し、問い詰めたとは思えなかった。松山に対しては、あくまでも、気づいていないふりをしていたに違いない。

「ということは、それは浜さんの一方的な思いだったのでしょうか？」

「いえ、実際に、何度も学院の外で会っているようでした。移動教室のことで相談していたことも事実でしょうが、実質的にはデート状態だったようです」

ここで紺野は言葉を止め、小さなため息を吐いた。

「これも訊きにくいことなのですが、そういう関係には、肉体関係が伴っていたと先生はお考えでしょうか？」

いくら訊きにくいことでも、三隅にとっては、訊かざるを得ない質問だった。その関係の深さの度合いは、松山の事件への関与を推測する上で、重要な指標になるのだ。

「分かりません。琴音ちゃんもそこまでは言いませんでしたから。私としては松山先生の教師としての良心を信じたいとは思いますが」

紺野の言葉には、多少とも怒気が含まれているように感じられた。

「問題は浜さんが例の『タケオの呪い』で誰と待ち合わせていたのか、ということなんです。もっとはっきり言えば、待ち合わせていた相手こそが、限りなく犯人に近い人物だと警察も考えているようなんです」

「ええ、ですから、私も警察から聴かれたとき、松山先生と琴音ちゃんのことを話すことができなかったんです。どう考えても、あの松山先生が犯人だなんてとても思えなかったんです」

「いや、僕だって、松山先生が犯人であるなどと思いたくありません。しかし、今までの話を総合して考えると、浜さんが待ち合わせていた相手が、松山先生であった可能性も完全には排除できないと思うんです」

そう言ったあと、三隅は自らを落ち着かせるように、目の前のコーヒーカップに手を伸ばし、一口飲んだ。紺野の前に置かれたアイスレモンティーは、手つかずのままだ。紺野が緊張感に満ちた表情のまま、話し出した。

「仰ることは分かります。正直に言って、あの日、琴音ちゃんが三時間目の私の授業に姿を見せなかったとき、私もすぐに松山先生のことを考えてしまったんです。琴音ちゃん自身が、近々、移動教室の参加問題で松山先生とも相談してみると言っていましたから。もっとも、そう言ったのは、職員会議での結論が出る前のことでしたけど」

「そこなんですが、紺野先生は、職員会議の結論を浜さんに伝えていませんよね」

「伝えていません。それはやっぱり担任の三隅先生から正式に伝えられるべきことだと思っていましたから」

「そうだとしたら、浜さんがあの日の昼休みに、松山先生と会って、職員会議の結論が彼の口から浜さんに伝えられた可能性も出てきますよね」

三隅の言葉に紺野は、ますます暗い表情になって小さくうなずいた。しばらく、居心地の悪い沈黙が続く。三隅がもう一度コーヒーを啜《すす》り、紺野もようやくグラスに手を伸ばした。

「松山先生に対する疑惑は、日頃の彼の言動に対する僕の信頼とはあまりにもかけ離れ過ぎているので、僕としても途方に暮れているんです」

三隅はようやく、再び口を開いた。店内は比較的空いていて、小声で話している二人の会話が、周りに聞こえているとも思えない。交響曲第二十五番は、第四楽章に進んでいる。

「それは、私も同じです。でも、男女の関係は、そういうこととは別のような気がするんです」

「それはそうかも知れませんね。僕も彼の男女関係については、多少の噂も耳にしていますから」

「ええ、そういう噂は私も聞いています。もちろん、噂ですから、全部本当だとは思いません。でも、湯原先生の場合は、付き合いがあったのは本当なんです」

三隅は、紺野が突然、湯原の話を持ち出したことに驚いていた。紺野の性格からして、客観的な証拠がない限り、そんなことを断言するとは思えなかったのだ。

「どうしてご存じなんですか？」

「彼女自身が私に、松山先生と付き合っていることを認めていましたから」

「そうですか。じゃあ、紺野先生は湯原先生とはけっこう親しかったんですか？」

歳は近いものの、まったく性格が違うように見える二人が、そんな話をしているのが意外だった。だが同時に、三隅と湯原がバス停まで一緒に歩いていたとき、バス停に佇《たたず》む紺野を見て、湯原が手を振り、紺野が満面の笑みを湛えて手を振り返した光景を思い出していた。

「いえ、それほど親しいわけじゃないんですけど、彼女は開《あ》けっぴろげな性格で、私に対してもよく話しかけてくれたんです。見かけは派手だけど、素直で裏表《うらおもて》のない、本当に性格のいい子だったんです。松山先生とのことも、私に特に隠すことなく、話していました」

紺野の語尾が少し鼻声に聞こえた。死んだ湯原のことを思い出して、胸にこみ上げるものがあったのだろう。湯原の葬式は七月中旬に行われ、三隅も紺野も、そして、松山も参列していた。

「ふられたのは湯原先生のほうだという噂を聞いたことがあるんですが、それは本当でしょうか？」

「ええ、彼女も私に向かってそう言ってました。笑いながら、たいしたことじゃないという雰囲気で言ってましたが、本音はやっぱり寂しかったんだと思います」

三隅は重いため息を吐いた。事件への関与は別にしても、松山という男が男女関係に関しては、まったく倫理観のない人間に思えてきたのだ。琴音との関係も本当だとしたら、琴音の死後いくらも経たないうちに、紗矢と付き合い始め、三隅が目撃した通りの関係になっているのだ。

「紺野先生、ここからはさらに嫌な話になりますが、ご相談したいことがあります」

三隅はそう言って、じっと紺野を見つめた。紺野も一層真剣な眼差《まなざ》しで、見つめ返した。それなりの決意ができているように、三隅には感じられた。

「僕はもう少し自分で事件を調べてみたいと考えています。それで、先生へのお願いなんですが、僕の調査で事実関係をどうしても確認したいことが出てきた場合、先生のお持ちになっている情報をぜひお聞かせ願いたいんです」

「もちろん、全面的に御協力します。私も松山先生の事件への関与はないと信じたいですが、それとは異なる客観的な証拠が出てきた場合は、警察に通報するしかないと、覚悟は決めています」

紺野は、いつもの弱々しさとは打って変わって、小声ながら、毅然として言い放った。この正義感だけが頼りだと三隅は思った。僅かな希望の光が見えたような気分になった。

「ありがとうございます。実は、この件について、ある人物に会って詳しく話を聞こうと考えているんです」

「ある人物って？」

紺野の質問に、三隅は一瞬、出かかった言葉を呑み込んだ。それを紺野に知らせるのは、あまりにも時期尚早だと思い直したのだ。

「すみません。これは僕の早とちりかも知れませんので、今の段階では申し上げられないんです」

紺野はやや曖昧にうなずいた。三隅が誰に会おうとしているのか、まったく見当が付かないという表情だった。

店内では、モーツァルトはいつの間にか終わり、チャイコフスキーのヴァイオリン協奏曲が流れていた。その有名な長調の主旋律が三隅の耳に多少とも心地よく、響き始めた。

第六章　終焉《しゅうえん》の夜

1

　二学期が始まって、一週間が経った夕暮れ時、三隅は体育館前で思いがけない光景を目撃した。ジャケット姿の佐伯が刑事らしい人物と一緒に、警察車両と思われる黒い車に乗り込もうとしていたのだ。佐伯の顔は蒼白だった。その前で、竹本が苦虫を嚙みつぶしたような表情で立ち尽くしている。

　車が走り去ったあと、三隅と竹本の目が合った。竹本が、無言で三隅のほうに近づいてくる。

「佐伯先生、どうかしたんですか？」

　三隅は思わず訊いた。

「また、不祥事ですよ。佐伯君に、男子更衣室の盗撮の嫌疑が掛かっているんです。

生徒の親から、匿名の告発があったんです。彼がカメラを仕掛けているところを子供が見たという――」

三隅はさすがに呆然《ぼうぜん》としていた。

「何かの間違いじゃないんですか？」

三隅は力なく言った。信じられないと思う一方、何となく嫌な予感が当たったという気がしていた。男性に関する、佐伯の謎めいた言葉が、三隅の頭の片隅に残っていたのだ。

「私もそう願いたいところですが、残念ながら、彼はさっき自白しましたよ。体育研究室の中で行われた警察の事情聴取に、私も立ち会ったんです。男子生徒のブリーフ姿を見たかったそうです。まったく、何を考えているのか。それを聞いたとき、めまいがしましたよ。同じ部屋にいた猪越先生まで、怒るというより、呆れた顔をしていましたよ」

「では、彼は逮捕されたのでしょうか？」

「いや、今連れていかれたのは任意同行です。逮捕なんて、冗談じゃない！　これ以上、不祥事が続いてどうするんです！　不本意ながら、今度の件は何とかもみ消すしかありません。理事長から、千葉県警のほうに話を通してもらうつもりです。理事長は県警にコネを持っておられますからね。そこから、所轄署に指示してもらうしかない。何もしなくても、書類送検程度で済む事件でしょうが、書類送検も困る。佐伯君に『冗談のつもりでした』と言わせて、厳重注意くらいで済ませてもらいますよ。まったく、体育研究室にも目に余るものがありますよ。猪越先生も佐伯君も――」

猪越と佐伯の問題はまったく種類の違うことなのに、それをごっちゃ混ぜにして話すところが、いかにも竹本らしい。しかし、三隅にしてみれば、純朴で性格も良さそうに見えた佐伯が起こした事件は、法的には小さな事件であっても、心理的にはけっして小さな事件ではなかった。

竹本と別れて、バス停まで歩く間、後方から息せき切って近づいてくる足音を聞いた。振り返ると、Tシャツとジーンズ姿の近藤が小走りに近づいてくる。

「聞きましたよ！　佐伯君、とんでもないことをしでかしてくれましたね」

表向きの言葉とは裏腹に、近藤の口調はいかにも嬉しそうに響いた。どうやら、竹本は三隅と別れたあと、近藤にも出くわし、同じことをしゃべったらしい。

「三隅先生、宿直で一度、彼と一緒に泊まったでしょ。大丈夫でした？」

「何がです？」

三隅は不機嫌な声で訊き返した。近藤と会話すること自体が、うっとうしくなり始めていた。

「彼の鋼のような筋肉で抱きしめられたら、ひとたまりもないでしょ」

三隅は苦笑した。返事をする気にもなれなかった。

「でも、三隅先生、これって別件捜査ってことは考えられませんかね。本線は実は湯原先生殺しだとか。彼が宮本武蔵《みやもとむさし》のように二刀流だとしたら、そんなこともあり得るでしょ」

「あり得ませんよ」

三隅は吐き捨てるように言った。もちろん、捜査本部も、こういう周縁的事件を起こした人物に関しては、本件との関連についてもかなり調べるだろう。しかし、三隅の直感では、どう考えても佐伯が琴音や湯原の事件に関係があるとは思えなかった。

2

学院内で、誰かが三隅を監視しているような気がしていた。松山の顔が浮かぶ。しかし、二学期が始まって初めて顔を合わせたとき、松山に格別な変化を感じたわけではない。むしろ、松山の態度は、夏の移動教室以前とほとんど変わりがなかったと言うほうが正確だろう。

紺野とは、三日に一度くらいの頻度で夜にスマホで連絡を取り合い、情報交換をしていた。ただ、取り立てて新しい情報もなく、二人の会話は、これまでにすでに話し合ったことがほとんどだ。しかし、その中で唯一気になったのは、紺野も誰かに監視されているように感じていると話していることだった。三隅には、自分と紺野を監視しているのは、同一人物としか思えなかった。

三隅の授業を受ける紗矢の態度には、特に変化はない。逆に、あのときのあられもない紗矢の乱れた下半身が目にちらつき、授業中、紗矢と偶然目が合うと、三隅のほうが視線を逸らす始末だった。琴音の幽霊騒動も未解決のままだが、犯人捜しなどしないほうがいいと三隅は思っていた。

三隅は、その日、すべての授業が終了したあと、しばらく、職員室で仕事をして、他の教師が帰るのを待った。そのあと、一階の校務員室を訪問し、高木と話すつもりだったのだ。

近藤が一緒に帰ろうと誘ってきたが、仕事が残っていることを口実に断った。ただ、その日、近藤から、佐伯が逮捕を免れたという話は聞いていた。竹本の指示通り、冗談のつもりだったと主張を変えたらしい。県警から指示があったのか、それとも本来その程度の事件と判断されたのか、千葉東署の生活安全課も、厳重注意だけに留《とど》めていた。

午後七時五分前、三隅はリュックを背負って、立ち上がった。三隅以外は、職員室には教師は一人もいなくなっていた。教員の退出時刻は午後十一時から午後七時に変更されたままだが、エスカレーターやエレベーターが止まり、自動扉の開閉ができなくなるのは、午前零時だから、教員が園外に出るのが、午後七時を過ぎても実質的には何の問題もない。ただ、連続して起こった殺人事件のせいで、やはり大多数の教員は、職員会議がない日は、授業が終了すると同時に、すぐに学院を出ているようだった。

エレベーターを使わず、エスカレーターに乗った。同じエスカレーターに四、五人の生徒が乗り合わせている。生徒の平日の最終下校時刻も、午後七時だから不思議ではないが、湯原の死が生徒より教員に恐怖を吹き込んだのは確かなようだ。

校務員室の前に立ち、スライド式の木戸をノックした。

「誰？」

高木の嗄れた声が聞こえた。

「三隅です。ちょっとよろしいですか？」

木戸が開き、高木が顔を出す。義眼の鈍い光が、三隅の網膜に黒い炎のように映った。

高木は無言で、三隅を招き入れた。思ったより、広い部屋だ。四人掛けの木製テーブルが置かれている。壁際には三台の、防犯カメラ用のモニターテレビがあり、それぞれにスチール製の椅子が備え付けられていた。

そのフローリングの部屋は八畳程度だったが、ホテルのスイートルームのように、奥にもう少し狭い部屋が併設されており、壁際には木製ベッドが見えていた。本来、真ん中のスライド式扉で二つの部屋は仕切られているはずだが、扉が開《ひら》いた状態になっていたので、奥の部屋の様子までが分かったのだ。

校務員室と言っても、手前の部屋は、警備員などと共用する、実質上の警備員室で、高木個人の居住空間と言えるものは、やはり奥の狭い部屋なのだろう。ただ、公用と私用の区別をそう明確にできるわけでもなく、モニターテレビの横には小さな食器棚があり、その中には食器類だけでなく、洋酒の瓶まで入っている。

「ちょっと古いことをお尋ねしたいのですが」

三隅はテーブルを挟んで、モニターテレビ側の席に着く高木の前に座って、丁寧な口調で切り出した。

「理事長からお聞きしたのですが、『曙学園事件』が起こったとき、高木さんは曙学園に勤められていたそうですね」

高木が三隅の質問に驚いているかどうかは、判断が難しかった。だが、三隅がそう言って話を切り出したとき、高木は何故か奇妙な笑みを浮かべたように見えた。

「はい、もともと、あそこの校務員でしたから」

「では、袴田清美さんという逮捕された保育士をご存じだったのでしょうか？」

「知っていましたよ。まだ新米の保育士で、学生アルバイトみたいな雰囲気だったね」

「事件当時、報道されている通り、その保育士はやはり深刻な鬱状態だったんでしょうか？」

「そんなことはないですよ。ごく普通の先生でした。ただ、タケオという園児の死体が発見されたとき、私の責任だと言って、大げさに泣き叫んだのがいけなかったのかね。それで、彼女が怪しいって、妙な噂が立つようになったんです。それがきっと警察の耳にも入ったんだね」

「じゃあ、高木さんの個人的な意見では、彼女はやっぱり冤罪だったとお考えですか？」

三隅のやや唐突な質問に、高木は一瞬、黙り込んだ。それから、ごく自然な口調で、言葉を繋いだ。

「分からんね。でも、あの子が逮捕されたときも、園内では依然として二つくらいの、警察とは違う説が出ていたんです。一つは、やっぱり事故説だったね。私もね、今度の事件と同じように、あの事件でも捜索に加わっていて、園児の死体が発見された現場も見たんだけど、普通には事故にしか見えなかったな。今と違って、『タケオの呪い』は本当に危ない切り立った崖になっていたからね」

「二つの説のもう一つは？」

三隅の質問に、高木は若干顔を上げ、遠くを見る目つきになった。

「園児犯人説ですよ。実は、その園児はひどいいじめっ子だったんだ。こんなこと言っちゃなんだけど、こましゃくれた嫌なガキでしたよ。この私のことだって、気持ち悪いから近づくなって、私を見るたびに言ってたんです。私の左目が義眼であることを言っていたんだと思います。とにかく、人の弱みを見つけることがとてもうまい子だったな。年長クラスの他の園児にもいろいろと悪口を言ってたから、本当に嫌われていて、他の園児の誰かが突き落としても少しもおかしくはなかった」

三隅は高木が意外に饒舌なのに驚いていた。いつもの無口な高木とは、かなり印象が違う。無口な人間が急に饒舌になるとき、その証言には警戒が必要だろう。虚偽を覆い隠すために、人間が無意識のうちに多弁になることは、よくあることなのだ。

それにしても、高木の発言には、自分を馬鹿にしていたタケオに対する、怨念のようなものが籠もっていた。タケオを殺したのは高木自身ではないのかという気味の悪い疑惑さえ、湧き起こってきそうだった。

「清美先生が、タケオ君という被害園児を外に連れ出したと証言した園児が誰かご存じですか？」

この質問に対して、高木は、再び微妙な間を取ったように思えた。それから、若干、強い口調で答えた。

「いや、私は知らんです。すごい頭のいい園児がいて、その子がそういう証言をしているという噂話は聞いたことがあったけどね」

そう言うと、高木はジャージの胸ポケットから、タバコの箱を取り出し、一本を口にくわえた。ズボンから、ライターを取り出し、火を付ける。全館禁煙のはずだが、そんなことは気にしている風でもない。後ろを振り返り、モニターテレビの台の上にあったジュースの空き缶を取ってテーブルの上に置き、灰皿代わりに使い始めた。

「ところで、松山先生は『曙学園事件』に詳しいようですが、『曙学園事件』の関係者に、お知り合いでもいるんでしょうかね」

降りかかるタバコの白い煙を避けるように後方に体を反らせながら、三隅はできるだけさりげなく切り出した。だが、その質問こそが、その日、三隅が高木を訪問した本当の目的と関連しているのだ。

「曙学園事件」について、三隅に最初に教えてくれたのは、松山だった。親切なことに、わざわざ週刊誌のコピーまで渡してくれたのだ。

だが、今、思い返してみると、いかにも親切に過ぎる。結果的に見ると、あのすぐあとに、過去の事件現場とほぼ同じ場所で、琴音の殺害事件が発生しているのだ。考えようによっては、松山自身が事件の発生を予見していて、あらかじめ予備的な情報を三隅に提供したとも受け取れる。

「さあ、それは知りません。あの先生は好奇心が強いから、いろいろと調べているんじゃないのかね。だいいち、年齢が合わんずら」

長く話しているうちに、高木の言葉遣いは、本来の地金が出始めていた。三隅は、高木がこんな方言を交えて話すのを、初めて聞いたように思った。そもそも高木とこれほど長く話すことは、これまでに一度もなかったのだ。

高木の言っている意味は分かる。松山は、現在、三十二歳らしいから、「曙学園事件」が起きたとき、すでに十二歳で小学校六年生のはずだった。あるいは高木は、その重要証言をした園児は松山だったと三隅が想像していると思ったのかも知れない。

「でも、先生、何でそんな昔のことを知りたいんだね。まさか、今度の事件とそんな昔の事件が関係していると思っているわけでもないでしょ」

その言葉には、普段の木訥《ぼくとつ》な高木に似ず、どこか挑発的な調子さえあった。

「いや、そういうわけじゃありません。ただ、事件現場が同じだから、過去の事件を詳しく知ると、今度の事件を解決するヒントが得られるようにも思ったものですからね」

三隅は言い訳がましく言った。いかにも苦しい弁明だった。

「でも、先生、警察でもないのに、そんなことしたら危ないだべ」

その土着的な語尾が、妙に威圧的に聞こえ、実に嫌な感覚を喚起した。三隅の行動に対する批判、あるいは警告のように聞こえたのだ。

その一瞬、奥の窓際に置かれた固定電話が鳴り始めた。高木は、ジュースの空き缶の上に、まだ十分に長いタバコを置くと、無言で立ち上がり、そこまで歩いて受話器を取った。

「はい、校務員室です」

高木は、しばらくの間、相手の言うことを聞いていた。しかし、次に高木が口にした言葉に、三隅は啞然とした。

「大丈夫です。余計なことは言いませんから」

特に抑えた声でもない。三隅に聞こえるのは承知の上で、いや、むしろわざと三隅に聞こえるように言ったのは明らかだった。その言葉は三隅を挑発すると同時に、電話の相手に対する脅しにもなっているように思えたのだ。

高木の大胆さに背筋が凍った。ふと高木が恐ろしい悪人のような気がした。松山の顔を思い浮かべる。今、高木が電話で話している相手は、おそらく松山だろう。そして、高木が松山の何かの弱みを握っているのは間違いないように思われた。単に紗矢との関係などの男女関係なのか、それとも、もっと深刻な情報を握っているのかは分からない。

高木が電話を切って、三隅のほうに振り返った。再び、ぞっとした。その義眼が爛々《らんらん》と輝いていて、本物の生きた目であるような錯覚が生じたのだ。

3

三〇一教室は、緊張した雰囲気に満ちていた。落合と竹本が教壇側に立ち、生徒では紗矢、朋実、篠田がそれぞれ自分の席に座り、双方の間に三隅と松山が立っている。再び、猪越が暴力事件を起こし、紗矢がクラス全員の署名を集め、抗議文書を校長の落合に提出していた。

被害を受けたのは篠田である。体育の授業中、口の利き方が悪いという理由で、顔を殴られ、鼻血を出していたのだ。篠田はそのことを両親に話し、父親が抗議の電話を掛けてきた。父親は財務省の高級官僚で、対応した竹本に対しては、丁寧な理性的な口調だったが、それだけに対応を間違えれば、きわめて危険な相手という印象を免れなかったという。

竹本は予想通り、職員会議の席では、直接被害を受けていない生徒が今回の話し合いに参加することには否定的だった。要するに、当事者の有里と篠田と猪越、それに担任の三隅、あとは校長と副校長を交えて、話し合うべきだというのが、竹本の意見だった。

しかし、猪越が欠席していたせいか、松山だけでなく、かなりの数の他の教師も積極的に発言し、被害生徒だけでなく、猪越の暴力を目撃している他の生徒もその話し合いに参加して構わないという意見も、少なからずあった。結局、落合が仲裁する形で、生徒は三名に限って参加を許し、教員は落合と竹本以外に、当事者の猪越、担任の三隅、そしてオブザーバーとして松山も参加することを認めたのである。

松山の参加に関しては、竹本は当然不満顔だった。しかし、三隅はこの時点で、落合が微妙に立ち位置を変えているのを感じ取っていた。理事長の羽鳥と相談して、近いうちに猪越を切り捨てる方向に舵《かじ》を切ったような気がしていたのだ。

その場合、生徒や教員側の追及を厳しくしたほうがやりやすい面があり、それで松山を参加させる意味があったのだろう。ただ、猪越はこの話し合いへの出席を拒否し、実際その日も教室に姿を現していなかった。しかし、今まで通り授業を担当すると言い張っているという。

それに、やや意外だったのは、紗矢から話し合いへの参加を打診された有里が断ったことだった。抗議文に署名はするが、もう積極的には関わりたくないというのが、有里の本音らしい。そこで、代わりに、朋実が参加することになったのだ。

まず、篠田が猪越から受けた暴力行為を暗い声で一通り説明した。そのあと、紗矢が付け加えるように話した。

「猪越先生が謝罪するという程度では、みんな納得しないと思います。私たちは、猪越先生の授業は受けたくないんです」

しかし、猪越は今度の暴力事件でも前回の有里に対する場合と同様に、一言も謝罪していない。従って、紗矢の主張通りに猪越を授業担当から外すのは、一層ハードルの高い要求に思われた。当然、竹本がすぐに反論した。

「そんなことは君らの決められることじゃない。担当者の決定権は、あくまでも学院側にあるんだ。君らは、ただ、勉強に集中して——」

「そういう考え方が、そもそもおかしいと思います」

松山が、竹本の言葉を遮って話し始めた。松山らしくないと三隅は思った。

「猪越先生がこれだけの暴力事件を起こしている以上、その被害者には当然、自分の意見を主張する権利があります。被害者というのは、もちろん、このクラスでは直接的には篠田君と中村さんですが、そういう暴力の脅威に晒されているという意味では、この学院の生徒全員が被害者なんです。一方、猪越先生は、ここに来て、弁明なり、自己主張なり、なさるべきなのに、お見えになっていない。本当にこの話し合いを決めた職員会議の決定が、ご本人に伝わっているのでしょうか？」

「もちろん、伝えましたよ。だが、ご本人が出ないと言うのだから、しようがない。

出たくないというのも、本人の権利でしょ」

竹本がまるでけんか腰のように応じた。やはり、発言を遮られて、頭にきているようだった。だがすぐに、松山を応援するように、紗矢が再び口を開いた。

「私は松山先生のご意見に賛成です。猪越先生がこの場に出てこないのは、やっぱりおかしい。それは自己主張の場を自ら放棄したことを意味していますので、ここでどんなことが決定されても、それを受け入れるべきだと思います。猪越先生の暴力性に苦しんでいるのは、何も私たちのクラスだけではないのですから、本当はあの先生にはどのクラスの授業からも外れてもらうべきなんです」

過激な意見だった。紗矢が、いろいろな意味で松山の影響を受けているのは明らかだろう。物の考え方もそうだが、言葉遣い自体も若干硬質になっていた。

松山と紗矢の言葉は、その正しさにも拘わらず、三隅の心にはまったく響かなかった。それは、やはり、松山に対する、あの疑惑が一層深まり始めたこととも無関係ではないのだろう。

三隅は琴音が殺された日の、松山の担当クラスの時間割りを調べていた。高一クラスが午後一時から始まる三時間目に入っていた。死亡推定時刻は、十二時四十五分から十三時十五分の間というのだから、理論上、三時間目の授業が始まる午後一時までの十五分間に犯行は可能だったという意味では、松山の犯行も不可能ではない。

「確かに、竹本先生が仰る通り、生徒が自分のクラスを教える担当教員を決めることなどあり得ません」

落合がようやく口を開いた。いつも通り傲慢な口調だが、三隅にはその切り出し方が、妙に落ち着いているようにも感じられた。

「しかし、教員に対する懲戒権は、教員にもなく、それを持っているのは法人側、つまり理事会なんです。単に教員のクラス担当を決めるだけなら教学側の仕事でしょうが、今、担当している教員を問題行動があったという理由で外して、他の教員を充てるとなると、これは単に授業担当の交替の問題ではなく、懲戒権の行使を伴いますので、むしろ、理事会の仕事だと思います。ただ、理事会もたびたび体罰問題を起こしている教員をそのまま放置するとは思えませんので、どうか皆さん、理事会の結論をお待ちいただけないでしょうか」

落合の発言に理事長の羽鳥の意思が反映されているのは、自明だった。三隅は、自分の予感が当たっていることを確信した。やはり、羽鳥は猪越をこのまま切るつもりなのだ。

紗矢を始め、篠田も朋実も、生徒たちはきょとんとした表情で落合の言うことを聞いていた。法人側とか教学側といった表現は一般の大人にも分かりにくい表現なので、いくら頭のいい生徒たちと言っても、落合の話を十分には理解できないのだろう。

「そうすると、理事会の決定次第では、三年一組の体育授業の担当者は交替する可能性があるのですね」

初めて、三隅が口を開いた。

「その通りです。それどころか、猪越先生は、すべての授業担当から外れる可能性すらあります」

落合が即答した。松山や紗矢の要求に対する、満額回答に近い。一番、驚いた表情をしていたのは、三隅でも、松山でも、生徒三人でもなく、竹本だった。やはり、竹本はトラブルの処理をさせられているだけで、重要な意思決定の場には参加させられていないのだろう。

「これでいいのかしら？　三隅先生、何か仰りたいことは？」

落合が三隅のほうを見ながら訊いた。その顔には余裕の笑みさえ浮かんでいる。

「いえ、私は特にありません。篠田君、どうですか。この際、もう少し言っておきたいことはありませんか？」

三隅は篠田のほうに視線を投げながら、訊いた。

「いえ、ありません」

篠田は低いくぐもった表情で答えた。口調は若干硬いが、自分の希望通りの結論になりそうなのを悟ったような表情でもあった。

「大町さんはどうですか?」

「特にありません」

朋実はにっこりと笑って返事をした。それはそうだろう。朋実は猪越の暴力の被害を受けたわけでもなく、有里の代理で来ているようなものだったから、終始居心地の悪そうな表情で、いっさい発言していなかった。

紗矢にはあえて訊かなかった。すでに十分な発言の機会を与えられていたということもあった。だが、紗矢にもう一度振って、話が混乱するのを避けたところもある。

三隅は後方の琴音の机に置かれた遺影を見つめた。その表情は悲しげに微笑み、何かを三隅に語りかけているように見える。三隅は心の中で、琴音に語りかけた。

今ここに、君を殺した犯人がいるかどうかだけでも教えてくれないか。

だが、遺影の琴音は、謎めいた微笑みを浮かべて、沈黙するばかりだ。

三隅はふと真横に立つ松山の顔を見つめた。その表情は穏やかで、いかにも満足げだった。

4

九月二十四日、夕方に驟雨《しゅうう》が降った。午後五時過ぎ、三隅が帰宅するため高校棟の外に出たとき、ちょうど雨脚が強まり、裏の山林の上空には黒い雲がたれ込み、辺りはすでに夜のように暗くなっていた。山林では、早くも梟が鳴き始めており、嫌な胸騒ぎを覚えた。三隅はリュックから折りたたみ式の傘を取り出し、それを開きながら、正門のほうに歩き出そうとしていた。

そのとき、三隅は遠い谺のような微かな振動を感じた。立ち止まって、耳を澄ませた。何も聞こえない。気のせいだったのか。再び歩き出した。すぐに足を止める。今度はもっと大きな山鳴りのようなざわめきが伝わってきた。複数の人間が泣き叫んでいる声にも聞こえる。

そのざわめきは、山林の金網フェンスの途切れた部分、つまり「ラバーズ・レイン」の出入り口のほうから聞こえてくるように思われた。振り向くと、何人かの生徒たちが口々に何かを叫びながら、三隅のほうに向かってくる。

「先生、松山先生が大変です」

すれ違いざま、三隅が知っている高校二年生の男子生徒が叫んだ。その後ろからは、傘を手に持った女子生徒二名が泣きながら駆けてくる。そのうちの一人は、途中で靴が脱げたのか、裸足《はだし》だった。

三隅は本能的に、傘を差したまま、生徒たちの駆けてくる方向へと逆走した。さらに、何人かの生徒たちとすれ違う。三隅に向かって、何か叫ぶ者もいたが、何を言っているのかまったく聞き取れない。三隅の後ろから、激しい足音が聞こえた。立ち止まって振り返ると、二名の警備員がものすごい勢いで三隅を追い抜いていく。

「ラバーズ・レイン」の出入り口にまで来た。先ほど三隅を追い抜いた警備員二名が立ち止まって、若いほうの警備員がスマホでしゃべっている。いや、しゃべっているというよりは、絶叫に近かった。一一〇番通報しているようだ。

「そうです。綾清学院です。教員が刺されていて、その奥で何人かの生徒が身動きできない状態です。刺している教員は、錯乱状態で非常に危険です」

三隅は警備員の肩越しに、前方を見つめ、目を疑った。心臓が締め付けられた。暗い山道を十メートルくらい入り込んだところで、地面に跪《ひざまず》いた男が両手を前に突き出して、必死で目の前に立つジャージ姿の男の攻撃を防ごうとしている。立って無言で攻撃している黒ずんだ顔の男が、猪越であるのはすぐに分かった。

猪越は右手に刃渡り二十センチ近くありそうな出刃包丁を構え、一見、無造作に見える動きで、ときおりそれで突きかかっているのだ。その動きは、警備員の使った錯乱という言葉とは符合せず、むしろ、異様な冷静さと残虐な行動の齟齬《そご》が不気味だった。

猪越のジャージには、すぐにそれと分かる赤い血しぶきが、かなり広範囲に付着していた。攻撃を受けている男のTシャツは雨にも拘わらず、ほとんど元の色が分からないほど、真っ赤な鮮血に染まっている。

顔もどこかを刺されたらしく、血の滴と雨の滴が入り乱れるようになって、顔の全面を覆っていた。その男が松山であるのはかろうじて分かった。恐怖と負傷のせいか、顔の形相が変わっていて、さきほど生徒がすれ違いざまに発した「松山先生が大変です」という言葉のヒントがなければ、松山を視認することさえ不可能だったかも知れない。

猪越が出刃包丁を突き下ろすたびに、松山は後方に尻餅をつくような格好で倒れ、再び必死で体勢を立て直し、立て膝に戻る。だが、出血で全身が弱っているようで、完全に立ち上がることはできない。手を前に突き出して防ごうとするから、出刃包丁の切っ先が触れるたびに、掌《てのひら》や指先も真っ赤な鮮血に染まっていく。あまりにも凄惨な光景だ。

松山は、ときおり、ヒーとしか聞こえない、ほとんど動物的な声を上げている。胸を刺されて呼吸が苦しいのか、泣いているのか。おそらく、その両方だろう。三隅は、衝撃のあまりほとんど気が遠くなるような意識の混濁《こんだく》を感じ始めていた。

猪越はまるで本気で刺す気がないかのように、相変わらず無言のまま、適当に出刃包丁を突き出す動作を繰り返すばかりだ。まるで巨大な猫が傷を負って蹲《うずくま》るネズミをいたぶっているように見える。その無造作で臨場感に欠ける動作が、かえって妙なリアリティを喚起するから不思議だった。

左手の林の中に、身を潜めている五、六名の制服姿の生徒たちの姿が、三隅の視界を過った。中にはカップルらしい男女もいる。授業終了後、中に入り込んでいて、この事件に遭遇し、出るに出られないのだろう。

雨脚が一層強まっていた。そのとき、後ろから大きな複数の足音が聞こえた。振り返ると、竹本と勝俣の顔が目に入った。その他に、近藤と高木、それに三名の若い男性教員が駆けつけている。その三名の若い男性教員の一人に、佐伯の顔があった。佐伯はいずれ何らかの処分を受けるだろうが、その処分内容は決まっておらず、その間、出勤を許されているようだった。

三隅は、傘も差さず思い詰めたような表情で猪越と松山のほうを凝視する、佐伯の横顔を見つめた。今、目の前で起こっている事件に比べれば、確かに佐伯の事件は、いかにも取るに足らないものに思われた。しかし、三隅は何故か、異様な緊張感の中で、佐伯の全身から毒性のプラズマのように不吉な予兆が立ち上がってくるのを感じていた。

「猪越先生、やめてください。落ち着いてください」

竹本が責任の重みに耐えかねたように、痰《たん》の絡んだ声で警備員の肩越しに呼びかけた。猪越はまるでその声が聞こえていないかのように、無反応だった。むしろ、反応したのは、松山のほうだ。突然、よろよろと立ち上がり、覚束ない足取りで逃げ出そうとした。

猪越がすぐに右手で出刃包丁を持ったまま、左手で足にしがみつき、引き倒した。信じられないような俊敏《しゅんびん》な動作だった。うつぶせに倒れた松山の体を左手で引《ひ》っ剝《ぺ》がすように仰向けにして、馬乗りになる。それから、右手で松山の胸部に出刃包丁を突き刺した。同時にヒーという泣き声が響き渡った。

三隅は思わず、「やめろ！」と叫びながら、足を一歩前に踏み出した。警備員の一人が左手を出して、三隅の動きを制止した。さすがに、後方からも何人かの教師が口々に何かを叫んでいた。猪越はそのあと、二度ほど出刃包丁を同じ位置に突き立てたようだが、もはや悲鳴は上がらなかった。

松山の体は微妙に痙攣し、まだ微かに動いているようだった。左手の林から、女性の泣き声が聞こえていた。ショックのあまり女子生徒が泣き出したのだろう。同時に、ようやく遠くでパトカーのサイレンが聞こえ始めた。

「このまま見てるんですか？」

三隅の後方で誰かが怒気の籠もった声で言った。誰の発言かは分からない。ただ、その声に触発《しょくはつ》されたように、一人の男が一歩前に進み出た。驚愕《きょうがく》した。佐伯だったのだ。

「僕が説得します」

佐伯は震える声で言った。白い壁のような佐伯の表情が、三隅の網膜に一瞬映じた。しかし、佐伯はまるで誰かが止める時間を与えまいとするかのように、すぐに前方に歩き出した。

「大丈夫ですか？　無理をしないほうがいいんじゃないですか？」

近藤が背中から声を掛けた。だが、その声は小さ過ぎて、佐伯の耳に届いたようには思えなかった。他の誰もが言葉を発せず、身動きさえしていないように見える。

三隅は咄嗟《とっさ》に折りたたみの傘を閉じると、それを右手に持ったまま、佐伯の背中を追うように、数歩前進した。横殴りの雨が、三隅の顔に降りかかる。全身が一気に緊張した。

次の瞬間、信じられない光景を目撃した。佐伯と猪越の距離があっという間に縮まり、佐伯が何か言い、すでに立ち上がっていた猪越がそれに答えたようだ。だが、その会話の音声は折から吹き上がった風に流され、山の奥に消えた。

佐伯がパントマイムのようなぎこちない動作で、猪越の出刃包丁を持つ手を押さえた。だが、猪越はすぐにその手を振り払い、逆に二度ほど佐伯の腹部を出刃包丁で突き刺した。佐伯は、そのまま崩れ落ちるように跪き、やがてうつぶせに倒れた。僅か数秒の出来事だった。

これは悪夢だ、と三隅は叫びたくなった。三隅が猪越に対して感じていた得体の知れない不気味さが、原形質となって顕現していた。一人は仰向けに、もう一人はうつぶせに倒れ、その二つの人間の体は、もはやまったく動かなくなり、雨に打たれるばかりだ。

そのあと、すべては、三隅にとってまるで無声映画の中の出来事のように進行した。やがて、駆けつけた二名の警察官のうちの一人が、空に向かって拳銃を一発発射した。猪越はすぐに、近づいてくる警察官のほうに出刃包丁を投げ出し、あっさりと投降した。そのとき、髑髏のような無表情の顔が、微かに三隅に向かって笑いかけたように見えた。

三隅自身が襲撃のターゲットになっても、少しもおかしくなかったのは自覚していた。ただ、直感的に、この惨劇を見せる観客として、猪越が三隅を選んだ気がしていた。そのとき、猪越の顔に浮かんだ笑みは、そんな底意を伝えているように三隅の目には映ったのだ。

松山と佐伯はすぐに救急車で搬送されたが、二人ともすでに心肺停止状態だった。居合わせた教職員全員で、山林の中に入り込んでいた生徒たちを救出した。「タケオの呪い」の斜面で、うつぶせになって身動きできないでいた紗矢も、発見された。

紗矢は左の太股の付け根近辺を刺されていて、かなり出血していたが、命に別状はないらしい。救急車で搬送される前に、紗矢が断片的に警察官に語ったところによれば、「タケオの呪い」で松山と話しているところに、出刃包丁を持った猪越が現れ、いきなり襲いかかってきたのだという。紗矢は最初に刺されたあと、斜面の窪地《くぼち》に飛び降りるように身を隠した。猪越は逃げ惑う松山を、ラバーズ・レインの出入り口の方向に追いかけていったという。

従って、紗矢は三隅たちが目撃した、陰惨極まる光景を見ることはなかったようだ。惨劇が始まる前、「タケオの呪い」には、他に十人くらいの生徒がいて、松山は紗矢とだけではなく、他の生徒とも気さくに話していたという。

生徒たちは、猪越が松山と紗矢を襲うのを見てパニック状態に陥り、蜘蛛の子を散らすように逃げ出していた。ただ一部、左手の奥の林に入っていた生徒たちが逃げ遅れて、そのまま隠れていたらしい。

翌日になっても、三隅はショック状態で、前日に起こった惨劇の意味を十分に理解することができなかった。ただ、松山の血みどろの顔が、三隅の網膜の底にへばり付き、細く尾を引く金属質の悲鳴が耳鳴りのように続いていた。朝七時のＮＨＫニュースでは、松山と佐伯の死亡が正式に報道されていた。

午前八時過ぎ、紺野からスマホに電話が入った。紺野はいつにも増して、不安げな声で話した。

「こんなに朝早くから、すみません。でも、私、昨日のことが心配で――」

前日は、紺野と話す機会がなかった。女性教員には、かなり早い段階で、帰宅の指示が出ていたらしい。男性教員は特別な事情がない限り、警察が完全に撤収するまで学院内に留まり、ようやく解散となったのは午後九時過ぎだった。

「とんでもないことが起こりましたね。僕も呆然とするばかりです」

「先生は、怪我をなさらなかったのでしょうか？」

「ええ、僕は大丈夫です。お気の毒なことに、松山先生と佐伯先生が亡くなられましたが、今西さんは重傷を負ったものの、命には別状がないようです」

全教職員へのメール連絡で、その日はとりあえず全面休校になることが通知されていた。ただ、事件の途方もない大きさを考えると、一日程度の休校措置ではとても済まないだろうと三隅は感じていた。

「猪越先生、何でこんなことをしたのでしょうか？　体罰を追及されたのがきっかけだったのは分かりますが、それだけでこんなことをするでしょうか？」

紺野のせっぱ詰まった声が、三隅の胸底に重く沈んだ。そこがまさにポイントだった。確かに、体罰の追及に対する恨みだけが動機だとすると、その反応はあまりにも過剰に過ぎる。ただ、三隅もさすがに疲れ果てていて、その場ではそんなことを考え

きないんです」

「分かりません。僕も、今、思い切り混乱していますので、冷静に判断することがで

紺野も三隅の疲労困憊ぶりは分かっていたのだろう。「お疲れのところを本当にすみません」と何度も繰り返し、その点についての三隅の意見を、それ以上しつこく求めようとはしなかった。それでも、電話をすぐには切らず、もう少し話し続けた。三隅たちが「ラバーズ・レイン」の山道で、猪越が松山を襲っているのを目撃している間に、高校棟のほうでどんなことが起きていたかを、三隅が質問したからだ。

紺野の説明では、落合はパニック状態に陥り、校長室を離れて他の女性教員と共に職員室に鍵を掛けて、立てこもったという。校長室にいると、猪越が松山を襲ったあと、恨みを抱く落合にも襲いかかってくることを恐れたらしい。事務長の溝江には、現場には行かず、職員室の扉の前に立ち、警察が来るまで見張るように指示したというから、落合のなりふり構わぬ狼狽《ろうばい》ぶりがいかにひどかったか、容易に想像が付いた。

紺野との電話を切ったあと、三隅はテレビを点け、朝刊の紙面を開いた。これまでと比べても、マスコミの狂騒ぶりは尋常ではなかった。テレビのワイドショーすべてが、この事件をトップで取り上げていた。定期購読している新聞以外に、自宅マンシ

ヨン近くのコンビニで他の何紙かを購入した。すべての新聞で、最大級の刺激的な言葉が大見出しで躍っている。

「綾清学院で惨劇　体育教師が同僚二名を刺殺　体罰を糾弾されて逆恨みか」「体罰教師、生徒と教員の目前で同僚教師を殺害　恐怖に震える綾清学院」「綾清学院で最悪の殺傷事件　二名が死亡、生徒一名が重傷　体罰教師がついに殺人を敢行」

新聞の見出し語に共通していたのは、「体罰教師」あるいは「体罰」というキーワードだった。要するに、体罰問題を糾弾されて授業から外された猪越が、批判の急先《きゅうせん》鋒《ぽう》だった松山と紗矢を狙った犯行というのが、基本的な報道内容だった。

もちろん、各新聞とも本文において、琴音や湯原の事件にも触れていて、捜査本部が、二つの事件にも猪越が関与している可能性も視野に入れて調べていることを伝えていた。これだけ大きな事件を起こした以上、猪越に琴音や湯原の殺害容疑が掛かるのは、ある意味では当然だろう。

しかし、三隅にはこれですべてが終わったとは思えなかった。猪越のあまりにもあっさりした投降の仕方が気になっていた。三隅には、まるで捕まることが目的のように見えたのだ。その意味で、これから始まる取り調べに対する、猪越の供述が注目された。

三隅の疑問に対する答えのページは未だに空白のままだった。琴音と湯原を殺したのは、いったい誰なのだ。

5

惨劇から一週間近くが経過していた。綾清学院は、十月二十四日まで、一ヵ月間の学院の全面閉鎖を発表していた。羽鳥は、今年で二度目の緊急の臨時保護者会を開き、謝罪した上で、この閉鎖措置に対する理解と協力を求めた。だが、会場では、保護者たちから、激しい野次と怒号が乱れ飛んだ。このまま行けば、来年度の入学者数にも決定的な影響が出かねないだろう。

その日の午後一時過ぎ、大久保が三隅の自宅マンションを訪ねてきて、一時間近くリビングで話した。事件後、テレビや新聞などが逐一猪越の取り調べ状況を報道していたが、推測的な報道も多く、具体的な事実は思ったほど明らかにされていない。捜査本部はおそらく、猪越の供述の肝心な部分を伏せているのだろうと三隅は想像していた。

「猪越の主張は明確なんです。松山先生と佐伯先生は自分が殺し、浜さんを殺したのは、松山先生だと話しています。湯原先生を殺した犯人は分からないが、自分ではないと言っています」

「それで、捜査本部の見立てはどうなんですか？　猪越先生の言うことにどの程度の信憑性があると判断しているのでしょうか？」

三隅の質問に、大久保はそれほど間を置くこともなく、かなり確信の籠もった声で答えた。

「猪越はほぼ正確なことを言っていると考えています。少なくとも、故意に嘘は吐いていない。あれだけの惨劇を引き起こした以上、死刑は覚悟しているようですので、彼には嘘を吐く理由があまりない。それに、松山に関する彼の供述は、我々の捜査内容と大きく矛盾するものではありません」

大久保が、本来被害者であるはずの松山を突然呼び捨てにしたことに、三隅は思わぬ衝撃を受けた。しかし、そのあと、大久保が語ったことから、捜査本部がかなり早い段階で、松山の身辺調査を進めていたことが判明した。

捜査員たちは、生徒や教職員に対する聞き込みで、学院内で松山と琴音が一緒にいるところを、たびたび目撃されていたことを確認していた。そういう情報を耳にしていた猪越も、二人が男女の関係にあったと断言し、体罰問題で松山が猪越を徹底的に追及したのは、琴音の殺害を隠蔽するための、ある種のカムフラージュだったと主張しているらしい。

松山の遺体のズボンのポケットからスマホが発見されていて、それを解析した結果、膨大な量のメール交換が琴音との間で行われていることも分かった。大久保によれば、そのやり取りは、二人が恋人関係にあったことをはっきりと示しているという。

「しかし、松山先生が犯人だとしたら、浜さんとのメールのやり取りを事件後も残しておくのは少し解《げ》せないんですが――」

三隅は、若干首を捻りながら言った。

「いや、消したとしても、最新の科学技術ではスマホ本体が残っている以上、復元できることが多いですから、頭のいい彼は消してしまうと、かえって怪しまれると判断した可能性もあります。それに今西さんとのメールのやり取りも残っていて、彼女とも恋愛関係にあったことは明らかです。今西さん自身、我々への供述で、それを認めています。まあ、たいへん女性にもてる男だったらしいですが、猪越などは稀代《きたい》の女たらしと言って、罵倒《ばとう》しています。特に、猪越のような考え方をする男にとって、生徒に手を出すことが許せなかったようです」

「もし松山先生が浜さんを殺しているとすれば、動機はやはり別れ話のもつれということでしょうか？」

「ええ、そう考えるのが一番妥当かも知れませんね。どうもメールのやり取りを調べると、この頃すでに今西さんとの関係も進んでいて、松山が浜さんと付き合うことに嫌気が差し始めていたとも考えられます」

三隅は深いため息を吐いた。この辺りも三隅の想像がほぼ当たっていたという印象だった。ただ、それにしても、動機が弱い。よほど偶発的な要素が加わらない限り、それだけのことで殺害に及ぶだろうかという三隅の疑問は、くすぶり続けた。

「湯原先生の殺害については、どうなんでしょう？」

三隅は気を取り直すように、湯原の殺害のほうに話を変えた。

「客観的な物証はないのですが、捜査本部の内部ではこれもやはり松山の犯行ではないかという意見が強いですね。松山と湯原先生の交際関係は、ほとんどの教職員に知れ渡っていたらしいでしょ。ただ、猪越は浜さんを殺したのは松山だと主張していますが、湯原先生に関しては誰が殺したのか分からないと言っているんです。つまり、猪越はある意味では公平な客観的な意見を述べていて、それも我々が彼の供述を信用できると判断している根拠なんです」

「でも、その日松山先生は私と一緒に午後七時三十五分のバスに乗っているんですよ。だとしたら、湯原先生の死亡推定時刻と合わなくありませんか？」

「そうなんです。そこがネックと言えばネックなんです。しかし、司法解剖の結果、死亡推定時刻は、午後七時四十分から八時五十分と判明していますので、誤差を考えると、下限の五分差くらいは許容できるという声も捜査本部内にはあるんですよ」

だとすると、同じバスに乗っていた三隅自身も犯行可能だったということになる。

しかし、あえて反論はせずに、総括するように言った。

「そうすると、捜査本部の基本的な見立ては、松山先生と佐伯先生を殺害したのは猪越先生で、浜さんと湯原先生を殺害したのは、松山先生ということになるのですね」

「その通りです。ただ、猪越がしている唯一の言い訳は、佐伯先生に関しては、殺すつもりはなかったが、本人がそう望んだんで、その希望に従っただけだと言っていることです」

「本人がそう望んだ？」

三隅は思わず訊き返した。ただ、大久保の説明によれば、この猪越の供述は現場にいた他の人間の証言で、ある程度裏づけられていた。意外なことに、猪越と佐伯の間の、あの僅か数秒の会話を断片的に聞き取っていた目撃者も何人かいたらしいのだ。

その証言を総合的に判断すると、佐伯が「先生、お願いですからもうやめてください」と言い、猪越が拒否すると、「じゃあ、僕を殺して憂さを晴らしてください。先生には、ご迷惑をお掛けして本当に申し訳ないと思っているんです」と言いながら、猪越の包丁を持つ手に両手でしがみついたのだという。

「ご迷惑というのは、例の盗撮事件で体育研究室の名誉を傷つけたことであり、佐伯先生は死にたがっているのだと猪越は解釈し、それならば希望を叶《かな》えてやろうと咄嗟に判断したと言っています。同時に、佐伯先生が自分の命を投げ出して、猪越の犯行を止めようとしたのも分かっていたので、彼のその気持ちに免じて、それ以上の犯行を中止したのであり、警官に拳銃で威嚇されたから、犯行をやめたわけではないと言い張ってます」

三隅自身は二人の会話はほとんど聞き取れなかったが、視覚の記憶ははっきりと残っていた。確かに、あのときの二人の動きは、猪越の主張と大きく矛盾するものではないように思われた。佐伯は死にたかったのか。そうだとすると、佐伯があまりにも哀れだった。

「いずれにせよ、佐伯先生の死は派生的なアクシデントに近いもので、これ以上、議論してもあまり意味がありません。それよりも、最大の問題は、やはり、浜さんと湯原先生の殺害に関する限り、状況証拠ばかりで、具体的な物証がまるでないことなんです。松山を重要参考人として捜査本部に呼ぶべきという声は我々の一部からも出ていたのですが、物証の決め手に欠けるため、様子を見ていたところ、今回の猪越の事件が突発的に起こってしまったんです。そこでこんな極秘情報をお伝えしてまでも、三隅先生に、情報提供という意味でぜひご協力をお願いしたいんです」

三隅は苦笑せざるを得なかった。極秘情報と恩着せがましく言われても、三隅が教えてくれと頼んだわけではなかった。

今のところ、松山の名は被害者としてマスコミに上がっているだけであって、琴音や湯原を殺害した容疑者として報道されているわけではない。そういう事実が判明すれば、再び、マスコミの狂騒が始まるのは避けられないだろう。

「もちろん、ご協力はしたいのですが、彼の犯行を決定づける証拠となると、私もそういうものは持ち合わせていません。ただ――」

三隅はここで短く言葉を切った。高木の部屋を訪ねたとき、校務員室に掛かってきた電話のことが、どうにも引っかかっていた。妄想にも似たある仮説が浮かんでいたのだ。しかし、それは今の段階では、とうてい口にできることではない。

「あることを確かめたいとは思っています。しかし、そのことを今、申し上げるわけには参りません。杞憂《きゆう》である可能性のほうが高いことなんです」

大久保の顔に複雑な影が差していた。三隅の言おうとしていることが何なのか、もちろん、分かっているはずはない。

「分かりました。それがいったいどういうことなのか、大いに興味がありますが、三隅先生の意思を尊重して、後ほどのご連絡を待ちたいと思います」

できれば今すぐ話して欲しいという気持ちが、滲み出ているような発言でもあった。だが、当然のことながら、大久保も相当に忙しいようで、大久保がその日、三隅に漏らした極秘情報をけっして誰にも話さないように念を押した上で、あっという間に引き上げていった。

「杞憂か？」

三隅は大久保を送り出したあと、もう一度リビングのテーブルに座り直して、その言葉を声に出してつぶやいていた。前日は日曜日で、三隅は実は午後三時過ぎ、姉の絹江を豊島《としま》区の病院に見舞っていたのだ。絹江の言葉が、三隅の脳裏で響き始めた。

「本当に忠志さんが学校で大変な事件に巻き込まれているのに、こんなくだらない事件で私のためにお見舞いに来てもらって申し訳ないです」

病院の面会室で、三隅はソファーに座って、絹江と向かい合っていた。絹江の横には移動で使用する車椅子が置かれている。外の廊下では芳子が絹江の一人息子の勇介を遊ばせている声が聞こえてくる。絹江の目には涙が浮かんでいた。

絹江は付き合っていた若い男に金を騙し取られた上、暴行を受けて左足を骨折し、入院を余儀なくされていた。その騙し取られた金の一部に、三隅が貸した金が含まれているのは確かだった。その男は、どうやら三隅が絹江の店で見たイケメンの若い男らしい。男はすでに逮捕され、広域暴力団の準構成員であることも判明していた。

そのとき、外の廊下から、けたたましい靴音が聞こえ、勇介が飛び込んで来たため、二人の会話は中断された。勇介を追いかけるようにして、芳子も入ってくる。

「ダメよ、勇ちゃん。ママたちは大事なお話をしているんだから、もう少しお外で遊びなさい」

芳子の言葉を無視して、勇介は三隅の膝の上に乗ってきた。もう何度か会っているので、三隅に対しては、慣れきっている。タケオについての高木の言葉を思い出した。こましゃくれた嫌なガキでしたよ。勇介もこましゃくれてはいるが、三隅にとって嫌なガキではない。

「そうそう、もう少しお外で遊んできなさい」

三隅はふざけた口調で、芳子に同調するように言った。

「おじちゃん、女なの？」

不思議なことを言うと、三隅は思った。

「どうして、俺が女なんだ？　男に決まってるじゃないか」

「だって、おかしいよ。オソトなんて言うのは、女の子だけだよ。保育園で男の子がオソトなんて言ったら、みんなに笑われるよ」

三隅は奇妙な感覚に襲われていた。勇介の言ったことが、三隅の思考回路のどこかに引っかかったのだ。

「忠志さん、どうかしたの？」

三隅が不意に黙り込んだため、絹江が心配そうに訊いた。勇介の言ったことに、何か気分を害したと思ったのかも知れない。それほど大人げないわけがない。そんなことではないのだ。勇介は、再び、芳子に手を引かれて、廊下に出て行った。

オソトか。三隅は再び、勇介との会話のキーワードを思い出していた。性別の問題だった。「曙学園事件」で証言した飛び抜けて頭のいい園児の身元は、名前どころか性別さえ明らかにされていないのだ。

三隅は「清美先生が武生君をお外に連れていった」という園児の証言から、漠然と男の子を連想していた。五、六歳児くらいなら、そういう言葉遣いに、それほどの男女差はないだろうと思っていたのである。年齢の問題だけではないのかも知れない。

高校や予備校の生徒たちと常時接していた三隅は、最近の若者たちの言葉遣いに、男女差がますますなくなっていることは認識していた。ただ、勇介に言われて、敬語の「お」の有無については、それくらいの年齢の子供でも、すでに言葉遣いの違いが表れていることに驚いたのだ。

いや、所詮五歳児の言うことだから、当てにはならず、たまたま勇介の保育園では、「お」の有無で、男女の言葉遣いが分かれているに過ぎないのかも知れない。それにそういう重要証言をした園児の性別に、特別な意味があるはずもないだろう。だが、確かにそのことは、三隅の心の奥で蠢《うごめ》く潜在的な不安と感応したように思われた。無意識のうちに抱いていた何かの疑惑に触れたような気がしたのだ。

三隅は隣の書斎に移動した。パソコンを立ち上げ、ネット検索の画面を出す。「砧恭子弁護士事務所」と打ち込んだ。すぐにホームページが現れ、電話番号が表示される。

三隅はデスクの上に置いてあったスマホを取り、その番号をタップした。呼び出し音が鳴り始めた。

6

十月十四日、千葉東署の留置場の独房で、猪越が自殺した。奇《く》しくも二十年前、袴田清美が自殺したのと同じ警察署だったが、方法はまったく違う。家族から猪越に差し入れされた真新しい下着のシャツ二枚を巧みに利用して、窒息死を遂げたのである。

留置所には自殺防止のため、差し入れに関する様々な規制があり、例えば、タオルなどはそれを切って縊死《いし》に利用される可能性があるため、差し入れ禁止の対象になっている。しかし、下着類の場合、それに紐のようなものが付いていない限り、禁止対象ではなかった。

猪越が取った方法はあまりにも異様であり、かつ強い意志力を必要とするものだった。まず一枚のシャツを鼻孔の周辺に、何重にも強く巻き付け、鼻呼吸を封じた。さらに、もう一枚のシャツを丸めて、口から飲み込み、舌を使って喉の奥に押し込んだ上、舌を噛み切ろうとしたのだ。

舌自体を噛み切ることはできなかったが、猪越はそのままの状態をしばらく保ったため、結局、窒息死していた。看守が気づいて大騒ぎになったとき、猪越の顔面は蒼白で、すでに呼吸をしていなかったという。前日の取り調べで、猪越は取調官にもうすべて話していて、これ以上しゃべることがないと言っていたというから、覚悟の自殺なのだろう。

さらに、行政解剖の結果、意外な事実が判明していた。猪越は末期の肝臓癌《がん》に罹患していて、余命はあと一年程度だったらしいのだ。

それにしても、いくら予想外な方法だったとはいえ、猪越の死は千葉県警の失態という他はなかった。猪越の死により、松山と警備員殺しに関しては、被疑者死亡による書類送検となった。浜琴音と湯原杏奈の事件については継続捜査になっていたが、捜査本部は、この時点では松山が琴音を殺したという猪越の主張を公表していたため、少なくとも琴音の事件に関しては、マスコミ報道では松山の疑惑が濃厚になっていた。マスコミもそれなりに、猪越の主張を検証した結果である。

十月十七日、綾清学院が再開された。予定より一週間早い再開だ。早期の再開を望む保護者の声に押されたこともあるが、猪越と松山の死によって、事件が半ば解決されたという印象が生まれたこととも無関係ではなかったのだろう。

授業は特別体制が敷かれ、高三に関しては、体育・音楽・美術などの直接受験と関係ない科目は、英語などの主要な受験科目に置き換えられていた。ただ、文部科学省に対する手前、時間割りを正式に変更することはせず、例えば、表向きは体育の授業の中で、英語の授業を行うなどの変則授業となっていた。「これじゃあ、二重帳簿でしょ」と陰で批判していたのは、例によって近藤である。

しかし、その近藤も、事件についてはほぼ解決したと考えていたのかも知れない。「いくら立派な思想の持ち主でも、下半身だけは別なんですね」と言い放ち、結局、琴音と湯原を殺害したのは、松山であることに納得しているようだった。週刊誌の報道のせいもあるのだろうが、松山のドンファンぶりを知る教員の中には同じように考えている教師も多く、別に近藤の意見が特殊というわけではない。

ただ、教員たちの松山に対するこんな厳しい見方をよそに、生徒たちの間では松山を失った悲しみは癒えることがなかった。事件現場の山道は立ち入り禁止になっているにも拘わらず、依然として多くの女子生徒が入り込み、毎日、花束を置く者があとを絶たなかった。

授業再開から一週間ほどが経ち、十月二十五日になった。その日、三隅は午後八時まで職員室に留まっていた。紺野と一緒に帰る約束をしていたのだ。三隅にはどうしても紺野に、ある情報を伝える必要があった。

教員の退出時刻は午後七時から元に戻されてはいないが、授業終了後、午後七時を超えて仕事をする教員も徐々に増え始めている。紺野もその日、何人かの生徒の質問に答えたあと、帰宅の準備をして、デスクから立ち上がったのは午後八時過ぎだった。それを見て、三隅もさりげなく立ち上がった。

三隅と紺野がほぼ同時に職員室を出たとき、数名の教員が残っていたが、全員、帰り支度を始めていた。すぐに、職員室には誰もいなくなるだろう。近藤も三隅や紺野より早く、午後七時過ぎには、引き上げていた。

三隅は紺野と一緒に高校棟の外に出ると、できるだけゆっくりと歩いた。校内にはほとんど人影はない。紺野は黒のジーンズに黒のシャツ、その上からチェックのジャケットという服装だった。シャツの胸元がかなりV字に切れ込んでいて、ゴールドのネックレスを着けた胸の奥の白い皮膚が薄闇の中で少しだけ見えている。三隅は普段、紺野から感じることのない女の色気のようなものを感じていた。

背中には三隅と同じようにリュックを背負っているが、三隅の黒いリュックとは対照的に、薄ピンクだ。他人《ひと》の耳を気にせずにしゃべることができる時間は、バス停までの十分間くらいしかなかった。バスに乗ってしまえば、事件の話は、必然的にできなくなるだろう。

正門近くで、コンビニのレジ袋を提げて、外から戻ってきた高木とすれ違った。

「お疲れ様です」

高木の声に三隅は短く「失礼します」と答えた。紺野は無言で頭を下げただけだった。猪越の事件以降、高木とは事件についてはしゃべっていない。ただ、これは高木に限ったことではなかった。実際、ほとんどの教師が未だにショック状態で、猪越の事件を積極的に話題にする教師はけっして多くはない。

「それにしても、猪越先生の事件はショッキングであると同時に、意外でした。僕らは松山先生のことしか話し合っていなかったから、不意を衝かれたような気分ですよ。これで、すべてが終わったということでしょうか」

三隅の問いに、紺野は小さくうなずいた。

「ええ、そんな気がします。松山先生が亡くなったのは本当に残念ですが、それ以上に残念なのは、琴音ちゃんや湯原先生を殺したのも、彼である可能性が高くなったことです」

「じゃあ、先生は、その二つの事件の犯人もやはり彼だとお考えなんですか？」

「それはよく分かりません。でも、松山先生を信じるのは、もう無理な気がして

――」

紺野のしゃべり方は、何かが吹っ切れたような調子にも聞こえた。実際、冷静に考えれば、いくら状況証拠と言っても、特に琴音殺しに関しては、松山にはあまりにも不利な条件が揃い過ぎているのだ。

「確かに、男女関係では、残念ながら松山先生が立派な方であったとは言い難い状況だとは思いますが、そのことが即、殺人に結びつくという確信が持てないんです。彼には、僕が猪越先生に感じていたような狂気は微塵も感じられませんでしたから」

「それじゃあ、先生は琴音ちゃんも湯原先生も猪越先生が――」

「いや、それはもっと無理な想定でしょ」

そうこうしているうちに、バス停が見え始めた。数名の人々がバスを待っている。かなりゆっくり歩いたつもりだったが、それにも限度がある。

「ところで、先生、昨日、お電話で私に話したいことがあると仰っていたのは、何のことでしょうか？」

紺野が若干、焦った表情で訊いた。バス停に着いてしまえば、もうこういう話はできないと思ったのだろう。確かに、三隅は今日の帰り道で、紺野にぜひ話しておきたいことがあると言って、一緒に帰ることを申し出ていたのだ。これまでの会話は、事件についての二人の一般的な考えを交換しただけで、三隅も特別なことは言っていない。

「実は、明日は宿直当番が当たっているんですが、高木さんから、事件について話があるので、少し早めに来てくれないかという申し出を受けているんです。それで午後一時に校務員室を訪ねることになっているのですが、先生にも一緒に彼の話を聞いていただけないかと思いまして」

「午後一時ですか——」

紺野は小声で念を押すように訊いた。気が進まないという表情だった。高木について、様々な噂があるのは、紺野も知っているのだろう。三隅の要求は、紺野にとってけっしてハードルが低くはないはずだ。

「明日は、一日中、都合が悪いんです。日にちを変えていただければ、何とか同席させていただくこともできるのですが」

「いえ、無理をなさるには及びません。それでは、明日はとりあえず僕一人で会い、その内容をまた後日お伝えしますよ」

三隅の調査に協力することを約束していた紺野に罪の意識を感じさせないようにするかのように、三隅は幾分、軽い調子を装って言った。すぐに、二人はバス停に到着した。

バスの中ではやはり事件とは無関係な話しかできなかった。結局、三隅たちよりあとに職員室を出た教員も、全員、同じバスに合流していたのだ。紺野とは駅で別れた。駅の改札口で、紺野は電話するところがあると言って、スマホを取り出したため、三隅は「じゃあ、僕はここで」と短く告げて、ＩＣカードを使って改札口の中に入った。

7

三隅にとって、計画通りに事態は展開していた。三隅は、すぐに自動改札機の横にある駅員室で忘れ物をしたと申し出て、ＩＣカードの入場履歴を解除してもらい、外に出たのだ。

タクシー乗り場に行き、正面のコンビニに入って外を見張った。五分ほどが経過して、予想通りの人物の姿を目撃した。向かう場所は分かっている。その人物がタクシーに乗るのを見極めて、三隅もそのあとすぐにタクシーに乗ったのだ。

高校棟に戻って、正面玄関から中に入ったとき、不意に下りエスカレーターが動き出した。その通奏低音《つうそうていおん》がどこか不気味だ。三隅は慌てて、エスカレーター横の男子トイレの中に隠れて、明かりを点けることなく、外を窺った。目の前を人影が微かな足音を立てて、通り過ぎていく。

三隅は、砧弁護士の言葉を思い出していた。

「事件から二十年経っているとは言え、本来、その証言をした園児の氏名を教えるのは、弁護士としては好ましいことではありません。でも、あなたが今、遭遇されている事件との関連を強く主張するのであれば、お断りするのも難しいんでしょうね」

そう言いながら、砧弁護士は供述調書のコピーを差し出した。予想通りだった。参考人としてそこに書かれている園児の氏名が三隅の目に飛び込んで来た。それにも拘わらず、愕然としていた。その動かし難い事実が、得体の知れない複雑な感情を喚起したのだ。

三隅は、足音が遠ざかるのを待って、トイレの外に出た。用心深く、エスカレーターの後ろ側を通り抜け、校務員室に向かった。明かりの点った校務員室が見える。節電でペンダントライトの明かりはぎりぎりまで絞られているから、周りはかなり薄暗い。ふと腕時計を見ると、すでに午後九時を過ぎていた。

校務員室の木戸の前に来た。金属の引き手に手を掛ける。意外なことに鍵は掛かっていない。ふと意味不明な、何者かの意思を感じた。罠《わな》かも知れない気がしたのだ。

だが、三隅にとって、中に入る選択肢しかなかった。奥の部屋の扉は閉まっていた。中から、人の話し声が聞こえる。三隅はゆっくりとしゃがみ込み、扉に耳を付けた。

「今日は、嫌ですよ」

若い女のか細い泣くような声が聞こえた。よく知っている声だ。すでに十分に高まっていた胸の鼓動が、一層加速度を増した。

「自分のしたことを考えてみろ。こんなことで俺が口をつぐむなら、安いものだろ。つべこべ言わず、さっさとズボンを脱げ。それから、いつもの言葉を言ってみろ」

嗄れた太い声が聞こえる。高木の声だが、普段、三隅と話すときに比べて、妙に自信に満ちあふれている。まるで子供を叱りつけているような口調だ。しばらく、間があった。

「嫌だよ！　僕、恥ずかしいよ」

耳を疑った。泣きべそを掻いたような女性の声なのに、「僕」という一人称が使われているのが、あまりにも異様に響いたのだ。

「ふふ、そういうお前のマッチョな体を苛めるのが楽しいんだよ」

三隅は思わず、扉の引き手に指を掛け、僅かにスライドさせた。ここにも、鍵が掛かっていない。小さな空隙《すきま》から、狭い視界が開けた。目を凝らした。

ベッドの上にチェックのジャケットが脱ぎ捨てられていた。その横には、薄ピンクのリュックが置かれていて、中から同系色の何かがはみ出しているように見える。だが、それが何なのか、正確には視認できなかった。

次に三隅の視界を捉えたのは、ベッドの前に立つ女の背中だ。高木はベッドの上に腰掛けているようだったが、女の背中に遮られて、顔は見えない。

三隅は、黒のノースリーブシャツから露になっている女の両腕に驚いていた。柔らかそうな白い皮膚が透けるように際立っていて、いかにも女らしい美しさを感じさせたが、同時に肩や二の腕の筋肉がはっきりと盛り上がっているのが分かる。そのアンバランスが、衝撃的だった。

「筋トレでこんなに筋肉を盛り上げちゃって。やっぱり男になりたいのか」

高木の手が女の二の腕に触れている。黒のジーンズが腰の辺りまで下げられ、下着だけでなく、異様に白い臀裂《でんれつ》までが僅かに覗いていた。やがて、小さな喘ぎ声が聞こえ始めた。高木の手が二の腕から、下半身に移動したのは明らかだが、極端な視野狭窄《しやきようさく》に置かれている三隅には、何が起こっているのか、正確には分からない。

不意に女の体が後方に飛び退《との》いた。直後にリュックから、ピンク色の何かを取り出すのが見えた。息を呑んだ。ピンクの鉄アレイだ。それを持って、一気に高木に襲いかかった。裏返った高木の悲鳴が響き渡る。

三隅は立ち上がり、扉を開け放った。ベッドの後方に倒れ込んだ高木の額から、鮮血が噴き上がるのが見えた。女がもう一度襲いかかった。鉄アレイが旋回し、血しぶきが舞う。

「やめろ！」

三隅は絶叫しながら、駆け寄った。後方から右腕を摑んだ。女が振り返る。視線がぶつかり合った直後、激しいもみ合いになった。鉄アレイが足下に落ちる。だが、簡単に組み伏せることはできない。女が、信じられないような力の強さで抵抗したのだ。

三隅はサイボーグと戦っているような錯覚に襲われた。同時に、甘い女の香りを感じていた。脱毛した脇の下や、さほど豊かではない、白い胸元が覗く。不思議な感覚だった。せっぱ詰まった胸苦しさを覚えながら、どこか心地よささえ感じていたのだ。

女は強引に三隅の手を振りほどき、足下に落ちていた鉄アレイをもう一度拾い上げようとした。横顔が見えた。必死の形相だ。激しい息づかいとともに、全身から殺気が伝わってきた。一歩間違えれば、命を失う。

三隅はようやく正気を取り戻したように、かがみ込む女の肩口に右手を掛け、全身の力を込めて、仰向けに引き倒して必死で押さえ込んだ。不意に脱力したように、女の筋肉が弛緩《しかん》したように思えた。

しばらく時間が経ち、三隅が女の体を離れ、立ち上がった。女のジーンズは腰の位置からさらにずり下がり、白い下着をほとんど晒した状態になっていた。腹部の臍が脈打ち、苦しそうな息づかいが続いている。三隅も未だに呼吸が整わず、肩で呼吸しているのが自分でも分かった。

女は不意に三隅の視線に気づいたように、慌てた動作で仰向けのまま、ジーンズを引き上げ、シャツを中に押し込んだ。その顔は羞《は》じらいの朱に染まり、目から涙があふれ出ていた。

「紺野先生、僕がここに戻ってくることは分かっていたんですか？」

三隅は、普通の会話のようなさりげない口調で言った。紺野は無言で、嗚咽《おえつ》し始めた。

三隅は改めてぞっとしていた。罠を仕掛けたと思っていた三隅が、逆に殺害される可能性さえあったのだ。明日、宿直なのは本当だが、高木に面会を申し込まれたという事実はない。ただ、そのことを紺野が高木に確かめたとも思えなかった。初めから殺すつもりだったとすれば、紺野が三隅の言葉の真偽を高木に問《と》い質《ただ》さなかった可能性のほうが高い。

紺野が体を許す振りをして、高木を殺害するつもりだったのは間違いない。直接校務員室に行かず、いったん二階に行ったのは、職員室のどこか、おそらくは専用ロッカーにあらかじめ鉄アレイを隠してあったからだろう。三隅の漠然とした印象では、紺野は三隅が学院に戻ってくることもある程度予想していて、その際は三隅も一緒に殺害しようと考えていたような気がしていたのだ。

三隅は今更のように納得していた。やはり、あのとき、高木が電話で話していた相手は、松山ではなく紺野だったのだ。

紺野の嗚咽は続いている。その嗚咽に交じって、未だに呆然としている三隅の背中のほうから、微かなうめき声が聞こえた。振り返ると、高木が体育座り状態でベッドの側面に寄りかかっている。前頭部がざっくりと割られて、夥しい血が流れ、義眼が赤く染まっていた。

ただ、高木の呼吸ははっきりと聞こえており、後頭部は無傷のようだから、出血が止まれば、命は助かるかも知れない。三隅は慌ててジャケットのポケットからハンカチを取り出し、高木の前に跪いてハンカチを傷口に当て、後ろで強く縛った。

背後に人の気配を感じた。心筋が痙攣した。立ち上がった紺野が、鉄アレイで再び、襲いかかってくる映像が浮かんだのだ。僅かな気の緩みを衝かれたのか。三隅はほとんど悲鳴に近い声を上げながら、振り返った。

何も起こってはいない。紺野は仰向けに横たわったままだ。嗚咽はやみ、その光を失った目は、天井に虚《うつ》ろな視線を投げかけているように見えた。足下には、ピンクの鉄アレイが、行き場を失ったように転がっている。

三隅はため息を吐きながら、その鉄アレイを右足で蹴り、壁際まで遠ざけた。それから、ジャケットのポケットからスマホを取り出し、一一九の数字をタップした。

8

三隅は、かつて母親の恋人の肩口に見えていた刺青の絵柄が何故気になっていたのか、今になって分かったような気がしていた。歌舞伎の『白浪五人男《しらなみごにんおとこ》』に登場する弁天小僧菊之助《きくのすけ》は、女装の美男子で、今風に言えば、実は男であることをカミングアウトするところが、見せ場の一つになっているのだ。紺野と弁天小僧の姿が、三隅の深層心理の中で重なり、無意識のうちに、こういう結末を予想していたようにも思えるのだった。

だが、問題はそんなに単純ではないのかも知れない。そもそも、紺野自身が自分を男だと主張しているわけではないらしい。大久保によれば、紺野の供述は遥かにもっと複雑で分かりにくいという。

「紺野は猪越とは男女の関係にあったとはっきりと認めているんです。生まれつき極端に気が弱かった紺野は、学院で頼る人間は誰もおらず、圧倒的な権力を持っていると考えられていた猪越に近づいたようです。まあ、紺野に言わせれば、最初は強姦《ごうかん》されたも同然の状態で関係を持ったらしいですが、そのあとは頭のいい紺野が、単細胞の猪越をうまく操っていたという構図だったようです。一方、紺野は松山先生には、強い敵意を持っていたらしいから、分からないものです」

大久保が千葉東署の取調室で、三隅にこんな話をし始めたのは、二日連続で長時間続いた事情聴取が終了した頃である。冤罪が晴れたため、松山は呼び捨てから「松山先生」に復帰していたが、三隅の頭の中では、大久保が「紺野」と苗字で呼び捨てる人物と紺野美緒がどうにも結びつかず、三隅はいささか当惑気味だった。実際、三隅には、あの夜激しく格闘した相手が紺野だったという実感さえないのだ。

「紺野と猪越の関係は驚くほど見事に隠蔽されていたようで、我々の地取り捜査でも、誰からもこの事実は上がってきませんでした。まあ、移動教室や体罰問題で、猪越と松山先生が激しく対立し、紺野は松山先生と連携していると見られていましたので、それが隠れ蓑《かくれみの》になって、まさか二人がそんな関係だとは誰も思わなかったんでしょうね。職員会議で、紺野がときおり猪越の意に反する発言をしていたのも、猪越自身は、二人の関係を隠すためのカムフラージュと考えていて、それほど気にしていなかった。紺野自身が、そんな趣旨のことを言っています」

三隅は琴音の移動教室参加問題を巡って、職員会議が紛糾したとき、紺野の発言の直後に、猪越が「だったら、もう決を採れよ！」と怒鳴った光景を思い出していた。あれもある種のなれ合いだったというのか。三隅には信じられなかった。

「確かに紺野は、極端に内気で気が弱そうに見えるのですが、取調官の中にはそれさえ疑っている者もいるんですよ。男嫌いという割には、ときおりぞっとするような女の色気を見せて、媚びを売り、自分の味方に抱き込もうとするようなところがあるらしいですよ」

だから、大久保の見解では、松山の殺害に関しては紺野が猪越にけしかけた可能性は十分にあるという。もちろん、頭のいい紺野が直接的に「殺して欲しい」などと言ったはずはない。

松山の好ましくない男女関係を非難し、それにも拘わらず正義という偽りの衣を纏って猪越を学院から追放しようとしているとでも言えば、猪越が今度のような事件を起こしても不思議ではない。しかし、そういう教唆を法的に立証することはかなり難しく、検察が今後どう判断するかを待つしかなかった。

一方、紺野は湯原の殺害状況と動機については、かなり明確に供述していた。

湯原を殺害した日の前日、紺野は体育館から出るところを湯原に見られてしまったらしい。夕方の七時過ぎに、猪越に体育研究室に呼び出された帰りだった。湯原に不審に思われた可能性は否定できなかった。おしゃべりな湯原に、余計なことをしゃべられるのはまずい。

それに松山は、琴音とも湯原とも付き合っていたので、二人とも死ねば、当然、松山に警察の疑いの目が向くという計算が働いていた。いや、紺野にとって、口封じより、そういう計算のほうが重要だったのかも知れない。

翌日、紺野はすぐにその計画を実行した。職員会議のときにわざと彼女の横に座って、メモをそっと見せて、誕生日プレゼントを渡したいから、会議終了後体育館の階段上通路に先に行って、待っていて欲しいと伝えた。もちろん、メモは見せただけで、渡してはいない。

実際、七月は湯原の誕生月だったのだ。二人の関係は想像以上に深く、同性愛的な愛情関係が成立していたのではないかという意見も、捜査本部の一部の捜査官の中にはあるらしい。だからこそ、湯原も誰にも告げることなく、呼び出された場所に行ったのではないかというのだ。ただ、その真偽は三隅には不明だった。

紺野は職員会議終了後、カムフラージュのために職員室のデスクに戻り、二十分程度仕事をした。少しくらい待たせても、湯原は帰らないだろうと踏んでいた。

午後七時四十五分過ぎに、紺野は首尾よく湯原と体育館の階段上通路で落ち合った。紺野はプレゼントを渡すふりをして、いきなり彼女の体を抱きかかえ、低い手すりから下に投げ落とした。

それは信じられないほどうまくいき、湯原は悲鳴を上げる間《ま》もなく落下した。生死を確認するために、上がってきたのとは反対の階段を使って急いで一階に降りた。湯原はランニングマシーンの上に仰向けに倒れていた。ほとんど虫の息だったが、まだ呼吸はしていたから、リュックから鉄アレイを取り出し、彼女の前頭部を数回殴りつけて、絶命させた。湯原のバッグから、スマホを抜き取ることも忘れなかった。シャツに返り血を浴びたので、体育館の女子トイレに入って、リュックに入れてあった新しいシャツに着替え、こっそり体育館を出た。結局、午後八時過ぎのバスに間に合い、紺野は誰にも目撃されることもなく目的を果たしたように感じていた。

唯一気がかりなのは、体育研究室に一人残っていたはずの猪越に物音を聞かれた可能性だが、熱狂的な巨人ファンだった猪越は、このとき東京ドームで行われていた巨人・中日戦の野球中継を見ていたはずである。しかも、猪越は若干耳が遠く、テレビの音量をかなり上げることが多い。実際、紺野が湯原と会う直前、そっと体育研究室の前を通り過ぎたとき、かなり大きな野球中継の音声が外に漏れていた。

「湯原先生の殺害に関しては、紺野は猪越の犯行と思われても、松山先生の犯行と思われても、どちらでもいいと思っていた節があるんです。浜さんについては、松山先生に罪を着せようとしていたのは、間違いありません。ただ、紺野は、松山先生が逮捕されるより、やはり猪越に殺させるほうがより安全と判断していたんじゃないでしょうか。逮捕されても生きていれば、松山先生の供述次第で、自分に捜査の矛先が向かってくる可能性だってありますからね。しかし、今回、高木さんの事件であなたに取り押さえられて観念したようで、浜さんと湯原先生の殺害については自白しています。ただ、松山先生の殺害は猪越が勝手にやったことで、自分はいっさい関知していないと主張しています。猪越も、供述の中で紺野のことには、二人の関係も含めていっさい触れていません」

「ところで、紺野先生は『曙学園事件』で、単に重要な証言者という役割を果たしただけだったのでしょうか？」

三隅は、話の方向性を変えるように訊いた。大久保が紺野と呼び捨てるのに対して、三隅はあくまでも紺野先生と呼ぶことにこだわった。

この質問に、大久保はすぐには返事をしなかった。しばらく、考え込んだあとで、ゆっくりと警戒気味に話し始めた。

「その点については、先生にお願いしたいことがあるんです。実は、紺野は武生君を崖から突き落としたのは、自分だと供述しています。うるさく付き纏ってくる武生君が、嫌でたまらなかったからだとも言っています。それがトラウマとなって、それ以降、男性をまったく愛せなくなり、男性に対する恐怖が続いているとも言っているんです」

紺野の証言は、三隅の想像の範囲内だったが、それでも少なからぬ衝撃があった。そうだとすれば、袴田清美の冤罪は証明されたも同然なのだ。大久保は三隅がこのことについて何かを言い出すのを恐れるように、すぐに言葉を繋いだ。

「だが、我々はこの言葉を信じていません。常識的に考えて、五、六歳の園児が二人だけでお昼寝時間に抜け出して、片方がもう一方を崖から突き落として、平気な顔をして戻ってきて、お昼寝を続けていたふりをし、それに担当保育士も気づかなかったなんてことがあるでしょうか。当時、『曙学園事件』を担当していた捜査員の多くはすでに退職していますが、県警に残っている者も何人かいますので、この話をぶつけてみましたが、みんな一様に首を捻っています」

「じゃあ、武生君を殺したというのは、彼女の妄想と仰るんですか？」

三隅はようやく口を挟むように訊いた。

「いや、私は精神科医ではありませんから、それは分かりません。ただ先生には、裁判などで証言いただくことになると思いますので、マスコミなどに対しては、できるだけ発言なさらないようにお願いします。特に『曙学園事件』は、事件現場と関係者が一部重複していただけで、基本的には別の事件なのですから」

これが大久保の本音なのか。事件についてみだりにマスコミに話さないで欲しいというだけでなく、特に「曙学園事件」について言及しないで欲しいという意味なのだろう。警察の立場で言えば、新事実の暴露を理由に、冤罪が囁かれている事件を蒸し返されたくはないに違いない。

「もちろん、どちらの事件についても、マスコミに話す気などまったくありません」

三隅は、きっぱりと言い放った。大久保が安堵の表情を浮かべた。

9

それからさらに一ヵ月ほどが経過し、十二月の初めになった。三隅は、再び千葉東署に呼び出され、大久保と二時間近く面談した。来年度の春くらいに始まることが予想されている紺野の裁判員裁判に、三隅が検察側の証人として出廷するため、それに備えて基本的な打ち合わせがしたいという申し出があったのだ。

この間《かん》、綾清学院は、再び嵐のようなマスコミの取材攻勢に晒されていた。琴音と湯原の殺害事件については、松山の犯行という見方がマスコミの間で強まっていた中での、大どんでん返しだった。その上、残虐な連続殺人を犯した真犯人が、東大出身の若い美人教師ということが判明したのだから、マスコミが騒ぎ立てるのは無理もないだろう。

松山の疑惑をあれほど書きたてた週刊誌も、いつもの厚顔無恥《こうがんむち》ぶりを発揮して、そんなことをすっかり忘れたかのように、紺野に関する情報を誌面に氾濫させている。こういう際の定番通り、紺野の家庭的背景が暴き立てられ、両親とも大学教授のエリート家庭で、すでに高級官僚のところに嫁いだ姉が一人いることも報じられていた。その紺野に罠を仕掛けて取り押さえた三隅自身が、マスコミの格好のターゲットになっていた。三隅は捜査本部に正確な事実を話しただけで、マスコミの個別取材にはいっさい応じていない。そのため、固定電話が鳴り続け、三隅はついにＮＴＴに頼んで、一時的に電話回線を切ってもらう始末だった。

高木は一命を取《と》り留《と》めていた。だが、一生、植物状態になる可能性が高く、事件に関する証言は期待できないという。三隅は、リュウジの運命との不思議な符合を感じた。

そのリュウジについて、幼なじみの岡本から、意外な話を聞いていた。岡本は、マスコミ報道で事件のことを知り、半ば三隅の身を案じ、半ば興味本位で電話を掛けてきたのだ。

「ところで、お前が気にしていたリュウジの本名は、スズキ・タケオらしいぜ。何で分かったかと言うと、俺の家の近くの山にリュウジと母親の土饅頭《どまんじゅう》みたいな粗末な墓ができたんだ。リュウジの親族が作ったって話だ。それにしても、笑っちゃうほど平凡な名前だよな。リュウジのほうが強そうに聞こえるから、そう名乗っていたのかも知れないな」

三隅の耳奥で、スーパーで三隅に向かってリュウジが発した「タ・ケ・オ」という音声が響き渡った。そうだったのか。あのとき、リュウジは自分の本名を三隅に伝えようとしていたのだ。だとすると、ひょっとしたら三隅のことを認識していたのかも知れない。三隅はリュウジと話していた小学校時代を思い出し、奇妙な郷愁に駆られた。

「それにしても紺野は、予想以上にしたたかですよ。あれだけの事件を起こしながら、計画性のなかったことを主張し、何とか死刑を免れようとしているんです」

三隅は、初めて千葉東署を訪れたときに通された記憶がある、まるで会議室のような取調室で大久保と話していた。前回はいかにも取調室然とした部屋が使用されていたため、自分自身が被疑者であるような錯覚が生じそうだったが、今回の部屋はリラックスできた。

結局、紺野が起訴されたのは、琴音と湯原の殺害事件、それに高木に対する傷害事件だけで、松山の殺害に関する教唆の罪に関しては、起訴は見送られていた。千葉地検は、紺野の言葉で猪越が犯行を決意するに至った因果関係を立証することは、猪越が死亡している以上、不可能と判断したらしい。

すぐに公判前整理手続が始まるが、事件が三件に亘っていて膨大なため、相当に時間が掛かることが予想され、来年の春に予定通りに公判が開始されるのかさえ、予断を許さないという。

「それと、これは鰐淵君のお母さんから出た証言なのですが、彼は警察の事情聴取について紺野にも相談したらしいですよ。そのとき、巧みに彼の不安を煽《あお》るようなことを言われ、それが彼の自殺の引き金となったとも考えられます」

鰐淵が警察の事情聴取のことで紺野に相談していたことは、三隅は紺野自身から聞いて、すでに知っていた。ただ、今頃になって、そういう証言が鰐淵の母親の口から出てきたのは、鰐淵が自殺した段階では、紺野に対する疑惑などまったく浮上していなかったからだろう。

しかし、それは鰐淵を自殺させてしまった県警の言い訳のようにも聞こえた。それを言うなら、大久保らの捜査本部の中枢部がどの段階で紺野が「曙学園事件」で重要証言をした園児であることに気づいていたのかも、はっきりしない。

三隅の印象では、二十年前の「曙学園事件」を担当した捜査員の多くが退職していることを考えると、案外、捜査本部がそのことに気づいたのは、紺野の逮捕後、三隅の話を聞いたあとのことのようにも思えるのだ。だが、大久保はそのことにはあまり触れられたくなさそうだったから、三隅もあえて訊くことは控えた。猪越を自殺させてしまったことと、この点が、三隅と大久保の会話のタブーになっていたことは否めない。

「今度の裁判員裁判は、なかなかやっかいなものになりそうです」

大久保は、話題を変えるように話し出した。いや、むしろ、これから話すことが本題のように思えた。

「実は、これは裁判のこともあり、マスコミにも公表されていないのですが、紺野の自宅マンションの捜索で、告白録のようなノートの断片が発見されているんです。それはすべて『僕』という一人称で書かれています。最初、我々はそれを犯人は男だと思わせる、一種のカムフラージュと考えていたんです。でも、紺野の供述調書を取り、いざ署名押印となったとき、内容的には同意しているのに、「私」という一人称になっていると、途端に機嫌が悪くなり、署名押印を拒否するんです。しかし、彼女は我々の取り調べを受けるとき、一貫して『僕』と言い続けているわけではなく、『私』という一人称も普通に交えて話すんですよ。まるで、男と女が交互に入れ替わる感じなんです。まあ、そういう供述調書の人称表記に絶対的な決まりがあるわけではないのですが、公文書なので、男女とも『私』という一人称で統一して書くのが普通なんです。だが、我々としては少しでも多くの調書が欲しいので、紺野のご機嫌を取るようにすべて『僕』に書き直しているんです。この状況は検察段階の供述でも変わりがありません」

三隅は大久保の言うことを聞きながら、日常において紺野と交わした会話を思い出そうとしていた。もちろん、紺野が三隅と話すとき、「僕」という一人称を使うことは一度もなかった。それだけに、三隅が高木の校務員室で聞いた「僕、恥ずかしいよ」という言葉が衝撃的だったのだ。

「大久保さん、彼女の供述調書を読ませてもらうわけにはいきませんか。特に、彼女が浜さんを殺したことについて、何と供述しているのか知りたいんです」

三隅は思い切って言った。三隅は大久保が渋ることを予想していた。だが、その反応は三隅には意外だった。大久保はにっこりと微笑んだのだ。

「実は、私も先生に読んでもらって、ご意見をお聞きしたいと思っていたんです」

大久保はテーブルの上に無造作に積んであった黒い表紙の冊子の一つを手に取ると、三隅のほうに差し出した。その表紙の上には、「紺野美緒供述調書①」と印字されている。三隅が一枚目を捲ると、大久保がさりげなく立ち上がり、席を外した。本来、部外者に読ませるのは、規則違反なので、大久保がいない間に三隅が勝手に読んだという体裁にしたいのかも知れない。だが、三隅にとって、そんなことはどうでもよかった。

司法警察員に対する紺野美緒の供述調書（10月27日　午前9時～11時50分録取）

本日は、僕が浜琴音さんを殺害した状況と動機について、嘘偽りなく申し上げます。被害者の浜琴音さんには、本当に申し訳ないことをしたと思っており、すぐに死んでお詫《わ》びしたいというのが現在の率直な気持ちです。しかし、取り調べの刑事さんに「その前にやることがあるだろ」と諭《さと》され、まずは起こったことすべてを正確に申し上げ、仮に死刑になろうとも、事件の解明に自ら進んで協力することが大切だと考える心境に至りました。

僕と浜さんは本当に仲がよくて、普通の教師と生徒という関係以上の信頼関係が成立していたと思います。浜さんは、気の毒なことに足が不自由で、そのことをいつも気にしていましたので、僕はできるだけ彼女の気持ちに寄り添い、励まし続けてきました。そんな浜さんの直近の問題は、今年の夏休みも移動教室の水泳訓練に参加しなくてはならないことでした。去年も「免除願」を提出したのですが、猪越先生たちに職員会議で却下されてしまい、結局、浜さんは移動教室に参加しなければなりませんでした。その結果、水着姿になって彼女の一番見られたくない体の部分をみんなに見られてしまい、そのことが彼女の深いトラウマになっていたのです。だから、今年は絶対に参加したくないので、何とか職員会議で「免除願」が承認されるように僕に取りはからって欲しいというのが、浜さんの希望でした。

僕はその頃、猪越先生にほとんど強姦に近い状態で犯され、その後もしぶしぶ肉体関係を続けていました。そこで、一番強い発言権を持っている猪越先生に内々で頼んでみたのですが、ダメでした。

5月13日、僕は浜さんと通称「タケオの呪い」で昼休みの12時30分に待ち合わせていました。職員会議の結果を教えることになっていたのです。でも、不首尾でしたので、それを伝えて浜さんを悲しませるのは僕にはつらく、僕は最後の望みを掛けて、その日の昼休みに十分だけ、猪越先生に体育研究室でこっそりと面会して、もう一度お願いしてみたのです。そんな短い時間の中で、僕は猪越先生にズボンを下げられて、指を使ったひどい性的陵辱を受けました。それでも、泣きながら必死に耐えたのは、あの先生の言う通りにすれば、僕の願いを聞いてくれるかも知れないと思ったからです。しかし、色よい返事はもらえませんでした。

僕はやむを得ず、職員会議で「免除願」が却下されたことを浜さんに伝えました。浜さんは、僕が想像していた以上に激しく動揺し、僕の努力が足りないと言わんばかりの口調で、僕を非難し始めました。僕にしてみれば、猪越先生からひどい辱《はずかし》めを受けてまで、浜さんのために頑張ったつもりだったのに、そんな言われ方をされたのでは、正直立つ瀬がないと思いました。浜さんは体が不自由なこともあって、とても内気な子でしたが、感情の起伏は激しく、ときにびっくりするような感情の爆発を見せることがあるのは、僕もそれまでの経験で知っていました。ただ、それまではそういう我が儘さは、僕にはむしろ、彼女のかわいらしさと結びついていて、一層、僕を惹きつける理由にもなっていたのです。

ところが、そのとき僕自身もひどく動揺してしまったのは、二人の間に別の確執もあったからだと思います。松山先生のことを巡って、僕と浜さんは、その頃、かなり気まずい心理関係に陥っていたのです。浜さんが松山先生と付き合っているのは前から知っていました。彼女が松山先生に夢中なのも分かっていました。でも、僕は浜さんが松山先生に遊ばれていると思っていましたから、そもそもその恋愛には反対でした。

いや、やはり、本音を申し上げます。というより、浜さんには、松山先生より、僕のほうに振り向いて欲しかったのです。その気持ちをいつ伝えようか悶々《もんもん》としているところでしたので、そのとき、浜さんが僕を激しく責め立て、「松山先生のほうが信頼できる」という意味のことを言ったとき、さすがに怒りがこみ上げてきました。でも、僕の殺意を決定づけたのは、その言葉ではありません。僕は必死で怒りを抑え、浜さんの立場に立って、考えてみました。また、もう一度移動教室で去年と同じ屈辱を受けなければならないとすれば、その不安は計り知れないものだろうと思ったのです。ですから、こういうときにこそ、彼女を支えてあげなくてはならないと自分自身に言い聞かせ、ぐっと我慢したのです。

僕は浜さんが可哀想でたまらなくなり、浜さんを思わず強く抱きしめました。それから、そっと彼女の唇に僕の唇を当てました。そのとき、「タケオの呪い」には人が誰もいませんでしたので、気が緩んだこともあったのかも知れません。いや、僕は去年、九十九里の移動教室のとき、一度だけ彼女に同じことをしたことがあったので、その出来事を過大に評価していて、今度も許されるだろうと思い込んでいたのです。まさか、そのあとに浜さんの口から、あのような決定的な言葉が飛び出すとは予想していませんでした。浜さんは両手を使って、強い力で僕の顔を遠ざけ、そのあといかにも蔑むような目で僕を睨《にら》み据えながら、こう言ったのです。『先生、やっぱり、あっちだったんですね』一見、婉曲《えんきょく》な言い方でしたが、その分、僕にとっては、悪意の毒をたっぷりと含んでいる言葉でした。『あっち』という言葉が、僕を彼女から永遠に遠ざける言葉に響き、致命的なダメージを受けたように感じたのです。全身の毛をむしり取られて、生きたままその肉塊だけを日向《ひなた》に晒された、鶏《にわとり》のような惨めな気分と言ったらいいのでしょうか。僕が視線を落とすと、拳大の石が目に入りました。秘密を知られた以上、殺すしかない。誰かが、僕の耳元で囁いていました。

でも、その直後のことはほとんど覚えていません。たぶん、僕が浜さんの頭をその石で殴り、彼女が仰向けに倒れたのだと思います。でも、記憶の繋がりとしては、彼女が地面に仰向けに倒れ、すごい血を流して、顔面を引きつらせて僕の顔を見上げているところからしか、鮮明には覚えていません。僕はそのあとさらに、浜さんの頭を一度か、二度、その石で殴ったかも知れません。眉間が割れて、血の渦が広がるのを見た、ぼんやりとした記憶が残っています。

ふと我に返り、浜さんが完全に死んでいるのに気づいたとき、大変なことをしてしまったと思うと同時に、何とか犯罪を隠蔽しなければならないという、現実的なことを考え始めました。まず、凶器の石の表面を持っていたハンカチで拭き、指紋が残らないようにしました。行きずりの外部者の強姦未遂を装い、その石はそのまま現場に残し、さらに、浜さんのスカートの裾を乱しました。それから、彼女のトリコロールのバッグからスマホを取り出し持ち去りました。このスマホは後に金槌《かなづち》で破壊し、残骸は房総《ぼうそう》半島の海に流しました。着ていた黒いジャージにかなり血が付いていましたので、通称「ラバーズ・レイン」の左手奥の山林に入って、赤いジャージに着替えました。

着替えのジャージを持っていたのは、猪越先生に会うときは常に性的陵辱を受ける可能性があったので、下着と一緒にジャージも着替えるつもりだったからです。浜さんを殺す目的で、用意したものではありません。でも、午前中と午後でジャージを着替えることは、チョークで汚れたときなどにも普通にあることでしたから、そのことで疑われるとは思っていませんでした。林の中で、着替え終わって、授業が始まる五分前くらいにぎりぎりのタイミングで高校棟に戻ることができたのは、あれだけのことが起こったのに本当に奇跡としか思えませんでした。しかし、そのあと誰かに見られたかも知れないという不安は、長く続きました。実際、その不安は的中していて、校務員の高木さんに着替える姿を目撃されたようでした。上着のジャージを着替え終わって、下半身だけパンツ一枚の姿になっていたところを見られたらしいのです。あとで彼にそれを指摘されて本当に恥ずかしく、殺害現場そのものを見られたわけではないのに、彼の脅迫に従わざるを得ないという弱気な気持ちになってしまいました。ただ、浜さんを殺したときのことを、今、思い返して考えてみると、浜さんが職員会議の結論に動揺して取り乱し、僕に当たり散らしたのは、彼女の気持ちを考えれば当然であり、何故もっと大きな気持ちで彼女を受け容《うい》れられなかったのか、自分でも悔しくて仕方がありません。現在の心境を一言で言うなら、死んで浜さんのところに駆けつけ、土下座をしてお詫びをしたいと申し上げるしかありません。

三隅が全文を読み終わって数分後に、大久保が戻ってきた。

「どうです？　随分言い訳がましい調書だと思いませんか。浜さんの殺害に関して、偶発性を強調すると同時に、懇切丁寧に殺害に至る心理面の葛藤を詳述し、まるで殺意が芽生えたのは、浜さんのせいだと言わんばかりじゃありませんか。そのくせ、被害者に対して、大げさな言葉を使って、しっかりと謝罪している。やはり、どう考えても死刑逃《のが》れの供述にしか思えないんですが」

そう言われても、三隅には答えようがなかった。所詮、紺野の心の内は計り知れないのだ。それを言うなら、三隅は大久保以上に底の知れぬ紺野の二面性を経験していた。松山の疑惑について三隅と話しているとき、自分が殺害していた琴音や湯原についてあれほど自然な同情と悲しみを示して語り、しかも三隅の疑惑が松山に向くように巧みに誘導していたのだ。三隅が、その底意を見抜けなかったのも無理はない。

琴音を捜して山林を探索したときも、本当に琴音の安否を心配しているようにしか見えなかった。だが、実際は、すでに琴音を殺害していて、死体がある位置も分かっていたはずである。

「それと、私が先生にお訊きしたいのは、紺野はこの供述を男としてしているのでしょうか？　それとも女としてしているのでしょうか？　猪越に対しては、男の暴力による性被害者としての女の立場を強調し、その供述の中に不必要と思われるほどの具体的な性的描写を織り交ぜています。できるだけ刺激的に話して、同情を買おうとしているように感じられます。高木さんに着替えるところを目撃されたことでさえ、そのときの自分の恥ずかしい姿にまで具体的に触れて、男の視線のいやらしさを訴えている印象を与えます。一方、浜さんに対しては、男としての恋愛感情を仄めかしている。調書の中の『あっち』はどう考えても『レズビアン』ということでしょうが、紺野は取調官に改めてその意味を訊かれるとそんな説明さえ拒否するんです。私には、都合よく、男と女を使い分けているようにしか見えないんですが」

「いや、そうではないでしょ。私にはそれは、ごく自然な感情表現に思われるんですが」

「どういう意味ですか？」

大久保は、憮然とした表情で訊いた。

「紺野先生は、社会の理不尽な圧力に抵抗しているのだと思いますよ。男か女かを強制する、社会の形式的かつ解剖学的な枠組みこそ、不自然で、異常なものなのですから」

大久保は意味不明という風に首を横に振った。大久保に、三隅の言うことが分からないのも当然に思えた。

10

三隅は拘置所で、紺野と面会した。もちろん、紺野は未決囚だから、原則としては誰でも面会できる。しかし、面会は一日一回と決まっており、三隅の前に面会者が一人でもいれば、会うことはできない。

いや、仮に三隅の前に面会者がいなくても、紺野自身が三隅との面会に同意するとも思えなかった。大久保の話では、週刊誌の記者などがかなり頻繁に面会を申し込んでいるが、紺野はいずれも拒否しているらしい。そして、三隅は紺野がもっとも会いたくない人間の一人に思われたのだ。

しかし、その面会はあっさりと許可され、紺野も三隅に会うことに同意していた。大久保が特にそれを止めなかったのは、その面会の模様を三隅から聞き出し、裁判を有利に進める材料として使う意図があったのかも知れない。

もちろん、こういう接見に関しては、本来公平であるべきなのだが、既決囚の入る刑務所と違って、検察の管理下にある拘置所の場合、無条件に会うことができる弁護士を除けば、被疑者もしくは被告人の支援者の面会には厳しい傾向があった。それに対して、三隅が検察側の証人として出廷することになっていたのは、決定的に有利な条件だったのだろう。

アクリルの遮蔽板越しに見る紺野は、逮捕前の印象とはかなり違っていた。例の黒縁の眼鏡を掛けておらず、その整った容姿の美しさが目立った。すでに十二月の中旬だったが、その割に薄着で、紺のジーンズに、上半身は男性用のブラウンのライダースジャケットを着ていた。中の白いシャツの第一ボタンを外していて、透けるような白い皮膚が覗いている。

「今日は、わざわざ申し訳ありません」

紺野は遮蔽板を挟んで、三隅の目の前に座ると、以前と変わらぬ生真面目な表情で、深々と頭を下げた。その言葉は、三隅にはいささか皮肉に聞こえた。三隅が勝手に会いに来たのであって、紺野の要求に応じたわけではないのだ。

「体調はいかがですか？」

「悪くありません。でも、こういうところにいると、運動不足になりがちですから、独房でできるだけ体を動かすことにしているんです。それより、先生、お願いがあるんです。面会時間は三十分ということになっていますが、拘置所側の都合でもっと短く、打ち切られてしまうこともよくあるんです。だから、大事なことを先に言わせてもらいます」

三隅から見て、右奥の椅子に座って待機していた女性刑務官が微妙に反応して、うつむき加減の顔を若干上げて、こちらに視線を投げたように見えた。紺野がさらに言葉を繋ぐ。

「三隅先生、裁判では弁護側の証人として証言していただけないでしょうか？　実は、供述調書の内容はデタラメなんです。ご存じのように、私、気が弱いので、取り調べの刑事に脅されて、事実と違うことをしゃべってしまったんです。だから、先生にはそういう私の性格を証言していただきたいんです。それに、松山先生がいかにひどい女たらしだったかも話していただきたいんです――」

「ちょっと待ってください！」

三隅は急に正気を取り戻したように、堰《せき》を切ったように話す紺野の言葉を強い口調で遮った。これが、紺野が三隅の面会を受け容れた理由だったのか。

紺野の調書を、三隅自身が読んでいることを言うわけにはいかない。ただ、あの調書を読んだ三隅の印象では、紺野はかなり真実に近いことを供述しているように思われたのだ。

「調書のどういう点がデタラメなんでしょうか？」

三隅はあえて、ゆっくりとした口調で訊いた。紺野のペースに巻き込まれてはならないという警戒心が働いていた。

「まず、琴音ちゃんについてですが、私が松山先生を批判したため、興奮した彼女のほうから、落ちていた石を拾って、私に殴りかかってきたんです。その石を奪い取って、思わず彼女の頭を殴ってしまったんです。だから、あれ、正当防衛です。少なくとも、過剰防衛は認められるべきです。それに、湯原先生のことだって、実は呼び出したのは彼女のほうなんです。彼女、私と松山先生が付き合っていると勘違いしていて、私をさんざんなじった上に、鉄アレイで襲いかかってきたので、もみ合いになり、彼女をあの二階の手すりから突き落としてしまったんです」

三隅は心底《しんそこ》落胆していた。いかにも信憑性の低い話だった。この話を真に受ければ、紺野が殺意を持って襲いかかった相手は、高木だけということになる。しかも、高木は死亡を免れているのだ。こんな主張が裁判で罷《まか》り通《とお》れば、大幅な情状が認められ、死刑どころか、執行猶予の可能性さえ出てくるだろう。

三隅の気持ちは急速に沈んだ。このあまりにも稚拙《ちせつ》な言い訳が、頭のいい紺野の口から飛び出したこと自体が信じられなかった。紺野が本気でこんなことを言っているとすれば、やはりすでに精神が壊れているとしか思えなかった。

「紺野先生、私はすでに検察側の証人として出廷することに同意しています。しかし、裁判では客観的な事実だけを話し、それ以上のことを言うつもりはありません」

三隅は毅然として言い放った。紺野の目に、不気味な憎悪を映す、暗い光が宿ったように見えた。三隅が、今までに一度も見たことがない表情がそこにあった。あの校務員室での格闘のときでさえも、そんな顔は見たことがなかったのだ。紺野の尖った声が響き渡った。

「そうですか。じゃあ、もうこれ以上、お話ししても仕方ありませんね。ところで、三隅先生、僕がここに入ってよかったと思うことが一つだけあるんです」

紺野が唐突に「僕」と言ったことは意識していた。だが、違和感を覚える間もなく、紺野の次の言葉が炸裂《さくれつ》した。

「拘置所って、自殺防止のために紐状のものは使用禁止なんです。ブラジャーもダメです。だから、僕、ブラジャーしてないんです」

紺野はそう言うと、にっこりと微笑んだ。それから、右手を使って、器用に第二、第三ボタンを外し、次に両手でシャツを一気に左右に開いた。唖然とした。

目の前に、小ぶりな乳房とピンクの乳頭が見えている。際立って白い乳房は僅かな隆起を示しているだけだが、いかにも柔らかそうで、細い静脈が透かし彫りのように浮き出ていた。

「紺野！　何をしてるの！　やめなさい！　接見中止！　接見中止です！」

紺野の後ろで女性刑務官が立ち上がり、後方に向かって絶叫していた。奥の扉が開き、二人の別の女性刑務官が靴音高くなだれ込み、紺野の両腕を摑み、あっという間に連れ出した。

三隅は覚束ない足取りで面会室の外に出た。頭の中は真っ白だった。ただ、何か途方もなく汚らわしいものを見たように感じていた。三隅が見た紺野の胸の外見は美しかったにも拘わらず、紺野のあざとさが不可視の黒い斑点のように、その透明な皮膚に映し出されているように思われたのだ。

次の瞬間、はらはらと氷解した。すべて計算尽くだったのだ。聡明な紺野が口にしたとは信じられないような、あの稚拙な言い訳も、狂気の演出の伏線だったのかも知れない。心神喪失による責任能力の欠如。将来、専門医による精神鑑定が行われることを予想して、紺野が心神喪失を裏づける材料を増やそうとしたのは間違いない。たまたま面会にやって来た三隅は、紺野からは利用できる格好の証言者に見えていたのだろう。

もちろん、紺野は正気だ。むしろ三隅は、それが単なる死刑逃れのあがきというより、性悪《しょうわる》な犯罪者の生得的な駆け引きのように感じていた。

来るのではなかった。三隅は心の中で、つぶやいていた。

エピローグ

　年が明け、三月の中旬になった。大学入試の結果は、ほぼ判明していた。「綾清学院」は、予想通り、難関大学の合格者数ではかなり後退していたが、それでもこの一年で起こった事件の深刻さを考えると、その影響は最小限に留まったと言えなくもない。

　だが、三隅は辞職を申し出ていた。さすがにこの一年で起こったことは、三隅にとっても過酷に過ぎた。就任前後の、あのワクワクした高揚感は、泥のような感情の停滞と鬱屈《うっくつ》に変貌していた。もう一度、環境の変化が必要なのは、明らかだ。羽鳥も落合も、必死で引き留めていたが、三隅の意思は変わらず、「東西ゼミナール」に戻ることを決めていた。

　すでに「東西ゼミナール」の教務課長に連絡して、快諾を得ていた。人気が衰えて、辞めたわけではなかったので、教務課長は三隅の復帰を非常に喜んでくれた。

　ただ、綾清学院の悲劇は、紺野が逮捕されたあともさらに続いていた。三月の初めに、副校長の竹本が、過労が祟《たた》ったのか、くも膜下出血で急死したのだ。三隅も他の教員と共に、葬儀に参列していた。しばらくして、後任人事に関する情報が三隅の耳にも入ってきた。近藤が、副校長になることが内定したというのだ。

三隅は思わず笑った。あれほど学院批判を重ねながら、ゴマをするべき場所には、しっかりとすっていたということなのか。まさに近藤の真骨頂だった。


三隅は、その日の午後一時過ぎ、西船橋の駅近くの喫茶店で、今西紗矢と会っていた。かつて、紺野と話したのと同じ場所だ。紗矢は東大を受験し、不合格になっていた。無理もない。猪越に負わされた傷で、二週間以上入院した上、事件のことで警察に何度も呼び出されただけでなく、マスコミにもさんざん追いかけられていたのだ。受験準備の時間が十分に取れなかったことは、容易に想像が付く。

殷賑《いんしん》を極める繁華街に面した喫茶店だった。透明の窓ガラスには柔らかな春の陽射しが降り注ぎ、外の通行人の姿が写真のネガのように白く浮き立ち、春というよりは初夏に近い明るい雰囲気を演出していた。紗矢は、ベージュのスラックスに白いブラウスと紺のカーディガンという地味な、落ち着いた服装だった。

紗矢の表情は、三隅が想像していた以上に穏やかに見えた。外の風景と紗矢の表情を見ていると、この一年で起こったことはすべて夢の中の出来事のように思われた。

「あと一年頑張って勉強してみます」

紗矢は明るい笑顔を浮かべて言った。満更、空元気《から》でもなさそうだった。

「ああ、君なら、もう一度頑張れば必ず受かるよ」

三隅も微笑みながら答えた。

「うちのクラスの受験結果はどうだったんですか？　私、他の子とぜんぜん連絡が取れていないので、結果を知らないんです。東大は何人受かったんですか？」

やはり、自分の受けた大学のことは気になるのだろう。三隅のクラスでは、多くの生徒が東大を受験していたが、合格者は三名だけだった。全体でも三十五名の合格者で、去年の実績のほぼ半数に減らしていた。

三十五人中、大半は浪人だから、三隅のクラスが特に少ないわけではない。三名の内訳は、男子生徒二名と女子生徒一名である。男子生徒は、二名とも下馬評通りの生徒だった。その名前を告げると、紗矢も大きくうなずいた。

「女子は誰なんですか？」

紗矢の質問に、三隅はやや躊躇した。だが、黙っているわけにはいかない。

「中村さんだよ」

「へえ、有里、すごく頑張ったんですね」

紗矢の口調に、複雑な動揺が籠もっていたのは否定できない。実力的には、少なくとも夏休みくらいまでは、紗矢のほうがワンランク上の成績だったのは確かだった。

「一番、驚いたのは、大町さんだよ」

三隅は、話題を変えるように言った。

「朋実、どこの大学を受けたんですか？」

「それが、どこも受けなかったんだ」

「えっ、本当ですか？」

「ああ、都内の劇団の養成所に入っちゃったんだ。それもお笑い系の劇団らしい」

「そうですか。朋実らしいですね！」

「だから、僕も楽しみが増えたと思ってるんだ。彼女が出演するようになったら、見に行くつもりだよ」

「先生、私も連れてってください！　彼女、すごい演技派になると思いますよ」

三隅も紗矢も声を出して笑った。本当は朋実のような生き方が正しいのだと、三隅は心の中でつぶやいていた。

「ところで、彼女の話が出たついでに、移動教室での例の幽霊騒動の真相を教えてくれないか。僕も『綾清学院』を去るにあたって、あの真相だけが気になっているんだ」

三隅は深刻になり過ぎないように、にやりと笑って言った。三隅が綾清学院を辞めることは、電話のときにあらかじめ伝えてあった。

「じゃあ、先生の推理を先に聞かせてください」

紗矢も明るい声で応じた。

「ずばり言って、君たちの自作自演だろ。浜さんの幽霊役は君！　大町さんたちはそれを見て騒ぐ役だった」

「すごいですね！　どうして分かったんですか？」

「君たちの証言で一つだけおかしいことがあったからさ。部屋の外に出たとき、浜さんの姿を見て、すぐには悲鳴を上げず、トイレの前に行って、浜さんの姿が消えたのを確認してから悲鳴を上げ始めたと言っただろ。あれは不自然すぎるよ。夜中に死んだはずの浜さんの姿を見たら、誰だってすぐにその場で悲鳴を上げるよ」

「それも、そうですね」

紗矢は、納得したようににっこりと微笑んだ。

「もっとも、そんなことが分かったのも、あとになって冷静に考えられるようになってからで、あのときは僕もまんまと騙されたよ」

嘘ではなかった。誰かのいたずらだろうとは思っていたが、当初は紗矢や朋実が、その中心にいるとは思っていなかった。そして、今、三隅が知りたいのは、その意図なのだ。

「でも、あの筋書きを書いたのは、篠田君なんです」

紗矢が真剣な表情になって言った。

「へえ、そりゃ意外だね」

「私たち四人と篠田君で話し合ったんです。綾清学院の生徒たちに、殺された琴音や自殺した鰐淵君のことをできるだけ長く覚えていてもらうために、幽霊騒動を起こそうって。私たち、正直言って、受験勉強にとって一番大切な夏休みに、水泳訓練なんかを受けることに不満たらたらだったんです。でも、死んだ人間の記憶をみんなの心に刻みつけることができるなら、こんな無意味な水泳訓練にも少しは意味があるような気がしてきたんです。それに、篠田君は、湯原先生のことも気にしていたんです。本当は湯原先生が生きていた頃は、いろいろと意地悪なことを言っていたらしいけど、本当は湯原先生が好きだったようですよ。だから、彼にしてみれば、湯原先生に対する追悼の気持ちもあったんじゃないですか。琴音や鰐淵君の死を思い出せば、自然と湯原先生の死も思い出しますからね」

不意に透明の窓ガラスから差し込んでいた日が翳り、外の人流が途絶えたように見えた。紗矢の言葉が改めて、三隅に死者のことを意識させたのだ。それにしても、多くの人々が死に過ぎていた。浜琴音、鰐淵、湯原、松山、佐伯、猪越、竹本、それぞれの顔を思い浮かべた。

「実は、私、一つだけ警察にも言っていないことがあるんです」

そう言うと紗矢は、沈んだ表情になって、三隅の目を覗き込むようにした。

「私、警察に対して、猪越先生が襲ってきて、松山先生とは別々の方向に逃げたとしか説明しなかったんです。でも、あの松山先生、私の背中を突いて、猪越先生にぶつけるようにして、『ラバーズ・レイン』のほうに逃げたんですよ。これってひどくないですか？　私、その瞬間に左股を刺されてしまって、必死で斜面の下のほうの窪地に隠れました。猪越先生が、松山先生のあとを追ってくれたから助かったけど、さらに私に襲いかかってきたら、私、確実に死んでいたと思います」

それは命の問題だけではなかったのだろう。その表情は、人間の信頼が瓦礫《がれき》のように崩れるのを目《ま》の当たりにした人間の絶望を映しているように見えた。紗矢の目から夥しい涙が流れ落ち、頬を濡らした。隣席の若いカップルがちらりと三隅たちを見たように思った。

「分かるよ。君の気持ち。しかし、松山先生はもう亡くなっている。人間の死は、どんな場合でも絶対的な言い訳だ。もうすべてが終わったと考えようよ」

三隅の言葉に、紗矢はしばらく沈黙した。やがて、スラックスのポケットからハンカチを取り出して、涙を拭いながらうなずいた。

「そうですよね。こんなこと、警察には言わないほうが良かったですよね。言ったとしても、客観的な事実は何も変わらないもの。松山先生は被害者なんですから」

紗矢は自分自身を説得するように言った。そうだ。松山は被害者であると同時に、人間なのだ。そして、人間は常に弱い。三隅は心の中で、付け加えた。

「紺野先生の裁判は、開始が少し遅れるそうですね」

紗矢が気を取り直したように言った。その目からは涙が消えていた。紗矢も検察側証人として裁判に出廷することになっているので、裁判の開始時期についての情報は入っているのだろう。

「そうらしいね。裁判員裁判だから、公判前整理手続というのが、やたらに大変だそうだ」

「週刊誌なんかでは、死刑確実って書いていますけど、私はそうならないように祈っています。琴音と紺野先生、とても仲が良かったんですよ。だから、きっと何かのはずみだったに違いないんです。琴音だって紺野先生の死刑なんか、望んでいないと思います」

拘置所の面会室での紺野の痴態《ちたい》について、三隅は紗矢に話す気はなかった。いや、誰に話すつもりもない。あれは紺野ではなかったと信じることにしたのだ。

三隅はもう一度窓ガラスの外へと視線を逸らした。再び、人々の流れが活発になっている。だが、その喧噪は三隅の耳には届かない。再び、差し始めた陽射しの中を、白い塵《ちり》と埃《ほこり》が舞い上がり、遠い国の砂漠の蜃気楼を連想させた。

背の高い女性の姿が三隅の視界から遠ざかっていく。その横顔が覗いた。はっとした。紺野だ。馬鹿な。そんなことがあるはずがない。紺野の魂の抜け殻だけが、そこを歩いているような錯覚に襲われた。

紺野はもう死んでいるような気がした。一瞬、めまいを感じた。三隅は慌てて、紗矢のほうに視線を戻した。紗矢と目が合い、互いに微笑み合った。止まっていた時間が、ようやく動き出したように思われた。

この作品は完全なフィクションであり、ここで描かれている組織・団体は現存するものとは一切関係がありません。また登場人物もすべて架空で、実在するいかなる人物とも関係がありません。

本書は二〇二一年十二月、小社より単行本として刊行された『ビザール学園』を文庫化にあたり改題し、内容の一部を加筆修正しました。

|著者| 前川 裕　1951年東京都生まれ。一橋大学法学部卒業。東京大学大学院（比較文学比較文化専門課程）修了。スタンフォード大学客員教授、法政大学国際文化学部教授などを経て現在、法政大学名誉教授。2012年『クリーピー』で第15回日本ミステリー文学大賞新人賞を受賞し作家デビュー。同作は'16年黒沢清監督により映画化された。'23年『号泣』が話題に。他の著書に『真犯人の貌《かお》』『完黙の女』『逸脱刑事』などがある。

感情《かんじょう》麻《ま》痺《ひ》学院《がくいん》
前川《まえかわ》 裕《ゆたか》

講談社文庫
定価はカバーに
表示してあります

2024年6月14日第1刷発行

KODANSHA

発行者——森田浩章
発行所——株式会社　講談社
東京都文京区音羽2-12-21　〒112-8001
電話　出版（03）5395-3510
　　　販売（03）5395-5817
　　　業務（03）5395-3615

デザイン—菊地信義
本文データ制作—講談社デジタル製作
印刷———株式会社KPSプロダクツ
製本———加藤製本株式会社

Printed in Japan

ISBN978-4-06-536303-4

講談社文庫刊行の辞

二十一世紀の到来を目睫に望みながら、われわれはいま、人類史上かつて例を見ない巨大な転換期をむかえようとしている。

世界も、日本も、激動の予兆に対する期待とおののきを内に蔵して、未知の時代に歩み入ろうとしている。このときにあたり、創業の人野間清治の「ナショナル・エデュケイター」への志を現代に甦らせようと意図して、われわれはここに古今の文芸作品はいうまでもなく、ひろく人文・社会・自然の諸科学から東西の名著を網羅する、新しい綜合文庫の発刊を決意した。

激動の転換期はまた断絶の時代である。われわれは戦後二十五年間の出版文化のありかたへの深い反省をこめて、この断絶の時代にあえて人間的な持続を求めようとする。いたずらに浮薄な商業主義のあだ花を追い求めることなく、長期にわたって良書に生命をあたえようとつとめるところにしか、今後の出版文化の真の繁栄はあり得ないと信じるからである。

同時にわれわれはこの綜合文庫の刊行を通じて、人文・社会・自然の諸科学が、結局人間の学にほかならないことを立証しようと願っている。かつて知識とは、「汝自身を知る」ことにつきていた。現代社会の瑣末な情報の氾濫のなかから、力強い知識の源泉を掘り起し、技術文明のただなかに、生きた人間の姿を復活させること。それこそわれわれの切なる希求である。

われわれは権威に盲従せず、俗流に媚びることなく、渾然一体となって日本の「草の根」をかたちづくる若く新しい世代の人々に、心をこめてこの新しい綜合文庫をおくり届けたい。それは知識の泉であるとともに感受性のふるさとであり、もっとも有機的に組織され、社会に開かれた万人のための大学をめざしている。大方の支援と協力を衷心より切望してやまない。

一九七一年七月

野間省一

中上健次
異族
共同体に潜むうめきを路地の神話に書き続けた中上が新しい跳躍を目指しながら未完のまま封印された最期の長篇。出自の異なる屈強な異族たち、匂い立つサーガ。
解説=渡邊英理
なA9
978-4-06-535808-5

石川桂郎
妻の温泉
石田波郷門下の俳人にして、小説の師は横光利一。元理髪師でもある謎多き作家が、「巧みな嘘」を操り読者を翻弄する。直木賞候補にもなった知られざる傑作短篇集。
解説=富岡幸一郎
いAC1
978-4-06-535531-2

宮子あずさ 看護婦が見つめた人間が死ぬということ
宮本昌孝 家康、死す(上)(下)
三津田信三 忌館《いかん》〈ホラー作家の棲む家〉
三津田信三 作者不詳〈ミステリ作家の読む本〉(上)(下)
三津田信三 蛇《じゃ》棺《かん》葬《そう》
三津田信三 百《ひゃく》蛇《じゃ》堂《どう》〈怪談作家の語る話〉
三津田信三 厭魅《まじもの》の如き憑くもの
三津田信三 凶鳥《まがとり》の如き忌むもの
三津田信三 首無《くびなし》の如き祟るもの
三津田信三 山魔《やまんま》の如き嗤《わら》うもの
三津田信三 水魑《みづち》の如き沈むもの
三津田信三 密室《ひめむろ》の如き籠《こも》るもの
三津田信三 生霊《いきだま》の如き重《だぶ》るもの
三津田信三 幽女《ゆうじょ》の如き怨むもの
三津田信三 碆霊《はえだま》の如き祀るもの
三津田信三 魔偶《まぐう》の如き齎《もたら》すもの
三津田信三 忌名《いな》の如き贄《にえ》るもの
三津田信三 シェルター 終末の殺人
三津田信三 ついてくるもの

三津田信三 誰かの家
三津田信三 忌《い》物《ぶつ》堂《どう》鬼《き》談《だん》
道尾秀介 カラスの親指〈by rule of CROW's thumb〉
道尾秀介 カエルの小指〈a murder of crows〉
道尾秀介 水の柩
深木《みき》章子《あきこ》 鬼畜の家
湊かなえ リバース
宮内悠介 彼女がエスパーだったころ
宮内悠介 偶然の聖地
宮乃崎《みやのさき》桜子《さくらこ》 綺羅《きら》の皇女《ひめみこ》(1)
宮乃崎桜子 綺羅の皇女(2)
三國青葉 損料屋見鬼《けんき》控え 1
三國青葉 損料屋見鬼控え 2
三國青葉 損料屋見鬼控え 3
三國青葉 福猫屋〈お佐和のねこだすけ〉
三國青葉 福猫屋〈お佐和のねこかし〉
三國青葉 福猫屋〈お佐和のねこわずらい〉
宮西真冬 誰かが見ている
宮西真冬 首の鎖

宮西真冬 友達未遂
南 杏子 希望のステージ
嶺里俊介 だいたい本当の奇妙な話
嶺里俊介 ちょっと奇妙な怖い話
溝口 敦 喰うか喰われるか〈私の山口組体験〉
村上 龍 愛と幻想のファシズム(上)(下)
村上 龍 村上龍料理小説集
村上 龍 新装版限りなく透明に近いブルー
村上 龍 新装版コインロッカー・ベイビーズ
村上 龍 歌うクジラ(上)(下)
向田邦子 新装版 眠る盃
向田邦子 新装版 夜中の薔薇
村上春樹 風の歌を聴け
村上春樹 1973年のピンボール
村上春樹 羊をめぐる冒険(上)(下)
村上春樹 カンガルー日和
村上春樹 回転木馬のデッド・ヒート
村上春樹 ノルウェイの森(上)(下)
村上春樹 ダンス・ダンス・ダンス(上)(下)

講談社文庫　目録

村上春樹　遠い太鼓
村上春樹　国境の南、太陽の西
村上春樹　やがて哀しき外国語
村上春樹　アンダーグラウンド
村上春樹　スプートニクの恋人
村上春樹　アフターダーク
村上春樹／佐々木マキ絵　羊男のクリスマス
村上春樹／佐々木マキ絵　ふしぎな図書館
村上春樹／糸井重里　夢で会いましょう
村上春樹・文／安西水丸・絵　ふわふわ
U・K・ル＝グウィン／村上春樹訳　空飛び猫
U・K・ル＝グウィン／村上春樹訳　帰ってきた空飛び猫
U・K・ル＝グウィン／村上春樹訳　素晴らしいアレキサンダーと、空飛び猫たち
U・K・ル＝グウィン／村上春樹訳　空を駆けるジェーン
T・ファリッシュ著／B・ルート絵／村上春樹訳　ポテト・スープが大好きな猫
村山由佳　天翔る
睦月影郎　密通妻
睦月影郎　快楽アクアリウム
向井万起男　渡る世間は「数字」だらけ

村田沙耶香　授乳
村田沙耶香　マウス
村田沙耶香　星が吸う水
村田沙耶香　殺人出産
村瀬秀信　気がつけばチェーン店ばかりでメシを食べている
村瀬秀信　それでも気がつけばチェーン店ばかりでメシを食べている
村瀬秀信　地方に行っても気がつけばチェーン店ばかりでメシを食べている
虫眼鏡　東海オンエアの動画が6.4倍楽しくなる本〈虫眼鏡の概要欄　クロニクル〉
森村誠一　悪道
森村誠一　悪道　西国謀反
森村誠一　悪道　御三家の刺客
森村誠一　悪道　五右衛門の復讐
森村誠一　悪道　最後の密命
森村誠一　ねこの証明
毛利恒之　月光の夏
森博嗣　すべてがFになる〈THE PERFECT INSIDER〉
森博嗣　冷たい密室と博士たち〈DOCTORS IN ISOLATED ROOM〉
森博嗣　笑わない数学者〈MATHEMATICAL GOODBYE〉
森博嗣　詩的私的ジャック〈JACK THE POETICAL PRIVATE〉

森博嗣　封印再度〈WHO INSIDE〉
森博嗣　幻惑の死と使途〈ILLUSION ACTS LIKE MAGIC〉
森博嗣　夏のレプリカ〈REPLACEABLE SUMMER〉
森博嗣　今はもうない〈SWITCH BACK〉
森博嗣　数奇にして模型〈NUMERICAL MODELS〉
森博嗣　有限と微小のパン〈THE PERFECT OUTSIDER〉
森博嗣　黒猫の三角〈Delta in the Darkness〉
森博嗣　人形式モナリザ〈Shape of Things Human〉
森博嗣　月は幽咽のデバイス〈The Sound Walks When the Moon Talks〉
森博嗣　夢・出逢い・魔性〈You May Die in My Show〉
森博嗣　魔剣天翔〈Cockpit on knife Edge〉
森博嗣　恋恋蓮歩の演習〈A Sea of Deceits〉
森博嗣　六人の超音波科学者〈Six Supersonic Scientists〉
森博嗣　捩れ屋敷の利鈍〈The Riddle in Torsional Nest〉
森博嗣　朽ちる散る落ちる〈Rot off and Drop away〉
森博嗣　赤緑黒白〈Red Green Black and White〉
森博嗣　四季　春～冬
森博嗣　φ《ファイ》は壊れたね〈PATH CONNECTED φ BROKE〉
森博嗣　θ《シータ》は遊んでくれたよ〈ANOTHER PLAYMATE θ〉

講談社文庫　目録

森 博嗣　τ《タウ》になるまで待って〈PLEASE STAY UNTIL τ〉
森 博嗣　ε《イプシロン》に誓って〈SWEARING ON SOLEMN ε〉
森 博嗣　λ《ラムダ》に歯がない〈λ HAS NO TEETH〉
森 博嗣　η《イータ》なのに夢のよう〈DREAMILY IN SPITE OF η〉
森 博嗣　目薬α《アルファ》で殺菌します〈DISINFECTANT α FOR THE EYES〉
森 博嗣　ジグβ《ベータ》は神ですか〈JIG β KNOWS HEAVEN〉
森 博嗣　キウイγ《ガンマ》は時計仕掛け〈KIWI γ IN CLOCKWORK〉
森 博嗣　χ《カイ》の悲劇〈THE TRAGEDY OF χ〉
森 博嗣　ψ《プサイ》の悲劇〈THE TRAGEDY OF ψ〉
森 博嗣　イナイ×イナイ〈PEEKABOO〉
森 博嗣　キラレ×キラレ〈CUTTHROAT〉
森 博嗣　タカイ×タカイ〈CRUCIFIXION〉
森 博嗣　ムカシ×ムカシ〈REMINISCENCE〉
森 博嗣　サイタ×サイタ〈EXPLOSIVE〉
森 博嗣　ダマシ×ダマシ〈SWINDLER〉
森 博嗣　女王の百年密室〈GOD SAVE THE QUEEN〉
森 博嗣　迷宮百年の睡魔〈LABYRINTH IN ARM OF MORPHEUS〉
森 博嗣　赤目姫の潮解〈LADY SCARLET EYES AND HER DELIQUESCENCE〉
森 博嗣　馬鹿と嘘の弓〈Fool Lie Bow〉
森 博嗣　まどろみ消去〈MISSING UNDER THE MISTLETOE〉
森 博嗣　地球儀のスライス〈A SLICE OF TERRESTRIAL GLOBE〉
森 博嗣　レタス・フライ〈Lettuce Fry〉
森 博嗣　僕は秋子に借りがある I'm in Debt to Akiko〈森博嗣自選短編集〉
森 博嗣　どちらかが魔女 Which is the Witch?〈森博嗣シリーズ短編集〉
森 博嗣　喜嶋先生の静かな世界〈The Silent World of Dr.Kishima〉
森 博嗣　そして二人だけになった〈Until Death Do Us Part〉
森 博嗣　つぶやきのクリーム〈The cream of the notes〉
森 博嗣　ツンドラモンスーン〈The cream of the notes 4〉
森 博嗣　つぼみ茸《きのこ》ムース〈The cream of the notes 5〉
森 博嗣　つぶさにミルフィーユ〈The cream of the notes 6〉
森 博嗣　月夜のサラサーテ〈The cream of the notes 7〉
森 博嗣　つんつんブラザーズ〈The cream of the notes 8〉
森 博嗣　ツベルクリンムーチョ〈The cream of the notes 9〉
森 博嗣　追懐のコヨーテ〈The cream of the notes 10〉
森 博嗣　積み木シンドローム〈The cream of the notes 11〉
森 博嗣　妻のオンパレード〈The cream of the notes 12〉
森 博嗣　カクレカラクリ〈An Automaton in Long Sleep〉
森 博嗣　DOG&DOLL
森 博嗣　森には森の風が吹く〈My wind blows in my forest〉
森 博嗣　アンチ整理術〈Anti-Organizing Life〉
森 博嗣 原作／萩尾望都　トーマの心臓〈Lost heart for Thoma〉
諸田玲子　森家の討ち入り
森 達也　すべての戦争は自衛から始まる
本谷有希子　腑抜けども、悲しみの愛を見せろ
本谷有希子　江利子と絶対〈本谷有希子文学大全集〉
本谷有希子　あの子の考えることは変
本谷有希子　嵐のピクニック
本谷有希子　自分を好きになる方法
本谷有希子　異類婚姻譚
本谷有希子　静かに、ねぇ、静かに
茂木健一郎　「赤毛のアン」に学ぶ幸福《しあわせ》になる方法
森林原人　セックス幸福論〈偏差値78のAV男優が考える〉
桃戸ハル編・著　5分後に意外な結末〈ベスト・セレクション〉
桃戸ハル編・著　5分後に意外な結末〈ベスト・セレクション 黒の巻・白の巻〉
桃戸ハル編・著　5分後に意外な結末〈ベスト・セレクション 心震える赤の巻〉
桃戸ハル編・著　5分後に意外な結末〈ベスト・セレクション 心弾ける橙の巻〉
桃戸ハル編・著　5分後に意外な結末〈ベスト・セレクション 金の巻〉

2024年3月15日現在